KB112833

기적을 만드는
의식 혁명

산티아고 순례길에서 깨달은 것들

기적을 만드는
의식 혁명

아리나 지음

위닝북스

모든 것은
내 의식 안에 있다

오늘은 기분 좋은 날이다. 산티아고 순례길을 다녀오고 책으로 쓰자고 결심했기 때문이다. 나는 내 삶의 어느 시점마다, 남기고 싶은 순간들이 있다면 기록으로 보관하고 싶다. 시간이 지나면서 잊혀 가는 소중한 기억들을 오래도록 간직하고 싶기 때문이다. 또한 과거의 나로 돌아가지 않기 위해서이기도 하다.

산티아고는 내 삶의 과정에서 중요한 막을 올렸다. 지금의 나의 삶을, 나의 모습을, 그리고 앞으로 살아갈 미래를 돌아보는 시간이 되었다.

무언가 깊은 깨달음을 얻고 돌아오리라 다짐하며 떠났던 길. 지금까지의 삶의 방식을 모두 내려놓고, '날것'인 나 자신을 맡기고 걸었던 길. 그랬다. 나는 순례를 하면서 그동안 맞닥뜨리지 못했던 신비로운 일들을 많이 경험했다. 길 위에서 만났던 많은 사람들, 동물들, 식물들, 수많은 별들, 떠오르는 태양, 눈 쌓인 산길…. 이 모든 것들이 나와 친구가 되어 주었다. 기존에 절대 진리라 믿어 왔던 신념 체계를 바라보는 관점이 바뀌는 순간도 있었다. 내 삶의 가치 체계를 주도할 수 있는 더 넓고 큰 시야를 갖게 되었다.

무엇보다 순례 중간에 있었던 신부님과의 만남은 참 행복한 순간이었다. 신부님을 만나고 내 순례길의 의미가 달라졌기 때문이다. 신부님은 '내 일상이 진짜 까미노'라는 커다란 깨달음을 얻게 해 주었다. 이번 순례길에서 받은 가장 큰 선물이 아닐까 생각한다.

800킬로미터를 걸어가 만난 산티아고 대성당은 장엄하고 아름다웠다. 성인(聖人)의 사랑을 느낄 수 있는 곳. 나는 이틀 동안 이 도시에 머물렀다. 마음의 평화로움, 충만함, 삶의 위로, 용기 등을 얻을 수 있었다. 내가 가지고 갔던, 형이상학자 네빌 고다드가 쓴 《상상의 힘》을 틈틈이 읽었다. 이 책을 읽으면서 나의 의식을 확장시킬 수 있었다. 상상이 현실을 창조한다! '의식은 만물의 근원'이라는 진리를 확고히 각인시켜 주었다. 내 의식이 내 운명을 결정한다는 사실을. 그리고 '상상력이 곧 나'라는 사실도.

I'M THAT(나는 그것이다)! 내가 원하는 것이 있다면 이미 이루어졌다는 상상으로 이렇게 말하라. '결말을' 생각하는 것이 아니고 '결말에서부터' 생각하라. 그리고 내 소망이 이루어진 상상을 현실로 가지고 와서 그 느낌을 간직한 채 현재를 살아야 한다. 이렇게 할 때 모든 기적을 불러올 수 있다는 믿음을 갖게 되었다.

가짜 까미노는 끝났다. 이제 진짜 까미노를 시작하고 있다. 산티아고는 진짜 까미노를 하기 위한 준비 과정일 뿐이었다. 그 끝에 다다른 순간 아무것도 발견할 수 없었다. 오로지 내가 변했다는 것밖에는. 아무것도 필요하지 않았다. '모든 것이 내 안에 있다'는 의식이 전부라는 사실을 깨달은 것밖에는. 내 주위의 모든 것에 감사하며, 내가 원하는 삶을 위해 나와 함께하는 모든 사람들을 사랑하며, 제심합력해서 살아가리라 다짐했던 순간. 그것만으로 충분했다.

산티아고 순례길을 걸으며 느꼈던 경험들을 나누고 싶다. 내 경험들이 누군가에게 미약하게나마 도움이 되었으면 한다. 늘 길들여져 있는 일상으로부터 벗어나 잠시 내 삶의 속도를 멈추고, 내 삶을 돌아보는 기회를 갖게 되기를 바란다. 그래서 자신만의 세계관으로 원하는 삶을 살아가길 소망한다. '떠남'의 용기를 갖게 되기를.

　함께 까미노를 했던 순례자들, 길 위에서 만났던 모든 사람들에게 특별한 감사를 전한다.

2019년 9월

아리나

CONTENTS

PART 2 결말의 관점에서 시작하라

PART 5 우리 모두 위대한 일을 하고 있다

camino
de
Santiago

PART 1

현실은
모두 의식에서
창조된다

의식은
부활이자 생명이다

🐚 삶의 속도를 잠시 멈추고 싶다는 소망을
언제 처음 깨달았는가?

누구에게나 한 번쯤은 자신의 삶을 돌아보고 싶은 순간이 있다. 일상의 삶 속에서 누려온 익숙한 것들로부터 한동안 떨어져 홀로 지내고 싶은 욕망이 생긴다. 스스로가 원하는 삶을 살고 있는지 확인해 보고 싶기 때문이다. 내 삶의 주인으로 살아가고 있는지, 주도적인 삶을 살고 있는지. 지금 내가 가는 길이 진정 내가 선택해서 가는 길인지 의식하지 않고 살다 보면 그냥 사는 대로 의식하게 된다. 유지하는 삶을 살게 된다. 즉, 성장이 없는 삶을 살 수도 있다.

그러지 않으려면 의식 변화의 과정이 필요하다고 생각한다. 혼

돈 그 자체인 세상을 똑같은 마음과 눈으로 바라본다면 더 이상의 발전은 없을 것이다. 우리에게는 변하지 않는 진리라고 믿어 온 든든한 신조들을 버려야 할 순간이 온다. 그리고 그러기 위해서는 새로운 방식과 마음가짐이 필요하다. 외부 환경을 새롭게 바꾸어 꾸미면 일시적으로는 만족할 수 있을지 모른다. 하지만 진정으로 변화된 건 아니다. 결국 모든 것은 자신의 마음에 달려 있기 때문이다.

'떠남'이 필요하다. 떠남은 반드시 밖으로 떠나는 물리적인 것만을 의미하는 게 아니다. '정신적인 떠남'도 포함한다. 반드시 시간과 돈이 있어야 떠날 수 있는 것은 아니다. 바쁜 일상에서 벗어나 산책을 하는 것도 훌륭한 떠남이 될 수 있다. 자투리 시간을 모아 읽고 싶은 책을 읽는 것도 좋은 떠남이 될 수 있을 것이다. 익숙한 환경과 사람들, 안전한 지대라고 생각했던 장소와 결별하는 것도 떠남이 될 수 있는 것이다. 자신의 상황에 맞는 떠남을 가지는 것이 무엇보다 중요한 것이리라.

이런 떠남의 기회를 활용해 편협한 시야에 갇혀 있는 자신의 의식세계를 확장하는 계기를 가져야 한다. 떠나야만 알 수 있는 것들도 있다. 한 발짝 물러서서 바라보면 내가 그토록 찾고자 했던 그 무엇이 바로 저거였구나 하는 순간을 쉽게 맞닥뜨릴 수 있기 때문이다. 그래서 수많은 성취자들이 자신의 현실을 벗어던지고 고행의 길을 떠나기도 했던 것이다.

🐚 달림을 멈추고 천천히 걷고 싶은 순간

떠나자! 나는 배낭을 꾸렸다. 떠나기로 결심했다. 내면의 목소리가 이끄는 대로. 내 심신을 정화하고, 내 삶 속의 등대와도 같은 광활함을 받아들이고 싶었다. 나만을 위한 시간이 필요한 시점이라고 생각했다. 나를 찾는 여행을 키워드로 인터넷 여행 사이트를 탐색했다. 그러다가 가장 마음이 끌리는 곳, '까미노 데 산티아고(산티아고 가는 길)'를 발견했다. 예수의 열두 제자의 하나였던 야고보가 복음을 전하기 위해 예루살렘에서부터 걸어왔던 길. 나는 이곳을 목적지로 결정했다.

언젠가 파울로 코엘료가 쓴 장편소설《연금술사》를 읽은 적이 있다. 그때 무언가를 간절히 원하면 온 우주가 나의 소망이 실현되도록 도와준다는 말에 큰 감명을 받았었다. 작가의 다른 책에 관심이 가《순례자》란 책을 읽었었다. 그때 나도 산티아고에 가 보고 싶다는 생각을 처음 했었다. 까미노(Camino)는 스페인어로 '길'이란 뜻이다. 까미노 데 산티아고를 줄여서 '까미노'라 부르기도 한다. 순례길의 끝인 산티아고에는 성 야고보의 무덤이 있다. 그래서 수천 년 전부터 순례자들이 찾아오곤 했다.

종교적 신념에서 시작된 순례길! 하지만 지금은 나처럼 종교적 믿음을 갖고 있지 않은 이들도 걷고 싶어 하는 길이 되었다. 나의 최종 목적지는 성 야고보의 유해가 있는 산티아고 데 콤포스텔라 대성당이었다. 참고로, 여기서 사흘 정도 더 걸어서 스페인의 땅끝 (옛 유럽인들은 이곳을 '세상의 끝'이라 부름)인 피스테라까지 가는 것이 당연하다는 게 처음의 나의 솔직한 생각이었다. 하지만 순례의 중간 지점 어느 마을에서 한 신부님을 만난 후 나의 생각을 수정할 수밖에 없었다. 그 이유는 책의 어느 부분에서 언급할 것이다.

순례길은 프랑스 국경이 끝나고 스페인 국경에서 시작해 피레네 산맥을 넘어 스페인 북서부의 갈리시아 지방에 위치한 산티아고 시까지 이어지는 800킬로미터의 길이다. 서울에서 부산까지 약 400킬로미터이니까 이를 왕복하는 거리 정도로 생각하면 된다. 완주하려면 하루에 평균 6~7시간씩 20~35킬로미터를 30일 정도 걸어야 한다. 나는 평소 마라톤을 즐겨 해 온지라 오랜 시간 동안 걷는 것은 자신 있다고 생각했다. 이 길을 걷다 보면 분명 내가 찾는 모든 것을 발견하리라 굳게 믿은 채.

많은 사람들이 산티아고로 향한다. 저마다의 이유를 안고. 어떤 이는 종교적인 목적으로, 어떤 이는 영적인 이유로 떠난다. 지금의 대부분의 사람들은 영적인 이유로 떠나는 경우가 많다고 한다. 사랑하는 사람을 잃었거나, 직장을 그만두었거나, 결혼생활을 정리했거나, 현실의 삶에 만족하지 못하거나, 자신의 정체성을 확인하고 싶거나, 바쁜 일상을 잠시 쉬어 가고 싶다거나, 책을 쓰기 위해서거나, 버킷리스트를 채우고 싶어서 등등.

나 또한 내 인생의 목적과 그 방향에 대해 숙고할 만한 공간과 시간이 필요한 시점이었다. 진정 내가 가고 있는 길이 내가 선택한 길인지? 방향이 맞는 것인지? '의문의 길'에 대한 답을 찾고 싶었다. 자신의 문제에 대한 답은 오직 자신만이 가장 잘 알고 있는 법이다. 그동안 살아왔던 지난날들을 반추해 보고 진정 나다운 삶을 살아야겠다고 다짐했다. 내 삶의 속도를 멈추기로 했다. 삶의 속도에 정답이란 없다. 하지만 어떤 삶에서든 달림을 멈추고 천천히 걷고 싶은 순간이 한 번쯤은 찾아오지 않을까. 멈춰야만 보이는 것들도 있다. 나는 도달할 목적지가 있는 순례자가 되기로 결심했다.

🐚 배낭의 무게는 내가 짊어지고 가야 할 삶의 무게다

나는 내가 감당할 수 있을 정도의 배낭을 만들어 30일 정도의 여정을 밟을 채비를 갖추었다. 배낭의 무게는 내가 짊어지고 가야 할 삶의 무게라고 한 순례자의 말이 생각났다. 꼭 필요한, 없어서는 안 될 필수품으로만 최소화했다.

2019년 2월 겨울, 낯선 길 위에서 나의 까미노가 시작되었다. 까미노를 하는 동안 평소에 느끼지 못했던 것들, 자연, 동물, 주위 환경, 처음 만나는 사람들과 교감하는 신비로운 경험을 많이 했다. '기적'이라고 생각되는 순간들도 많이 있었다. 무엇보다 삶에서 가장 중요한 것은 '의식'이라는 것을 깨달았다. 그 깨달음은 순례 기간 내내 내 마음속에 고동쳤다. 다른 순례자들에게도 이런 내 마음을 표현할 때가 많았다. 그리고 그것은 내게 가장 소중한 인생의 교훈이 되었다.

그것은 어떤 역경에 부닥치더라도 나에게 확실한 믿음만 있다면, 그리고 생생하게 그리면 내가 원하는 궁극적인 목표에 도달할 수 있다는 확신을 심어 준 깨달음이었다. 나에게 앞으로 내 인생을 살아감에 있어서 내가 이루고 싶은 일들을 다 해낼 수 있다는 용기를 불어넣어 주었다. 더불어 내 안에 변화의 힘이 있다는 것도 알게 해 주었다.

하루 일정을 마치면 순례자들을 위한 숙소인 알베르게에 머물렀다. 잠들기 전에는 그날 있었던 일들을 다이어리에 기록하고 책을 읽는 시간을 가졌다. 내가 가져간 책은 2권이었다. 한 권은 여행 안내서였다. 그리고 한 권은 영국령 서인도 제도 출생의 형이상학자이자 강연가인 네빌 고다드의 《상상의 힘》이었다. 이 책은 내가 처음 책을 써야겠다는 생각이 들었을 때 알게 된 '한국책쓰기1인 창업코칭협회(이하 한책협)'의 김태광 대표 코치가 추천해 준 책이다. 순례하는 동안 이 책을 여러 번 읽었다. 책을 읽으며 나는 어떤 확신을 가지게 되었다. 지금의 내 삶에 대해, 다가올 내 미래의 삶에 대해, 내가 걷고 있는 이유에 대해. 그리고 까미노를 마치고 돌아가면 내가 느꼈던 경험처럼 인생을 살리라 마음먹었다.

나는 종교적인 믿음을 가지고 살고 있진 않다. 하지만 저자가 말하는 의식의 중요성과 '상상의 힘'에 대해서는 전적으로 공감하게 되었다. 삶을 변화시키기 위해서는 상상의 힘이 의지와 결심의 힘보다 중요하다는 것을 알았다. 또한 그가 말한 '나＝그리스도＝하느님＝구세주＝상상력'이라는 말은 다소 이해하기 힘들면서도 이 사실에 눈뜨게 되었다. 내가 머물러 있는 의식 상태로부터 내 삶의 현실이 만들어진다는 것을 말이다.

네빌은 "세상을 바꾸려 하지 말라. 그것은 단지 거울일 뿐이니. 세상을 강제로 바꾸려는 인간의 투쟁은, 나의 모습이 마음에 들지 않는다고 거울을 깨버리는 것처럼 무익한 것이다. 거울은 그대로 두고, 그대의 모습을 바꾸라. 세상을 그대로 두고, 그대 자아에 대한 관념을 바꾸라."라고 말했다. 의식은 나 자신을 리모델링할 수 있는 부활이자 생명이라고 생각한다.

우리는 원하는 모든 것들을
가질 수 있다

🐚 용서란 스스로 이상을 이룬 모습을 보는 것이다

누구에게나 원하는 것들이 있다. 좋은 집, 좋은 차, 하고 싶은 일, 무엇이든지 할 수 있는 돈, 언제든 떠날 수 있는 시간적 여유와 자유, 행복한 가정생활, 풍요로운 삶 등등. 사람은 누구나 자신이 원하는 인생을 살고 싶어 한다. 하지만 극소수의 사람들만이 원하는 인생을 살 뿐이다. 대다수는 자신의 소망과 거리가 먼 인생을 살고 있다.

내가 원하는 모든 것들을 가질 수 있다고? 과연 이런 게 나에게도 가능할까? 어떻게?

나는 까미노를 하면서 그 전날 읽은 책의 내용을 생각하는 시간이 많았다. 우리는 상상력을 통해 원하는 존재가 될 수 있는 힘을 갖게 된다는 것! 우리 안의 그리스도가 바로 상상력이라는 것! 그리고 이것을 입증하는 시험은 '죄를 용서하는 능력'이라고 했다.

책의 내용 중 "죄란 삶의 목표를 상실하고 이상과는 어긋난 삶을 살면서 자신이 원하는 바를 이루지 못하는 것을 의미합니다. 반면에 용서란 자신을 자신의 이상 및 삶의 목적과 동일시하는 것, 즉 자신을 이미 이상이 이루어진 모습으로 보는 것을 의미합니다." 라는 부분이 떠올랐다.

까미노를 시작한 지 나흘째 되는 날에는 Alto de Perdon(용서의 언덕)에 올랐다. 정상에는 순례자들을 형상화한 조형물이 놓여 있었다. 건너편에는 환경 친화적 시스템인 풍력 발전기가 큰 원을 그리며 돌아가고 있었다. 이곳에서 내가 걸어온 길을 한눈에 다 볼 수 있었다. 에로(Erro) 언덕, 아르가(Arga) 강 계곡 등등. 나는 조형물 맨 뒤에 서서 나 또한 순례자임을 되새기기 위해 사진 한 장을 찍었다.

이날 내가 생각한 주제는 '용서'였다. 내가 용서하지 못한 일들은 어떤 것일까? 용서하지 못한 사람들, 순간들, 나 자신을 떠올렸다. 그리고 내가 용서를 빌어야 할 일들은 어떤 것일까? 용서의 언덕에 올라 그동안 내 마음을 짓눌러 왔던, 내가 지은 죄에 대해 다

용서를 구하리라 마음먹었다. 올라가면서 용서를 빌어야 할 대상들을 떠올렸다. 용서의 언덕까지 오르는 길은 몹시 가팔라서 걷기에 많이 힘들었다. 더군다나 언덕을 오르는 내내 비가 내려 우비를 입어야 하는 불편함이 가중되었다. 용서한다는 것이 힘들다는 생각을 했다.

지금까지 내가 생각한 용서는 주로 남에게 잘못한 것들이었다. 남을 서운하게 했던 일, 나의 이익을 먼저 챙긴 일, 조금이라도 손해 안 보려고 욕심 부렸던 일, 내가 준 만큼 돌려받으려 했던 일 등등. 이런 일들이 나 스스로에게 죄를 지은 것이고, 용서해야 할 것이라 생각했다. 하지만 그날은 용서에 대한 그동안의 나의 의식

| 용서의 언덕 정상에 있는 순례자들 의 조형물

이 확장되었다. 내 삶의 목표를 정하지 못하고 원하는 바를 이루지 못함으로써 나 자신에게 죄를 짓는 것에 대해, 내가 원하는 삶을 살고 있지 못한 것에 대해 용서할 수 있는지 돌아보게 되었다.

🌿 순례길에서 만난 사람들

언덕의 꼭대기에서 순례의 두 번째 장소인 론세스바예스 (Roncesvalles)에서 만난 캐나다인 앤을 다시 만났다. 출발 시간이 같더라도 도착하는 시간은 언제나 모두 달랐다. 각자의 속도대로 걷고 있으므로. 나는 언제나 제일 먼저 길을 나섰다.

앤은 나와 함께 순례하고 있는 11명의 일행 중 가장 나이가 많은 여성이었다. 성격도 활달하고 매 순간 솔선수범하며 배려심이 많았다. 우리 일행을 리드하는 여장부였다. 우리 일행이 구성된 것도 전날 그녀의 리더십 덕분이었다. 일행 모두 그녀를 따랐고, 좋아했다. 전날에는 그녀의 요청에 따라 5유로씩을 걷어 함께 식사를 했다. 이탈리아에서 온 F 군이 스파게티 요리 실력을 뽐냈다. 식사하면서 이곳에 온 목적, 순례하게 된 동기 등에 대해서 서로 이야기를 나누었다.

남편을 잃고 약해진 마음을 강하게 하고 싶어 왔다는 앤, 실직하고 새로운 일자리를 구하고 있다는 D 군, 졸업 후 취업을 고려하고 있다는 F 군, 대학원을 휴학 중인 Y 양, 지금 하는 일을 더 잘하기 위해 가게 문을 닫고 왔다는 J 양, 자신의 삶을 돌아보고 싶어서 왔다는 B 언니, 뭔가 새로운 걸 찾고 싶어서 왔다는 S 양, 대학교 휴학 중인 가장 젊은 S 군, 신비주의자 A 군….

모두의 현실적인 삶은 당장은 그리 만족스러워 보이는 것 같지 않았다. 좀 더 나은 자신의 삶을 찾으러 온 것처럼 보였다.

식사가 거의 끝나 갈 무렵 누군가의 제안에 따라 돌아가며 노래를 부르게 되었다. 자연스럽게 일행은 자기 나라의 노래를 불렀다. 노랫말을 정확히 이해할 수는 없었지만 부르는 표정으로 보아 이번 순례에 어떤 의미를 주고 있음을 직감적으로 느낄 수 있었다. 한국에서 온 우리 일행 4명은 얼른 떠올린 곡이 '아리랑'이었다. 함께 불렀다. 이럴 줄 알았으면 올 때 미리 두세 곡 정도는 연습해 왔어야 했는데. 성악을 전공하고 스페인에서 살고 있는 S 양은 정말 노래를 잘했다. 앙코르를 요청받기도 했다. 저렇게 열정이 넘치는 사람이 왜 이런 곳에 왔을까? 궁금했다. 식사를 마치고 우리 일행은 같은 순례자로서의 공감대를 느끼며 모두가 좋은 순례길(Buen Camino)이 되기를 응원했다.

앤은 이번이 두 번째 순례라고 했다. 작년에도 이맘때쯤 왔다고. 사실인즉슨 그녀의 남편이 2년 전에 사망했다고 했다. 홀로된 마음을 추스르고자 작년에 왔었다고 한다. 그리고 언덕 정상에 남편 사진을 걸어 놓았다고 했다. "My husband, my husband."라고 외치며, 지금 다시 그 사진을 찾고 있었다. 나는 그녀와 함께 주위를 살폈다. 그러나 안타깝게도 그리워하는 사람은 그 자리에 남아 있지 않았다. 강한 바람 때문에 사라진 것 같다고 하며 그녀는 눈물을 글썽거렸다. 씩씩하게 행동하며 호탕하게 웃던 그녀의 모습 뒤의 슬픈 사연을 알고 나니 마음이 아팠다.

언덕을 내려와 그날 저녁에는 푸엔테 라 레이나(Puente la Reina)에서 묵었다. 앤은 그날 저녁식사를 담당한다고 했다. 11명분의 파스타를 혼자 책임졌다. 내려오자마자 샤워하기도 전에 일행들의 저녁식사를 준비하러 슈퍼마켓에 갔다. 다행히 프랑스에서 온 S 군이 동행했다. 나는 보조 요리사가 되어 그녀를 도왔다. 같이 요리하면서 서로가 이곳에 온 이유에 대해 이야기를 나누었다. 그녀는 자녀가 2명이 있다고 했다. 한 명은 의사이고, 한 명은 대학생이라고 했다. 그들에게 잘 만들어 주었던 요리인, 그녀만의 레시피를 가미한 닭고기 파스타를 만든다고 했다. 뜨거운 닭고기를 직접 손으로 뜯으며 일행들의 허기를 채워 주려 하는 그녀의 따뜻한 마음에 감동을 느꼈다.

그녀는 예전에 시를 썼다고 했다. 시인이 되고 싶었단다. Poem(시)이라는 단어를 확실히 알아들을 수 있었다. 지금은 왜 시를 쓰고 있지 않은지는 요리에 집중하다 보니 잘 알아듣지 못했다. 책 쓰기에 관심이 많은 나는 그녀에게 책을 써 보라고 했다. 책을 쓰면 자신의 삶을 돌아볼 수 있을 뿐 아니라, 자신이 원하는 삶에 좀 더 집중할 수 있을 거라며.

그리고 나의 경험을 이야기해 주었다. 나 또한 어느 순간 책을 써야겠다고 생각했을 때 한책협을 알게 되었다. 이곳에서 운영하고 있는 다양한 프로그램들을 접하면서 책을 쓰는 것뿐만 아니라 내 의식세계가 확장되고 있음을 느꼈다. 그때 한책협의 김태광 대표 코치가 추천해 준 의식도서 100권은 내 삶의 가장 소중한 독서목록이다.

🐚 의식은 만물의 근원이자 유일한 실체다

성공학의 거장 나폴레온 힐이 500명의 부자를 연구 조사한 결과가 있다. 그들의 공통점은 어떤 상황에 처해 있더라도 성공자의 모습을 머릿속에 그렸다는 것이다. 전구를 발명한 에디슨의 머릿속에는 전구가 이미 들어 있었다. 모든 미국인들의 마이카 시대를 연 헨리 포드는 자동차의 물결이 넘치는 세상을 머릿속에 넣고 있었다. 그 당시는 마차가 더 편한 시절이었다. 그런데 그는 자동차를 모든 사람이 탈 수 있도록 해야 되겠다는 생각을 했다. 그러기 위해 대량생산이 가능한 컨베이어시스템을 구축했다. 이렇듯이 현실이 어떻든 간에 성공한 사람들은 의식 속에 항상 원하는 것들을 생각하고 있었다.

우리 몸은 머릿속에 어떤 모습을 상상하는 것만으로도 생각대로 반응한다고 한다. 예를 들어, 새콤달콤한 빨간 석류를 입에 넣고 씹는 모습을 상상하면 새콤달콤한 석류 즙이 입안에 가득 퍼지는 것처럼 느끼게 된다. 우리 몸은 실제로 석류를 먹거나, 머릿속으로 석류를 먹었다고 생각하거나 똑같이 반응한다는 것이다. 따라서 원하는 것이 있다면 머릿속에 철저하게 원하는 모습을 그려 넣어야 한다. 그런 후에 그런 믿음을 굳게 붙들고 있어야 하는 것이다.

믿음이란 보이는 것을 믿는 게 아니다.《성경》에도 믿음은 "보이지 않는 것들의 실상이요, 보이지 않는 것들의 증거"라고 되어 있다. 생텍쥐페리의《어린왕자》에도 나오듯이 가장 중요한 것은 눈에는 보이지 않는 것이다. 오로지 마음으로 보아야만 정확하게 볼 수 있는 것이다. 내가 원하는 모습을 그리고 그 모습 위에 서 있어야 한다. 그리고 내 현실을 그 모습까지 끌어올려야 하는 것이다. 그런 후 미래의 나의 모습으로 살아가면 된다.

의식은 만물의 근원이자 유일한 실체라는 진리를 잊어서는 안 된다. 내가 원하는 것들을 가질 수 있는 출발점임을 명심하자.

3

원하는 것을
의식에 고정시켜라

우표를 생각해 보라.
그것의 유용성은 어딘가에 도달할 때까지
어떤 한 가지에 들러붙어 있는 데 있다.

조시 빌링스

🦪 원하는 것이 있다면 그것을 버려야 한다

지금 스페인 시각은 새벽 3시 16분. 방금 카카오톡 메시지를 확인했다. 내가 첫 번째 책을 낸 출판사로부터 연락이 왔다. 내가 쓴 책이 대만에서도 판권 문의가 오고 관심을 계속 받고 있다는 내용이었다. 기분이 이상했다. 처음 겪는 일이라서. 내 책이 해외로 수출된다고? 좀 더 잘 쓸걸….

오늘 하루 기분 좋은 일만 생길 것 같다. 처음 책을 쓸 때 베스트셀러 작가가 되고 싶다는 생각을 했다. 그래서 글을 쓰는 동안 '나는 베스트셀러 작가다!'라는 소망을 의식에 고정시켰었다. 글을 쓰는 사람이라면 누구나 그렇겠지만 지금은 그보다도 진정 나다운 나만의 책을 쓰고 마음이 더 앞선다.

"인생을 사는 방법은 원하는 대상을 쫓아가는 것이 아니라 소망이 이루어졌다는 느낌을 간직한 채 그것이 우리에게 오도록 하는 것입니다."

아침에 읽은 대목이 인상 깊게 남았다. 자신이 원하는 것이 있다면 그것을 버려야 한다! 즉, 마음을 비우고 전심전력하라는 뜻이다. '오늘의 깨달음'에 이 말을 적어 두었다.

결과적으로 해외 수출 관련 사항은 끝내 성사되지 못했다. 이런저런 사유로. 하지만 앞으로 더 많은 사람들에게 선한 영향력을 끼칠 수 있는 작가가 되어야겠다는 믿음을 갖는 계기가 되었다.

기러기들이 V자를 그리며 날아가는 이유

매일 아침 새벽에 일어나 그날 일정을 점검했다. 걸어야 할 거리, 마을에 얽힌 스토리, 꼭 둘러봐야 할 곳, 주의할 점, 숙소 등을. 아는 만큼 보인다고, 작은 부분이라도 놓치고 싶지 않은 마음에서였다. 그날 내가 놓치면 안 되는 것들, 꼭 보고 싶은 것들을 메모해서 가지고 다녔다. 하지만 세상만사가 그렇듯이 자기 계획대로 흘러가는 일은 거의 없다. 가다 보면 생각지도 못한 사건들이 여기저기에서 끼어들게 마련이다. 그리고 한 번에 모든 것을 다 가질 수도 없는 법이다.

아침 7시쯤 숙소를 나왔다. D 군, F 군과 함께. 셋이서. 40여 분 갔을까. 저쪽 산기슭에서 어슴푸레 태양이 떠오를 준비를 하고 있었다. 반대쪽에서는 한 무리의 새들이 큰 'V'자를 그리며 줄지어 날아가고 있었다. 한 마리도 대열에서 흐트러짐이 없이 이미 그려 놓은 사선을 따라 날고 있는 것처럼 질서정연하게 가고 있었다. 마치 그들이 가야 할 목표를 고정시켜 놓은 것처럼. 신비스럽고 감탄을 자아낼 수밖에 없는 광경이었다. Lucky sign! 두 번째 좋은 일이 발생했다고 생각했다.

언젠가 책에서 본 내용을 떠올렸다. 과학전문지인 〈네이처(Nature)〉에 발표된 연구논문에 의하면, 기러기들이 V자를 그리며 날아가는 이유는 힘이 덜 들기 때문이라고 한다. V자로 날면 앞에서 나는 새의 날갯짓이 뒤에서 나는 새에게 상승기류로 작용한다고 한다. 그만큼 뒤에서 나는 새는 앞에서 나는 새보다 더 수월하게 비행할 수 있다고 한다. 그러다 앞에서 나는 새가 지치면 뒤에서 날던 새가 자리를 바꾸어서 날아간다. 이렇게 V자 형태를 유지하면서 날면 혼자 날 때보다 71%나 더 멀리 날 수 있다고 한다.

나는 잠시 동안 나 자신을 돌아보게 되었다. 나는 내가 원하는 것을 이루기 위해서 나와 뜻이 같고 의식을 공유한 사람들과 함께할 거라고 생각했다. 그들과 함께라면 나 혼자 무언가를 하는 것보다 더 빨리 더 쉽게 원하는 바를 이룰 수 있을 거라고 생각했다. "빨리 가려면 혼자 가고, 멀리 가려면 함께 가라."라는 아프리카 속담이 생각났다.

한참을 걷다 문득 아침에 A 군이 캔디를 모두에게 나누어 주었던 일이 떠올랐다. 그 어느 때보다 활짝 웃으며. 신비주의자로서 매 순간 부정적인 말만을 늘어놓던 그였다. 세 번째 기분 좋은 일로 결정했다.

A 군은 순례를 하는 초기에 매일 새벽에 나와 만났다. 무슨 말이냐고? 그는 내가 새벽에 일어나 생각을 정리하기 위해 부엌의 식탁에 앉아 있으면 잠시 후에 눈을 비비며 내 앞에 나타났다. 그러곤 내 앞에 털썩 앉았다. 내가 쓰고 있는 노트를 들여다보기도 하고, 나에게 말을 걸기도 하면서. 자신의 하루 일정을 들려주기도 했다. 어떤 날은 눈을 감고 고개를 떨구며 한숨을 푹 내쉬기도 했다. 마치 온 세상의 고민을 다 짊어진 사람처럼.

그는 러시아에서 왔는데 한국말을 곧잘 했다. 특히 어감이 안 좋은 말들을 말이다. 무슨 이유에서 그런 말들을 배웠는지, 언제, 누구한테 어떤 경로를 통해서 배웠는지 궁금했다. 물어봐도 안 가르쳐 준다. 그의 마음은 온통 부정적인 것들로 꽉 차 있는 것처럼 보였다. 내가 긍정적인 말을 하면 그는 언제나 반대로 말하곤 했다.

내가 "You are a good person(당신은 좋은 사람이다)."이라고 하면 "I'm a bad man(나는 나쁜 사람이다)."이라고 하고, "I'm that(나는 그것이다)."이라고 하면 "I'm dead(나는 죽었다)."라고 했다. 내 발음이 그랬나? "You are an angel(당신은 천사다)."이라고 하면 "I'm a devil(나는 악마다)."이라고 하고, "Be yourself(너 자신이 되어라)."라고 하면 "You are a egoist(당신은 이기주의자다)."라고 했다. "I am a positive person(나는 긍정적인 사람이다)." 그러면 "I want to die(나는 죽고 싶다)."라고 했다. 그런 식이었다.

그와 나는 스마트폰 번역기를 활용해 서로의 질문과 답을 주고받았다. 어디까지 갈 건지, 어느 숙소에서 묵을 것인지 등등. 어떨 때는 그림도 그려 가며 말하는 의도를 이해시키려고 애썼다. 어떤 날은 단어의 의미를 파악하느라 머리를 굴리곤 했다. 그러다 보면 그날 일정을 사전 점검하지 못할 때도 있었다. 나는 그가 내 앞에 안 나타났으면 하는 바람을 가지기도 했었다. 내 시간을 빼앗긴다는 얄팍한 생각이 들었기 때문이다.

어느 날인가 나는 그에게 순례하는 목적을 물었었다. 'I decided my life restart(나는 내 인생을 다시 시작하기로 결정했다)'라고 그는 내 노트에 적었다. 나는 그 또한 현재의 삶보다 더 나은 삶을 위해 걷고 있다고 생각했다.

🐚 앞으로 어떤 삶을 살고 싶은가

그다음 날 순례길에서 나는 길을 잃었다. 어느 지점에서인가 순례길의 내비게이션인 노란 화살표를 잘못 인식했기 때문이다. 가지 말라고 X표를 해 놓은 것을 이해 못하고 그대로 직진한 것이다. 이탈리아에서 온 D 군과 F 군과 같이 출발했으나 D 군은 제일 먼저 사라졌다. 내 뒤를 따라오던 F 군마저 어느 지점에서인가 안 보였다. 끝없이 펼쳐진 황량한 벌판에서 나 혼자가 되었다.

정신 차려야겠구나, 생각하며 한참을 걷다 보니 앞에 한국인으로 보이는 한 여성이 걸어가고 있었다. 얼마나 반가웠던지. 다가가서 인사를 건네자 본인은 미국에서 왔다고 했다. 이번이 세 번째라고. 다양한 루트를 이용해 까미노를 하고 있다고 했다. 스무 살 때 미국으로 건너갔다고 한다. 지금은 퇴직하고 자신의 삶을 돌아보며, 건강을 위해 이 길을 걷고 또 걷는다고 했다. 우리는 로그로뇨 광장에 있는 테레나(Terena) 카페에서 함께 커피를 마셨다. 그분은 나에 대해 물었다. 앞으로 어떤 삶을 살고 싶은지에 대해서도.

나는 《거절당할 용기》를 첫 번째 책으로 썼다. 이번 순례를 마치고 '의식'에 관한 책을 쓸 거라고 말했다. 그리고 책을 쓴 후 나의 선한 영향력을 바탕으로 아름다운 사람들과의 만남을 통해 내가 원하는 일을 할 거라고 말했다. 그러자 그녀는 'awakening(깨달음)'에 대해 쓰는 게 좋을 것 같다고 조언해 주었다.

그날 나는 나의 미래에 대해 생각했다. 예전에 어떤 책에 자신이 원하는 것을 적어야 빨리 이룬다고 적혀 있던 게 생각났다. 적자생존! 적어야 살아남을 수 있다고. 그래서 이렇게 내가 원하는 것들의 목록을 적어 보았다. 지금 책을 쓰면서 일부 목표를 수정했다.

- 나의 경험을 책으로 쓰기
- 시간과 경제적 자유를 누릴 수 있는 시스템 구축하기
- 전 세계를 다니며 비즈니스하고 여행도 하기
- 가족들과 크루즈여행 하기
- 갖고 싶은 것, 먹고 싶은 것, 하고 싶은 것 다 하며 럭셔리하
  게 살기
- 불광불급하며 5년간 살아 보기
- 내 집을 창의적인 공간으로 만들기
- 존경받는 사람이 되어 선한 영향력을 바탕으로 나누며 살기
- 과거보다 미래를 일깨워 주는 사람 만나기
- 나만의 서체 개발하기

목록들을 적으면서 나는 내가 원하는 모든 것들을 다 실현할
수 있다는 믿음을 가졌다. 지금 이 목록들을 이루어 가고 있는 중
이다. 언젠가 내가 제일 좋아하는 대학원 선배한테 나의 소망을 얘
기한 적이 있다. 그 선배는 시대를 앞서가는 멋진 여성이다. 그녀는
"너는 충분히 해내고도 남는다!"라고 응원해 주었다. 단, 내가 '결
단'하는 게 중요하다고 했다. 그리고 무엇보다도 얼마나 '집중 몰입'
하느냐가 중요하다고 덧붙였다. 선배는 글로벌 비즈니스 우먼으로

살라고 영어 이름도 지어 주었다. 아리나!

초등학교 때 돋보기를 사용해 종이를 태워 본 경험이 있을 것이다. 이때 돋보기 아래에 종이를 둔다고 타는 것이 아니다. 빛이 한 점으로 모아지는 초점에 종이를 갖다 대면 타는 것이다. 돋보기 렌즈 면적으로 들어온 빛은 초점으로 모이면 그 에너지가 굉장히 커지기 때문이다. 이처럼 에너지가 한곳에 모아지면 엄청난 열을 낼 수 있다.

이렇듯이 내가 원하는 것들이 있다면 의식 속에 초점을 고정시켜라. 그래야 강한 에너지를 뿜어낼 수 있다. 태양 빛도 초점을 잘못 맞추면 종이에 연기만 일으킬 뿐이다.

실패와 성공은
명확한 사고에 달려 있다

🐚 내가 이곳에 온 이유

로그로뇨에서 나헤라(Najera) 지역까지는 약 30.7킬로미터였다. 오늘의 일정이었다. 다른 날보다 일찍 눈이 뜨였다. 그것도 새벽 1시 30분에. 부엌에 들어서자 F 군이 Y 양과 그때까지 얘기를 나누고 있었다. 식탁 양쪽에 마주 앉아 턱을 고인 채. 서로를 바라보고 있었다. 젊은 사람들이라 그런지 피곤한 기색도 전혀 보이지 않았다. 혹시 둘이 사귀는 건가? F 군의 행동이 그동안의 신뢰를 약화시키는 것 같다는 생각에 약간의 질투심(?)이 일었다. 모르는 척 시선을 내 자리로 돌렸다. 그들의 시간을 방해하는 것 같아 조금 미안한 생각도 들었다. 얼른 내 노트를 펼치고 뭔가를 쓰기 시작했다.

나한테 집중해야 돼. 나와 상관없는 일에는 신경을 끄자. 어차피 삶은 혼자 살아가야 하는 것. 나는 여기에 올 때부터 누구한테 의지하려고 온 게 아니야. 나는 나.

'순례자여! 누가 당신을 불렀는가? 어떤 감춰진 힘이 당신을 이곳으로 이끌었는가?'

펼쳐 놓은 여행 안내서의 어느 부분의 이 문구가 눈에 들어왔다. 더 뚫어지게 쳐다보았다. 다시 한 번 내가 이곳에 온 이유를 생각했다.

F와 함께 걸었던 순례길이 머리를 스쳐 갔다. 사실 그는 순례를 시작한 장소인 생장 피드포르(St Jean Pied de Port)에서 처음 만났다. 우리 일행 중 제일 먼저 만난 순례자였다. 잘생긴 외모에 매너를 갖춘 20대의 이탈리아 남자였다. 특히 자신의 구레나룻을 사랑한다고 말했었다. 그는 7일 동안은 나와 제일 먼저 출발하는 순례자였다. 새벽에 길을 나서는 걸 좋아한다고도 했다. 동트는 모습을 볼 수도 있고, 일찍 도착해 마을을 둘러볼 수도 있고 해서. 세상의 끝이라 불리는 피스테라까지 가려면 남보다 빨리 움직여야 한다는데도 의견이 일치했다.

6시 30분에 숙소를 나오면 어둑어둑한 새벽이라서 앞을 잘 볼수가 없었다. 더군다나 나는 랜턴을 가지고 가질 않았다. 그의 가이드에 의지할 수밖에 없었다. 출발 후 약 한 시간 정도까지는. 솔직히 그때는 내 스마트폰의 라이트를 사용해도 된다는 생각을 하지 못했다. 그런 날이 며칠 계속되었다. 나는 친절한 그를 만난 게 참 다행이라고 생각했다.

겨울 까미노의 기분을 생생하게 느꼈다. 생장에서 출발해서 가는 동안 정말로 많은 눈이 쌓인 광경을 오랜 시간 볼 수 있었다. 평화스럽고 깊은 어둠에 아름다운 조명이 비추고 있는 마을의 모습, 동이 터 오는 모습, 새벽 눈 속을 걸어가는 한 순례자의 모습, 눈밭에 걸려 있는 십자가의 모습 등을 사진에 담으며 걸어갔다.

론세스바예스로 가려면 무릎까지 눈이 쌓인 산을 넘어가야 했다. 산 넘고 물 건너를 반복했다. F는 나보다 몇 발짝 앞서 걸어가

| 눈이 쌓여 있는 눈밭을 걸어가는 내 그림자

| 눈밭의 철조망에 많은 십자가들이 걸려 있다.

며 내가 겪을 수 있는 시행착오를 먼저 경험했다. 계곡을 건널 때 발을 헛디딘다든지, 무질서하게 흘러내린 나뭇가지에 얼굴을 긁힌 다든지, 소 떼들이 남겨 놓은 분비물을 밟는다든지…. 그는 "I'm your sample(나는 당신의 샘플이다)."이라고 말하며 환하게 웃었다. 내가 고맙다고 말하자, "Va bene(괜찮아요)."라고 이탈리아어로 말했다. 나는 "Scusa(미안해요)."라고 그가 가르쳐 준 말로 내 마음을 표현했다.

산꼭대기에 오르자 앞을 분간할 수 없을 정도의 세찬 비바람이 얼굴을 내리쳤다. 우리는 정확한 길 찾기 의견을 교환한 후 노란 화살표가 가리키는 대로 방향을 틀었다. 무사히 목적지에 도착했다. 마을 입구에 있는 한 레스토랑에서 또띠아(스페인 가정식 오믈렛)와 화이트 와인을 먹으며 그날의 성공적인 순례를 자축했다. 그때 처음 먹었던 또띠아는 너무 맛있었다. 그래서 요즘도 그 생각이 나서 가끔 또띠아를 만들어 먹기도 한다.

지금 생각하면 그 코스가 가장 험난한 구간이었던 것 같다. 그래서일까. 그 여정이 마음속에 그림처럼 남아 있다. 솔직했던 나 자신의 감정과 함께.

🐚 나는 이미 내가 원하는 그것이다

그 이튿날은 주비리에서 팜플로나까지 가는 일정이었다. F를 포함 총 4명이 출발했다. 중간쯤 왔을 때 F가 한 가지 제안을 했다.

각자의 소망을 써서 나무에 매달아 놓자는 것이었다. 그 나무에는 아직 아무것도 걸려 있지 않았다. 우리는 매우 좋은 아이디어라고 칭찬을 건넸다. 나는 우리가 그렇게 하면 우리 뒤에 오는 순례자들도 따라 할 거라고 말해 주었다. 그러자 그는 수긍한다는 듯이 자랑스럽게 웃었다. 우리는 각자의 소망을 적었다.

F 군 : YOU HAVE ONLY ONE LIFE.

J 양 : LOVE YOURSELF.

Y 양 : ME ♡

나 : I'M THAT.

| 우리는 각자의 소망을 적어 나무에 매달아 놓았다.

나는 F에게 왜 그 말을 적었느냐고 물었다. 그는 한 번뿐인 인생을 성공적으로 살아 보고 싶다고 했다. 하지만 명확하게 무엇을 해야 할지 모르겠다고 했다. 자신이 뭘 원하는지도 모르겠고, 뭘 잘하는지도 모르겠단다. 그는 내가 쓴 말이 어떤 뜻이냐고 물었다. 나는 성공하려면 이미 내가 원하는 모습이 된 믿음을 가지고 살아야 한다는 뜻이라고 알려 주었다. 자신이 원하는 모습, 즉 성공한 모습을 명확하게 사고해야 한다고. 나는 아침에 책에서 본 문구가 생각났다.

"I'm healthy(나는 건강하다), I'm wealthy(나는 부자다), I'm known(나는 유명하다), I'm unknown(나는 알려지지 않았다). 어떤 것이든 붙일 수 있습니다. 그러면 제가 I AM 뒤에 받아들인 그 상태에 생명력을 부여하게 됩니다. 비유를 하자면 I AM에 가면을 씌워 그것을 향해 행동하게 만드는 것입니다."

자신이 원하는 것이 있다면 '나는 이미 내가 원하는 그것이다'라고 마음속에 각인시켜 놓아야 된다는 것이다. 그러면 머지않은 미래에 반드시 소망을 이룰 수 있다고. 나는 어떤 것이든 당신이 되고 싶은 것을 명확하게 사고하는 것이 중요하다고 말해 주었다. 물론 그것을 발견하기까지는 사람마다 시간이 걸릴 수도 있는 거라며. 태어나면서부터 갈 길이 정확히 정해져 있는 사람은 아무도 없다. 자신이 의도했던 대로 살아지는 인생이란 거의 없다는 말과 함께.

그는 어떤 깨달음을 얻은 것처럼 진지한 표정을 지었다. 그러면서 'I'm that!'이라고 되뇌었다. 이 문구가 가슴에 남았던지 그날 숙소에서 함께 식사하면서 다른 순례자들에게 찍어 온 사진을 보여 준다. 내가 한 말을 해석해 전달하기도 하고. 나는 F의 아이디어였다고 그를 치켜세웠다. 사람들에게 그 나무를 봤느냐고 물었다. 앤이 봤다고 했다. 그리고 감명받았다고 말했다.

이렇듯이 F와의 순례길은 서로를 배려하고 용기를 북돋워 주는, 서로의 의식을 고양시키는 순례길이었다.

🐚 명확한 사고는 성공과 실패를 결정짓는 출발점이다

성공철학의 거장 나폴레온 힐이 쓴 《성공의 법칙》을 보면, 성공하려면 첫째, '명확하고 중요한 목표를 가져야 한다'라고 되어 있다. 또한 어떤 목표를 쟁취하고자 할 때는 어떠한 '사고방식'을 가지느냐로부터 성공이 결정된다는 점을 강조하고 있다. 이는 성공은 '성공에 대한 소망'으로부터 비롯된다는 것의 다른 표현이라 했다.

한 사람의 사고는 그의 행동으로 나타나고, 행동의 결과는 성공과 실패에 큰 영향을 미친다. 그만큼 사고는 중요한 것이다. 성공하려면 먼저 머릿속에 어떤 모습으로 성공할지를 명확하게 그려야 한다. 예를 들어 어떤 건물을 짓는다고 가정하면, 건물의 설계도를 제대로 명확하게 그려야 하는 것처럼 말이다. 몇 층으로 할 건지, 방은 몇 개로 만들 건지, 문은 어느 쪽으로 낼 건지 등을 아주 뚜렷하고 디테일하게 설계해야 한다. 그래야 원하는 건물을 얻을 수 있다. 문이나 화장실이 없는 집을 그려 넣거나 하면 결국 실패한 집이 생겨날 수밖에 없다.

부자로 살고 싶다면 부에 대한 명확한 사고를 해야 한다. 자신만의 부자에 대한 기준을 정해야 한다. 돈은 얼마를 벌 것이지, 어떤 차를 탈 것인지, 어떤 집에서 살 건지, 누군가를 얼마만큼 도와줄 건지, 어떤 노력을 해야 하는지 등을 머릿속에 명확하게 그려 넣어야 한다는 말이다.

우리는 성공한 사람들이 다 훌륭한 환경을 기반으로 성공한 것이 아님을 알고 있다. 그들은 머리가 좋아서, 공부를 잘해서, 부모를 잘 만나 유산을 물려받아서 그런 것이 아니다. 그들의 성공은 어떤 사고를 가지고 노력했느냐에 따른 결과임을 알아야 한다. 명확한 사고는 성공과 실패를 결정짓는 출발점이다. 지금부터라도 명확한 사고 근육을 개발하는 습관을 갖자. 성공의 지름길이 훨씬 더 뚜렷이 보일 것이다.

바라는 것들은 보이지 않는 세계에 이미 완성되어 있다

행복은 원하는 것을 얻는 게 아니라
이미 가진 것을 원하는 것이다.
플레트 미첼

🐚 비를 견디면 무지개를 만날 수 있다

F는 그래피티(graffiti, 낙서)를 좋아했다. 할 수 있는 곳 어느 곳 이든지 발견되면 흔적을 남겼다. 길 위의 돌, 표지판, 나무 위, 다리 밑 등등. 그런 그를 보고 나는 "F is all over the place(F는 어느 곳에든 있다)."라고 말했다. 산 정상에서 거의 다 내려왔을 때 그는 표지판 어느 부분에 'F was here. 09/02/2019'라고 썼다. 그의 요청에 따라 'SEOK was here. 09/02/2019'라고 나도 적었다. 함께 걸으면서 그는 다음번에 다시 오면 자신을 생각할 거냐고 물었다. 나는 "물론 생각날 거야."라고 답했다. 순간 마음속에서 어떤 진심 어린 감정이 올라왔다. 눈물이 나오려는 시선을 얼른 거둬 저 멀리

46

다리를 응시했다.

얼마 후에 트리니다드(TRINIDAD) 다리에 도착했다. 그는 나에게 다리 위에 서 있는 모습을 비디오로 찍어 달라고 스마트폰을 주었다. 손을 흔들며 미소 짓고 있던 F의 모습이 생각난다. 잘 지내고 있는지? 그때 친절하게 도와줘서 고마웠어!

그는 순례를 마치면 순례자의 상징인 가리비 문양의 타투를 할 거라고도 말했었다. 까미노를 기억하기 위해서. 어느 부분이 좋을지를 내게 물었었다. 나는 팔뚝 부분에 작은 모양으로 하는 게 좋겠다고 말했다. 용서의 언덕 정상에서 그가 나에게 주었던 조개 크기만 하게. 그는 그렇게 하겠노라고 답했었는데….

비가 부슬부슬 내리고 있었다. 이날은 '왕비의 다리'라 불리는 푸엔테 라 레이나(Puente la Reina)를 출발해 에스테야(Estella)로 가는 일정이었다. F와 D 군, 나 이렇게 셋이서 출발했다. 둘 다 이탈리아 사람이다. 모두 아침형 인간인지라 언제나 제일 먼저 길을 나섰다. 셋은 페이스도 잘 맞았다. 나만의 생각이었는지는 모르겠으나…. 나는 이 매너 있고, 친절한 사람들과 함께 걷는 새벽길이 참 행복했다. 제일 먼저 나선다는 일등 정신, 건강한 체력을 지녔다는 자부심 등을 가졌다.

똑똑똑똑! 길 위에 힘차게 닿는 내 스틱 소리는 일정한 음률을 타며 목적지를 향해 가고 있었다. 얼마쯤 지났을까. "무지개다!" F가 외쳤다. 한 줄기 선명한 무지개가 하늘과 맞닿은 채 우리 앞에 당당히 얼굴을 내밀고 있었다. 우리가 바라는 모든 것들이 이미 다 이루어졌다고 말해 주고 있는 것처럼. 그저께 보았던 무지개와는 또 다른 느낌이다. 순례를 오기 전 관련 자료를 찾아보는데 순례길에서는 신비한 현상들을 많이 만난다고 했다. 그 말을 기억했다. 지금 그중의 하나를 보고 있는 거라고 생각했다. 나는 '희망'이라는 단어를 떠올렸다.

《꿈 상징 사전》의 저자 에릭 애크로이드가 설명해 놓은, 꿈이 상징하는 키워드 중에 '무지개'에 대한 꿈 풀이를 보면, "무지개는 보통 어두움의 날이 끝나고, 따뜻한 태양이 다시 등장하는 것을 알리는 희망의 징조다. 태양이 자신의 상징일 수 있기 때문에 무지개는 현재의 당신과 당신의 진정한 자아 사이의 틈을 이어 주는 것을 상징한다."라고 되어 있다.

무지개는 아침 일찍 우리 앞에 나타남으로써 어떤 의미를 전달하려는 것처럼 보였다. 내 삶의 어떤 해결책을 암시해 주는 것같이. 두 번씩이나 나타남으로써 내 의식세계를 확장시켜 주었다. 내 문제는 나 스스로 깨닫게 되기를 바라는 것 같았다. 순례길에서 무엇을 얻을 것인지 다시 한 번 돌아보게 하는 순간이었다. 그 의미 있는 순간을 카메라에 담고 다시 걸었다. 무지개도 사라졌다.

🐚 언제나 계획대로 되는 것은 없다

F와 D는 장난기도 많았다. 지루하다 싶으면 다시 활력을 불어 넣어 주는 재미있는 행동들, 말들을 쏟아 냈다.

하얗고 커다란 말 한 마리가 어느 길옆 울타리 안에 서 있었다. 우리를 처다본다. F와 D는 발걸음을 멈추었다. 풀을 뜯어다가 말에게 먹인다. 말은 고분고분 잘 씹어 먹는다. 먹는 모습이 예쁜 아기 같다. F는 풀을 나한테 가져다주며 말에게 주라고 했다. 말이 내 앞으로 다가왔다. 고개를 숙인다. 나는 풀을 입에 넣어 주었다. 자세히 보니 참 눈이 크고 예쁜 말이라는 생각이 들었다. "눈이 참 예쁘다!"라면서 나는 그들이 했던 것처럼 말의 머리를 쓰다듬어 주었다. 잠시 후 그들이 나에게 옆으로 비켜서라고 말했다. 말을 쳐다보라고 했다. 쇼킹! 나는 그런 일은 처음 보았다.

그들은 이탈리아어로 뭐라고 싱글벙글 웃으며 말했다. F는 영어로 다시 나에게 통역을 해 주었다. 사랑의 표현이라고! 어렴풋이 알아들은 나는 아는 단어가 들리는 부분에서 웃음을 지어 보이며 분위기에 동참했다. 나는 그들과는 거의 2배 정도 나이 차이가 난다. 하지만 그들은 성숙한 면이 있었다. 내가 모르는 사실들을 나보다 더 잘 알고 있는 경우도 많았다. D는 모국어는 기본이고 영어와 스페인어를 유창하게 했다. 그래서 함께 다니는 것이 편안했다. 나의 지적 호기심도 더 많이 채울 수 있었다.

순례자들은 그 지역을 방문했다는 증거로 도장(seyo, 세요)을 받는다. 그 도장을 놓칠 뻔한 중요한 장소에서 F와 D와의 동행은 큰 도움이 되었다. 덕분에 내가 꼭 남기고 싶은 도장을 받을 수 있었다.

F는 내일부터 4시에 기상해 영어공부를 하자고 제안했다. 까미노가 끝날 때쯤이면 영어실력이 많이 향상되지 않겠느냐며. 나는 F는 아이디어맨이라고 칭찬했다. 하지만 그 야심에 찬 계획은 결과적으로 성공하지 못했다. 초대하지 않은 손님 때문이었다. A 군! 언제나처럼 그 또한 아침 일찍 일어나 우리 앞에 모습을 드러냈다. 그러면서 자신의 스케줄을 읊어 댔다. 앞으로 이 계획은 전혀 성공할 기미가 안 보여 아예 포기해 버리기로 했다.

🐚 바라는 것들은 내 마음속에 이미 인식되어 있다

우리는 순례자들을 위한 어느 쉼터에서 멈췄다. F는 책을 읽을 수 있는 표지를 알리는 돌 받침대 사이에 사탕을 놓아두는 착한 마음씨를 지닌 사람이기도 했다. 쉼터 안에는 오랫동안 세월을 견뎌 온 올리브 나무들이 순례자들의 희망을 붙잡고 있었다. 이곳을 지나간 많은 순례자들이 자신들이 바라는 것들을 종이에 적어 나무에 매달아 놓은 것을 볼 수 있었다.

사람들은 많은 것들을 바란다. 성공을 꿈꾼다. 잘살고, 누리며, 배우고, 베풀며 살기를 원한다. 하지만 일부 사람들만이 바라는 것들을 이루며 산다. 그런 사람들은 분명한 목표 의식을 가지고 행동하는 사람들이다. 그들의 의식은 바라는 것들을 현실세계로 끌어온다. 그들은 그 모습으로 현재를 살고 있다. 이미 자신이 원하는 것들을 이룬 것처럼. 반면 그렇지 않은 사람도 있다. 매일 열심히 사는 것처럼 보이지만 제자리만 맴돌고 있는 사람도 있다.

네빌 고다드는 말했다.

"목적 있는 삶을 살고 있는지를 알고 싶다면 여러분이 내면의 세상에서 움직임을 만들고 경험한다는 인식과 뚜렷함을 지니고, 여러분의 상상력을 이미 소망이 이루어졌다는 느낌과 행동에 집중하는지를 통해 알 수 있습니다."

전 세계 수백만 명의 인생을 바꿔 준 작가이자 강연가인 지그 지글러 역시 같은 주장을 펼쳤다. "목표에 도달하고 싶으면 이미 그 자리에 도달한 자신의 모습을 상상해야 한다."라고.

그렇다. 내가 되고 싶은 것, 갖고 싶은 것 등 바라는 것들은 내 마음속에 이미 인식되어 있다. 다만 내가 못 볼 뿐이다.

요즘 나는 바라는 게 한 가지 생겼다. 내 집을 창조적인 공간으로 만드는 것! 앞의 나의 꿈의 목록에서 말했던 그것. 나는 지금 혼자 살기에는 제법 넓은 평수의 아파트에서 살고 있다. 혼자 있는 걸 좋아하는 성격이다 보니 집에 머무는 시간이 많다. 가끔은 만나면 편안한 사람들과 내가 제일 아끼는 커피 잔을 꺼내 함께 커피를 마시고 싶은 생각이 들 때도 있다. 며칠 전에 선반을 열어 보았다. 그동안 사 놓은 고급 커피 잔들이 나란히 진열되어 있었다. 한 번도 사용하지 않은 잔들이. 바라는 미래의 것들을 허심탄회하게 얘기하며, 서로를 도와주기도 하면서, 서로의 삶을 진정으로 응원하며 살고 싶다.

그렇게 할 것이다. 또한 이 책이 나오면 출판기념회를 우리 집에서 하려고 한다. 내 인생 제2막의 시작을 그렇게 하고 싶다. 내가 바라는 것들은 이미 내 의식 속에서 이루어졌다.

F는 우리도 소망을 적어 매달아 놓자고 했다. 나는 "No."라고

| 순례자들은 소망을 적어 나무에 매 달아 놓았다.

했다. 내가 바라는 것들은 이미 이루어졌다고 생각하고 있었으므로.

그는 소망 나무들을 사진으로 찍어 두면 좋을 것 같다고 말했다. 나중에 책을 쓸 때 도움이 될 수도 있지 않겠느냐며. 좋은 각도를 알려 주기도 했다. 또한 우리 셋의 추억을 남기자며 동시에 포즈를 취할 것을 주문했다. 그러면서 자신의 스마트폰의 자동 인식 센서를 작동시켰다. 그는 모두 다 참 잘 나왔다고 하며 사진을 공유해 준다고 했다. 하지만 안타깝게도 나는 지금 그 사진을 가지고 있질 않다. 무엇이든지 바로바로 챙겼어야 했는데….

내가 바라는 것들은 이미 완성되어 있다. 다만 내가 발견하지 못했을 뿐이다. 만들어지는 것이 아니라 발견되는 다이아몬드처럼 내가 원했던 그것을 믿고 달려갈 용기만이 필요할 뿐이다.

6

시련은
변형된 축복이다

—
신은 인간에게 선물을 줄 때
시련이라는 포장지에 싸서 준다.
딕 트레이시
—

🐚 나는 온전한 순례자가 아니었다

앤이 방금 출발했다. 쩔뚝거리며. 5시 29분. 그녀는 어제 발에
물집이 생겨 많이 힘들어했다. 지금 출발해야 다른 일행들고 만
날 수 있다고 했다. 앤 파이팅!

오늘 아침에도 나는 2시 30분에 일어나 식탁 한편에 앉았다.
무슨 일인지 스위치를 찾을 수 없었다. 아무리 찾아도 보이질 않는
다. 어쩔 수 없이 나는 화장실 안의 불빛을 받으면서 옆의 의자에
앉아 노트를 정리했다. 오늘 방문하는 장소에 대한 히스토리를 리
뷰했다. 그리고 함께 걸으며 사용할 영어 문장들을 영어번역기를
돌려 만들고 외웠다.

거의 3시간 동안을 기다려야 했다. 나중에 알았는데 스페인에서는 전기를 절약하기 위해 일괄적으로 스위치를 켜고, 끄고 한다. 물론 모든 알베르게가 다 그런 것은 아니었다. 5시 30분이 되자 자동으로 불이 켜졌다.

커피 주전자를 올려놓았다. A 군이 어김없이 옆에 앉아 있다. F는 배를 깎으며 아침을 준비하고 있었다. 함께 모인 사람들끼리 아침을 먹었다. F와 D, A 군 그리고 나. 넷이서.

어느새 순례를 시작한 지 6일째다. 오늘은 에스테야에서 토레스 델 리오(Torres del Rio)까지 가는 일정이다. 약 30킬로미터. 오늘까지 걸으면 전체 거리 중 약 100킬로미터를 걸은 셈이 된다. 오늘은 내가 반드시 보고 싶은 장소가 예정되어 있어서 조금 더 흥분되었다. 7시쯤 길을 나섰다. 평소보다 스피드가 더 나는 기분이었다. 어느새 그곳에 도착했다. 이라체(Irache) 수도원에. 와인 샘(Fuente del Vino)이 있다는 곳.

와인에 관심이 많은 나는 이곳을 꼭 둘러봐야 할 곳으로 찜했었다. 이곳에서는 순례자들에게 공짜로 와인을 제공한다. 순례자들을 위한 '배려'의 마음에서다. 아침에 A 군한테 적어 주었던 'consideration(배려)'을 떠올렸다.

수도꼭지를 틀면 와인이 나온다. 신기하다. 우리는 조개껍데기에 와인을 받아 마시며 몸에 활력을 불어넣었다. 와인의 힘으로 먼

거리를 행진할 채비를 갖추었다. 또한 서로의 기념사진을 찍어 주기도 했다. 잠시 가던 길을 뒤로하고 이라체 와인 박물관으로 향했다. 박물관을 둘러본 후 F는 와인 한 병을 샀다(나중에 알았는데 J 양 왈, 이 와인을 Y 양이랑 그날 마셨다고 했다). 나 또한 같은 걸로 한 병을 샀다. 한국에 기념으로 가져갈 생각으로.

나는 욕심을 낸 것이다. 사실 순례 중에는 짐을 늘리는 것이 아닌데. 짐을 덜어 내려고 순례를 하는 건데. 그때까지도 나는 온전한 순례자가 아니었던 것 같다. 그 이튿날부터 내 삶의 짐은 더 무거워졌다.

| 이라체 수도원의 와인 수도꼭지에
  서 따른 와인

🐚 아무 탈 없이 잘 걸어 준 내 발아, 고마워

오늘 환자 4명이 발생했다. D 군과 앤, A 군, 한국에서 오신 B 언니. 시련의 날 같았다. D는 신고 온 새 신발의 발목이 높아서 발목에 이상이 생겼다. 더 이상 걷기가 힘들어졌다. 그는 우리 일행 중 제일 씩씩하고 스피드를 내는 순례자였다. 그런 그에게 시련이 찾아온 것이다. 일행들은 오늘 숙박 예정 장소에 하나둘씩 도착했다. 아직 알베르게가 오픈하지 않아 밖에서 기다리고 있었다. 이사이 D 군은 약국에 들러서 붕대로 치료를 했다. 그런 후 슬리퍼로 갈아 신었다. 신고 있던 신발은 배낭에 매달았다. 나는 신발이 흔들리지 않도록 양쪽의 균형을 맞춰 꼭 붙들어 매 주었다. 그다음 날도 D 군은 나한

| 발에 이상이 생겨 잠시 쉬고 있는 D 군

테 신발을 매 달라고 부탁했다. 나는 기꺼이 그에게 친절을 베풀었다.

제일 먼저 출발한 앤이 숙소 근처에서 쉬고 있었다. 얼마 후에 그녀는 한 발을 쩔뚝거리며 겨우겨우 숙소까지 걸어왔다. 안타까운 마음이 들었다. 어쩔 수 없이 한 마을에서는 버스를 이용했다고 했다.

그녀는 체격이 좋았다. 그래서인지 배낭 또한 다른 순례자들보다 컸다. 하지만 지금 순간에는 그녀에게 좀 힘겨워 보였다. 그녀는 더 이상 멀리 갈 수 없는 상황이 되었다. 앤과 보조를 맞추어 왔던 프랑스에서 온 S 군, 스페인에서 온 S 양, 이탈리아에서 온 M 군은 예정된 숙소에서 머무른다고 했다. 그 외 일행들은 이 숙소가 마음에 들지 않는다고 하며 8킬로미터를 더 걸어가자는 데 의견을 모았다.

나는 D 군이 걱정되었다. 괜찮겠느냐 묻자 그는 걸을 수 있다고 했다. 우리는 다시 걷기 시작했다. 나는 맨 뒤에 서서 따라갔다. D 군의 모습이 정말 순례자 같다는 생각을 했다. 지금까지 아무 탈 없이 잘 걷고 있는 '내 발'에 고마움을 느꼈다.

8킬로미터를 더 걸어간 후 일행은 숙소에 도착했다. 먼저 도착해 쉬고 있는, 처음 보는 한 순례자가 있었다. 배정된 침대에 짐을 내려놓고 있었다. F가 갑자기 모두 다 빨리 밖으로 나가라고 한다. 무슨 일이지? 그의 말인즉슨 밖에서 10분 정도 있다가 들어가란다. 먼저 와 있는 순례자가 발 냄새가 심하니 그렇게 해 달라고 부탁했단다. 쫓겨날(?) 만도 했다. 오늘은 시련의 날, 그 자체였다. 행군 거리도 제일 멀었고, 환자도 제일 많이 발생했다. 우리 일행은 단체로 숙소 밖을 서성거리며 웃기도 하고, 서로의 발 상태를 체크하기도 했다.

A 군은 숙소에 제일 늦게 도착했다. 어둑해질 무렵에. 다른 일행들이 샤워를 다 끝내고 쉬고 있을 때 혼자 슬며시 들어왔다. 한쪽발을 쩔뚝거리며. 뭔가 문제가 생긴 것이 분명해 보였다. 그는 여자들이 자는 쪽에 침대를 배정받았다. 바로 내 옆 침대로. 선택의 여지가 없었다. 오늘 숙면을 취하기는 다 틀렸어! 그는 코를 심하게 골아 기피 대상, 접근금지 1호였다.

"어딜 갔다 왔노?" 나는 반가운 마음을 그렇게 표현했다. 그는 울상이 된 표정을 지으며 벌겋게 퉁퉁 부어오른 발을 보여 준다. 심한 발 냄새가 났다. 참으로 처참한 현실이었다. 참 아팠겠구나. 측은한 마음이 생겼다. 그는 신발조차 제대로 벗질 못했다. 처방할 약품을 찾았다. 불행히도 나는 비상약품을 하나도 준비해 오질 않았다. 내 입장만 생각하고. '나는 언제나 건강한 사람! 나에게 아픈 일이란 절대 일어나지 않을 거야!'라고 굳게 믿었으니까.

하지만 그건 큰 착각이었다. 나중에 나는 나의 선입견에 대한 대가를 톡톡히 치러야 하는 상황에 부닥치고 말았다. 어떤 상황인지는 뒷부분에서 발견할 수 있을 것이다. 나는 A 군을 도와줄 방법을 찾았다. 다행히 한국에서 오신 분이 발에 붙이는 파스 및 붕대를 챙겨 와서 A 군에게 도움을 줄 수 있었다.

❧ 나를 정의하는 것은 '나'다

그날 머물렀던 숙소는 그때까지 묵어 왔던 다른 어느 숙소보다 마음에 들었다. 호텔을 개조해 만든 것이라 그런지 넓고 깨끗했다. 저녁으로는 숙소에서 제공하는 순례자 세트 메뉴를 함께 먹었다. 15유로씩을 냈다. 그곳에서 처음 만난 순례자가 있었다. 독일에서 온, 나이가 좀 들어 보이는 순례자였다.

나는 그가 내가 순례를 오기 전에 읽었던, 독일 코미디언 하페 케르켈링(Hape Kerkeling)이 쓴 책에 나오는 '신비스러운 노인' 같다는 생각을 했다. 외모가 꼭 그래 보였다. 나의 생각을 말했더니 그는 하페 케르켈링에 대해 부정적인 생각을 가지고 있었다. 게이로 사는 그의 삶이 마음에 안 든다고. 나는 그렇지만 그는 자신의 분야에서 최고의 자리에 올랐고, 많은 사람들에게 선한 영향력을 끼치고 있으니 성공한 삶이라 응답했다. 무엇보다 남의 시선이 아니라 내가 나 자신을 어떻게 바라보고 있는지가 더 중요한 거라며. 나를 정의하는 것은 '나'이기 때문이다. 내가 상상하는 것이 나다.

그는 종교적인 이유로 걷는다고 했다. 내가 독일에 가 봤다고 하자, 무슨 연유에서였는지를 물었다. 베를린 마라톤에 참가했었다고 말하자 매우 놀라는 표정을 지었다. 나는 달리는 것을 좋아할 뿐, 선수로 출전한 것은 아니라고 말했다. 그는 나보고 '멘털이 강한 사람'이라고 말했다. 나는 또한 독일어를 부전공해서 독일에 대해 친근감을 갖고 있다고 했다. 그랬더니 그는 본인이 썼다고 하면서 독

일어로 된 시를 낭송해 주었다. 나는 시의 내용을 이해하지는 못했다. 아마도 우리의 순례길에 희망을 주는 내용일 거라 생각했다.

또 한 사람은 미국에서 온 40대의 순례자였다. 그가 푸엔테 라 레이나에서 같은 숙소에 묵었던 것이 생각났다. 양쪽 팔에 타투를 한 것이 인상적이었다. PEACE, LOVE, 그리고 한 가지는 생각이 안 난다. 자신이 좋아하는 단어라고 한다. 그는 뭔가 새로운 것을 찾고 싶어서 걷는다고 했다. 군대를 마친 지 얼마 안 되었다고. 그는 우리가 얘기하는 동안 기타를 가져와 조용한 배경음악을 들려주며 어울림을 배려해 주기도 했다. 나는 그가 참 사려가 깊은 사람이라고 생각했다.

나머지 한 명은 앞에서 언급했던, 미국에서 온 그 여성 순례자인데 여기서 처음 만났다. 그녀는 한국말도 잘했다. 하지만 대화 중에는 거의 영어를 사용했다. 때문에 나도 영어로 말할 수밖에 없었다. 나는 내가 알고 있는 모든 단어를 끄집어내 문장 만들기에 도전했다. 다행히 대화를 이어 갈 수 있었다. 영어를 좀 더 공부해서 다시 한 번 순례길을 와야겠다고 생각했다. 앤이 가지고 다니던 스페인어 회화 책이 생각났다.

순례를 하는 것 자체가 어쩌면 시련일지도 모른다. 생각지도 못했던 어려움에 부닥칠 수도 있다. 살다 보면 안 좋은 일들, 원망스러운 일들도 많이 겪게 되는 것처럼. 하지만 당장은 받아들이기 어려운 현실이라도 눈앞에 벌어진 일들을 '축복'이라 생각해 보자. 관점을 바꾸어 보자. 결국에는 "여러분에게 일어난 모든 일들이, 심지어 소망과는 전혀 관계없는 것처럼 보이는 일들까지도 여러분의 소망을 이루기 위한 사건의 다리였다는 것을 증명해 보일 것"이다.

7

부에 대해서만
생각하고 말하라

*삶의 질을 변화시키기 위해 필요한 '그 무엇'이란
첫 번째로 '난 반드시 내가 원하는 대로 살 수 있고,
그렇게 되도록 할 수 있다'는 신념이다.*

폴 J. 마이어

🐚 인생이란 만남과 헤어짐을 반복하는 것이다

6시 56분. 길을 나설 채비를 끝냈다. 조금 전 그 생각이 나서일
까. D 군한테 먼저 간다고 인사했다. 옆의 F 군은 새벽 늦게 잠들
어 아직 자고 있는 모습이다. D 군은 어제 다친 왼쪽 다리가 많이
아파 오늘 하루 더 로그로뇨에서 머문다고 한다. 나아지면 스피드
를 내서 따라가겠노라고 말했다. 나는 내 전화번호를 알려 주었다.
아픈 다리를 이끌고 문 앞까지 따라 나오며 조심해서 가라고 말한
다. 어차피 까미노는 혼자 하는 거라며. 마치 엄마가 먼 길 떠나는
딸을 걱정하며 보내는 것 같다. 헤어짐의 서운한 마음에, 그의 따뜻한
마음에 눈시울이 붉어졌다. 정말로 그날이 마지막이었다. F와 D를 본

것이.

나헤라(Najera)까지 가야 한다. 30.7킬로미터. 조금 두려웠다. 혼
자 숙소를 나왔다. 새벽 가로등 불빛 아래 노란 화살표를 찾았다.

이제부터 진짜 나의 까미노가 시작되는 거야. 어차피 인생은 혼
자서 가는 것! 끝없이 이어지는 포도밭 사이를 혼자 걸었다. 겨울
이라 그런지 순례자들이 많지 않다. 앞뒤를 둘러보아도 아무도 없
다. 나 혼자다. 나 자신과 대화하면서 걷는다. 수많은 일들이 스치
고 지나갔다. 어느 순간 눈물을 흘리며 걷고 있는 때도 있었다. 나
에게 카톡을 보내온 사람들을 하나씩 떠올렸다. 반가운 사람도 있

| 로그로뇨 시내 바닥에 새겨져 있는
까미노 표시

었고, 답하고 싶지 않은 사람들도 있었다. 그들과의 관계에 대해서 생각하게 되었다.

앞으로의 내 인생에 도움이 될 수 있는지, 나는 그들에게 도움을 줄 수 있을 것인지 등을. 지금의 나는 이미 변해 있는데…. 내 의식은 이미 그들과 달라졌는데…. 과거의 안 좋았던 일들, 발전적이지 못한 사고들, 사람들과 이미 나는 결별했다. 그들은 여전히 과거의 시선으로 나를 바라볼 것이기 때문이다. 미래에 더 많은 것을 소유하기 위해 불필요한 것들을 다 내려놓았다.

나는 내 길을 간다! I LOVE MYSELF! 어느 돌 위에 이렇게 적어 놓았다.

인생이란 만남과 헤어짐을 반복하는 것. 함께 걷던 사람들이 하나둘 사라진다. F 군, D 군, R 군, S 양. 지금까지 4명과 헤어졌다. 최종 목적지에는 나 혼자 도착할 수도 있겠구나, 생각하며 걸었다. 겨울에는 문을 연 알베르게가 많지 않다. 이곳 나헤라 지역에는 공립 알베르게 한 곳만이 연 상태였다.

다행히 이곳에서 일행들을 다시 만날 수 있었다. 앤, A 군, J 양, B 언니, S 군. 그리고 새로 합류한, 프랑스에서 온 순례자로 팀이 다시 꾸려졌다. 그날 저녁에는 오스피탈레로(hospitalero)가 직접 만든 음식을 함께 먹으며 이야기를 나누었다. F 군은 전날 묵었던 지역에서 하루 더 머문다고 했다. Y 양도 그곳에서 하루 더 머문다고 했다.

사람과의 관계를 영원히 지속한다는 것은 쉬운 일이 아니다. 처음에 누군가를 알아 갈 때는 서로에게 감동을 주려고 많은 노력을 한다. 하지만 시간이 지날수록 상대방의 단점도 보인다. 상대로부터 받는 모든 것들이 당연하게 생각될 수도 있다. 그러다가 어느 순간 서운한 감정을 느끼면 아주 사소한 일마저도 지우고 싶어진다. 그런 만큼 모든 관계에 에너지를 쏟는 것은 바람직하지 않다고 생각한다. 나의 에너지는 한정되어 있기 때문이다. 따라서 의미 있고 가치 있는 관계에만 그 에너지를 사용해야 한다.

D 군으로부터 카톡이 왔다. 그를 안 본 지 하루밖에 지나지 않았는데 메시지가 반갑다. 다시 걸을 수 있다고 한다. 조만간 다시 만나자고. 나 또한 같이 걷기를 기다린다고 답장했다. 그와 걸으면서 나눴던 솔직한 대화들, 인간미 있는 행동들, 진심 어린 말들이 스쳐 지나갔다. 그는 카톡에서 개인적인 얘기를 처음 들려주었다.

그는 이탈리아 사람이지만 지금은 스페인 마드리드에서 2년째 살고 있다고 했다. 2년 전에 인생에 중대한 변화가 있었다고. 그의 나라의 직장을 그만두고 스페인에서 새로운 길을 찾고 있는 중이라고 했다. 하지만 그게 쉽지가 않다고. 이탈리아에서의 직장은 자신이 원했던 일이 아니고 오로지 자신을 탐구하기 위한 일이었다고 한다. 그래서 그것은 내 것이 아니었다고. 이제는 모든 것이 더 좋아졌기 때문에 뭔가를 할 필요가 있다고 생각한다고 했다. 그것에 리스크가 따르더라도 해낼 거라고 했다. 그의 의지가 확고해 보였다.

나는 'challenge(도전)'라는 단어를 보냈다. 성공하기 위해서는 미친 사람(crazy person)이 되어야 한다고 그가 보낸 문구에 용기를 보탰다. 불광불급(不狂不及)! 내가 의미하는 성공은 물론 부자로 사는 삶이다. 그러기 위해서는 긍정적인 마음을 가져야 한다고 말했다. 그리고 I'm that!이라는 문구를 보냈다. 당신이 되고 싶은 '그 무엇'이 있다면 이미 그것이 완성된 모습으로 살아야 한다는 뜻이라고 설명해 주었다. I'm rich. I'm scientist. I'm writer….

그는 매우 흥미롭다고 하며 내가 말하는 바를 이해했다고 했다. 나는 네빌 고다드가 쓴 《AWAKENED IMAGINATION》을 읽어보라고 했다. 그는 세상의 끝이라 불리는 피스테라까지 걸어간다고 했다. 그곳에서 자신의 삶을 다시 시작할 용기를 얻고 싶다고.

🍂 생각이 삶을 결정한다

많은 사람들이 자신이 원하는 삶을 살고 싶어 한다. 특히 부자로 살고 싶어 한다. 그래야 하고 싶은 모든 것을 할 수 있기 때문이다. 부자가 되는 방법에는 여러 가지가 있다. 우리가 직장에 다니는 가장 큰 이유 중의 하나도 돈을 벌어서 부자가 되고 싶기 때문일 것이다. 사실 직장에 다니면서 큰 부자로 살기는 어려운 게 현실이다. 나도 부자가 되어 하고 싶은 거 다 하면서 베푸는 삶을 살고 싶다. 어떤 방식을 선택하든 부자가 되기 위해서 가장 중요한 것은 무엇일까 생각했다.

영국에서 가장 빠른 속도로 자수성가한 입지전적인 인물인 롭 무어가 있다. 그는 자신의 저서 《머니(MONEY)》를 통해 더 이상 가난하게 살고 싶지 않다면, 나아가 큰 부자로 살고 싶다면 돈에 대한 불신부터 버려야 한다고 말했다. 즉, 부자가 되려면 부에 대한 사고부터 바꾸어야 한다는 뜻이다. 그가 가난한 사람의 믿음과 부자의 믿음을 비교해 놓은 것 중에 이런 내용이 있다.

가난한 사람의 믿음: 나는 그 일을 할 수 없다. 내겐 충분한 능력이 없다.

부자의 믿음: 나는 세상이 필요로 하는 위대한 가치를 가지고 있다. 내 능력은 최고다.

많은 성공한 사람들의 공통점은 그들 모두 '도전'했다는 것이다. 처음부터 부자가 될 환경에서 시작한 것이 아니다. 따라서 성공하기까지는 많은 실패와 좌절을 경험했다. 하지만 중요한 것은 당신에게 일어난 일이 아니라 당신 안에서 일어난 일이라고 말한다. 즉, 부를 바라보는 의식이 더 중요하다는 것이다.

일본과 미국, 아시아에서 세미나 강사, 코치, 강연가, 저자로 활동하고 있는 이구치 아키라가 쓴 《부자의 사고 빈자의 사고》에서도 부자의 사고방식이 중요함을 말하고 있다. 그는 부자들은 부자의 사고방식을 가지고 있고, 가난한 사람들은 가난한 사람의 사고방식을 가지고 있다고 했다. 그래서 가난한 사람이 부자가 되기 위해서는 가장 먼저 사고부터 바꿔야 된다는 것이다. 부자들이 갖추고 있는 돈에 관한 올바른 사고법, 즉 부자의 사고방식을 익혀야 된다고. 사고에는 행동과 현실을 바꾸는 강력한 힘이 있다.

네빌은 "하나의 가정이 사실이 아닐지라도 계속 간직한다면 사실로 굳어질 수 있습니다. 그리고 꾸준히 계속해서 상상하는 것만으로도 모든 것을 이룰 수 있습니다."라고 말했다.

그렇다. 어떤 사실을 계속 말하면, 즉 한 가지 믿음을 계속 가지고 있으면 정말 그렇게 된다는 것이다. 따라서 처음부터 안 된다는 부정적인 생각을 간직하고 있는 사람이라면 가난하게 살 수밖에 없다. 이런 생각들이 지속되면 가난이 습관이 되는 것이다. 반대로 부자로 살기 위해서는 부자의 사고를 가지고 할 수 있다고 생각하고 말하고 행동해야 된다는 것이다. 부자가 되고 싶다면 부에 대해서만 생각하고 말해야 되는 이유다.

의식을 바꾸지 않고서는 부자가 될 수도 없고 성공할 수도 없다. 어떤 사고가 내 삶에 도움이 될지, 어떤 사고를 간직하고 살 것인지는 본인의 사고에 달려 있다.

camino
de
Santiago

PART 2

결말의
관점에서
시작하라

우리가 받은 최고의 선물은
상상력이다

세계를 지배하는 것은 상상력이다.
나폴레옹 보나파르트

🌾 조금은 속도를 늦춰도 괜찮아

나는 커피를 타서 A 군에게 건넸다. 그는 나의 이름(full name)을 적어 달라고 한다. 발음을 들려 달라며 따라 한다. 외우는 것 같다. 나이도 묻는다. 나는 이미 A 군이 나보다 열두 살 아래라는 것을 알고 있었다. 사실을 말하니 못 믿겠다는 표정이다. 하기야 나는 실제 나이보다 젊어 보인다는 말을 많이 듣는다! 매사에 긍정적이고 낙관적인 성격 탓도 있으리라. 건강한 삶을 위해 일주일에 3, 4일은 집 앞의 천변을 달리기도 한다. 즐거운 마음으로 달린다.

'운동을 하면 머리가 좋아진다'라는 연구 결과도 있다. 하버드대 정신과 의사 존 래티는 "운동은 집중력과 침착성은 높이고 충동성은 낮춰 (우울증 치료제인) 프로작과 리탈린을 복용하는 것과 비슷한 효과가 있다."라고 했다. 또한 운동을 중간에 그만두면 신경세포가 잘 작동하지 않는다. 효과를 유지하려면 지속적으로 운동해야한다고 연구자들은 말한다. 시간을 내서라도 내게 맞는 운동 하나쯤은 꾸준히 하는 게 좋을 것 같다.

오늘이 마지막일 것 같다는 예감 때문이었을까. 그의 표정이 좀어둡다. 본인은 내가 가는 거리만큼 갈 수 없다고 말한다. "Strong woman!"이라며. 그는 잠시 후 D 군한테서 온 메시지를 보여 달라고 했다. 나는 메시지를 보여 주었다. 무슨 러브 스토리라도 적혀있나 자세히 다 읽는다. 나는 그의 마음을 읽었다는 듯 "Nothing."이라고 말하며 웃었다. 그의 전화번호를 적어 달라고 노트를 내밀었다. 그는 자신의 전화번호를 알아볼 수 없게 작은 글씨로 적어준다. 연락할 수가 없을 것 같다.

30분 정도 지난 후에 한국에서 온 분이 자리에 합류했다. A 군은 그가 가지고 있던 호박 잼과 바게트 빵을 펼쳐 놓는다. 그저께다친 발목을 위해 붕대 및 파스를 건네준 고마움에 대한 표현이었을까. 그의 친절함이 감사함을 느끼게 한다.

7시쯤 혼자 길을 나섰다. 제각기 속도가 다르다 보니 이젠 각자혼자 걷는다. 본인이 갈 수 있는 만큼만 걷는다. 나는 오늘 나헤라부터 그라뇽(Grañon)까지 28킬로미터를 걷기로 했다. 아스팔트가 하나도 없는, 끝없이 펼쳐진 들판 길을 걸었다. 길 위에 순례자가 한 명도 보이질 않는다. 홀로 사는 인생을 배우는 것 같다. 지금까지 나는 맨 처음 같이 순례를 시작했던 일행들 중 제일 앞서서 가고 있다.

속도가 중요한 게 아닌데. 속으로 생각하며. 그러다 보니 너무 많은 걸 놓치고 온 건 아닌지 돌아보게 된다. 무엇이든 이겨 낼 것 같은 용감함 뒤에 아픔을 간직했던 앤. 최고급 파스타를 만들어 주었던 그녀와 더 깊은 대화도 못 나누었고, 다른 사람들과의 만남도, 아름다운 마을을 둘러보는 여유로움도 가지지 못했구나. 이처럼 계속 가는 건 내가 원했던 순례가 아니야. 조금 속도를 늦추며 천천히 걸었다.

뒤에서 귀에 익은 목소리가 들려왔다. 온 세계를 여행 중이라던 프랑스의 젊은이 S 군. 누군가와 진지하게 대화하면서 걸어오고 있었다. 젊은이라서 그런지 발걸음이 무척 빠르다. 복장도 여름 복장을 하고 걷는다. 반팔에 반바지. 부엔 까미노! 혼자 하는 순례이지만 마음이 맞는 누군가와 함께하는 길이라면 또 다른 의미가 있을 거라 생각하며 걸었다.

정오쯤 산토 도밍고 데 라 칼사다(Santo Domingo de la Calzada)에 도착했다. 파울로 코엘료의 소설 《순례자》에서 주인공이 '산 채로 매장당하는 훈련'을 했던 장소이기도 하다. 작가는 소설 속에서

"인생에서 가장 중요한 것이 충만한 삶을 즐기는 것일진대, 나는 무엇 때문에 거절당할까 두려워, 하고 싶은 일을 훗날로 미루었던 것일까?"라고 들려주었다.

여기에 오기 전 나는 《거절당할 용기》를 나의 첫 번째 책으로 썼다. 거절 경험을 극복하는 일은 나 자신에게도 중요했기 때문이다. 나 또한 거절당할 걸 미리 두려워해 시도조차 해 보지 않은 일들이 너무 많았다. 지금 이 시간은 나에게 주는 선물! 나는 순례하면서 '내가 하고 싶은 일'들을 상상했다. 꿈의 목록들을! 그것들을 하나씩 이루어 가면서 가치 있는 삶을 살아야겠다고 마음에 새겨 넣었다.

대성당 입구 커다란 나무 그늘 아래에서 S 군이 앉아서 쉬고 있었다. 나도 배낭을 내려놓았다. 사람들의 삶을 엿보기도 하고, 신비스런 전설을 간직하고 있는 산토 도밍고 성당을 둘러보기도 하고, 예쁜 카페에 들어가 에스프레소를 마시기도 했다. 중요한 건 속도가 아니라 방향이라는 것을 다시 한 번 새기며!

다른 일행들은 여기까지가 오늘의 목적지다. 하지만 나는 한 구간 더 가기로 결심했다. 아직은 시간이 많이 남아 있었기 때문이다. 8킬로미터를 더 걸어 그라뇽까지 왔다.

🐚 상상력 안에서 한계란 존재하지 않는다

Bienvenidos(환영합니다)!

가족을 맞이하듯 친절한 알베르게 주인 부부가 포옹하며 환영 인사를 한다. J 양, 한국에서 오신 분이 먼저 와 있었다. 이산가족을 상봉하는 것처럼 반갑게 맞이해 준다. 더 빠른 루트가 있었나? 이곳은 교구 알베르게(지역의 천주교 교구에서 운영하는 알베르게로 수도원, 성당의 일부분을 할애해서 만든 공간)였다.

정감 있는 시골집에 온 느낌이다. 벽난로 속 통나무가 활활 타오르고 있었다. 샤워를 마치고 벽난로 앞에 앉았다. 집이라 생각하고 편안하게 쉬세요! 친절한 주인의 배려에 마음이 훈훈해졌다. 활활 타오르는 불길처럼 나의 순례에 행운이 있기를 마음속으로 빌었다. 한쪽 옆에는 세탁한 양말과 옷가지들을 널어놓았다. 마치 크리스마스이브에 아이들이 벽난로 옆에 긴 양말을 걸어 놓고 산타클로스가 선물을 한가득 채워 주기를 기도하는 것 같다는 생각을 했다.

바닥에는 매트리스가 깔려 있었다. 나는 저녁을 기다리는 동안 한국에서 오신 분과 얘기를 나누게 되었다. 현재 65세라고 하셨다. 다정하고 푸근한 언니 같다. B 언니라 불렀다. 까미노를 하게 된 이유에 대해 여쭤보았다.

"그냥 오고 싶었다. 평생 피아노 학원만 운영하다 보니 다른 세계는 생각하기가 쉽지 않았다. 사회적이지 못했던 것 같다. 그래서 한 살이라도 젊을 때 더 넓은 세계를 보고 싶었다."

　그분은 8년 전에 암 수술을 하셨다고 했다. 힘든 고비를 넘기셨다고. 하지만 그때도 모든 걸 낙관적으로 생각했다고 하셨다. 언제 죽을지도 모르는데 살아 있는 동안 하고 싶은 것을 경제적인 범위 내에서 다 하고 싶다고 말씀하셨다. "나의 한계는 없다고 생각한다. 하다가 못 하면 그만이고. 그래서 모든 것을 쉽게 생각한다. 생각이 쉬우면 해결도 쉽게 되는 것 같다. ~ 때문에, ~ 때문에 못 한다. 이런 소릴 제일 싫어한다."고도 하셨다. 그러곤 "살다 보면 걸림돌이 발생할 수도 있다. 그러나 생각을 바꾸면 된다. 긍정적으로. 내가 가진 게 많다고 생각하면 많은 거다."라고 덧붙이셨다. 대화하는 내내 진지했다.

　대화를 나눈 후 7시 저녁 미사에 참석했다. B 언니, J 양, 나 이렇게 함께. 정장을 차려입은 마을 노인들과 오스피탈레로 부부 그리고 독일에서 온 순례자 부부가 전부였다. 신부님께서 순례자들의 부엔 까미노를 기원해 주셨다. J 양은 유일하게 '꼼빠니아(compagna)'이 한마디를 알아들었다며 '친구'라는 뜻이라고 설명해 주었다.

　미사를 마치고 8시쯤 오스피탈레로가 직접 만들어 주신 콩 수프, 빵, 샐러드와 커피를 먹으며 대화의 시간을 가졌다. 스페인어를 못 알아듣는 것이 아쉬웠다. 다음에는 스페인어를 꼭 배워서 와야지! 꼭 필요한 순간에는 영어로 여쭤봤다. 그나마 다행이었다.

법정스님의 맏상좌였던 덕조스님은 "해도 후회 안 해도 후회라면 하고 싶은 일을 하지 못해서 후회하는 것보다 해 버리고 새 출발 하는 것이 좋다."라고 했다. 그래야 집착의 고리를 끊어 버릴 수 있다는 것이다. 나아가 후회를 새로운 출발, 보다 나은 내일로 가는 디딤돌로 삼을 수 있기 때문이라고 했다.

그렇다. 무엇이든지 떠오르는 상상이 있다면 겪어 보는 게 좋지 않을까. 망설이고 주저하면서 시간만 끌다가 나중에 후회하지 않도록 말이다.

내가 살아 있는 동안 하고 싶은 것은 어떤 것들일까. 우리는 상상력 안에서 내가 하고 싶은 것들을 다 이루어 낼 수 있다. 상상력

| 교구 알베르게에서 함께
식사를 하며 찍은 사진

안에서 나의 한계란 존재하지 않기 때문이다. 우리가 해야 할 일은 단지 하고 싶은 것들을 가진 상태를 뚜렷한 사실로 받아들이는 것임을 알고 있다. 나는 그런 상상이 다 이루어진 결말의 관점에서 내 일상을 열심히 살면 되는 거다.

살아 있는 동안 하고 싶은 것 다 해 보기! 무거운 배낭을 메고 순례를 하고 계신 그분의 모습이 존경스러웠다. 사진으로 남겨 드렸다.

당신의 상상을
귀하게 여겨라

꿈을 향해 담대하게 나아가라.
그리고 상상대로 살아라.
헨리 데이비드 소로

🐚 상상이 보답을 받은 귀중한 하루

다시 하루가 시작된다. 어젯밤 난로 앞에 걸쳐 놓았던 양말과 옷 가지들을 챙겼다. 새벽 일찍 길을 나서고 싶었지만 여기 알베르게 의 규칙에 따라 오늘 아침은 다 같이 먹었다. 테이블에는 따뜻한 수 프와 빵, 우유, 샐러드, 비스킷 등이 미리 세팅되어 있었다. 유쾌하고 친절한 두 주인의 깊은 배려와 함께 든든한 아침식사를 마쳤다.

숙박비용은 기부제였다. '사랑을 받은 만큼 넣어 주세요!'라는 숙박비용 모금통 위의 문구가 보였다. 나는 내가 느낀 감사의 마음 을 모금통 안에 넣었다. 지금까지의 알베르게와는 색다른 경험을 할 수 있었다. 가장 기억에 남는 알베르게 중의 하나였다.

다시 길을 나선다. 오늘은 그라뇽에서 비야프랑카(Villafranca Montes de Oca)까지 28.5킬로미터를 행군하는 코스다. 아침의 찬 공기가 신선하게 느껴진다.

그라뇽을 지나면서부터는 평원을 향해 서서히 올라가는 길이다. 지금 내 앞에 펼쳐진 이 길을 나는 당당히 걸어가리라. 이 길의 끝에서 무엇이 나를 기다리고 있는지 나는 안다. 그 결말의 끝에서 다시 시작하리라.

토산토스(Tosantos) 지역에 들어서자 정면에 보이는 바위 위에 아름다운 성당이 신비스럽게 자리 잡고 있었다. 순례하는 마을들이 대부분 그렇듯이 이곳 또한 한적해 보였다. 겨울이라 문을 닫은 알베르게도 많다. 우리나라의 시골 풍경 같다는 생각을 했다. 대부분 나이 드신 어른들이 많이 살고 계셨다. 어느 알베르게에서 들었는데 젊은 사람들은 다 도시로 일하러 나간다고 했다. 그리고 순례자가 많이 오는 여름에는 도시로 나갔던 사람들이, 또는 알베르게의 주인들이 다시 시골로 돌아와서 알베르게를 운영한다고 한다.

하루 일정을 건너뛰어야만 하는 일이 발생했다. 산 후안 데 오르테가(San Juan de Ortega)에서 부르고스까지 약 40킬로미터의 거리를. 비야프랑카에 도착하니 저 멀리 손을 흔들고 있는 사람이 있었다. B 언니였다. 먼저 도착해 있었다. 어쩐 일인가 여쭤봤더니 버스를 타고 왔다고 한다. 낯선 여기 스페인에서는 버스 잡기도 힘든

데. 나는 B 언니가 버스 타는 도사 같다고 생각했다. B 언니는 스페인의 버스정류장 구조가 어떻게 되어 있는지를 매우 잘 파악하고 있었다.

J 양은 혼자 걷고 싶다며 천천히 걷고 있다고 했다. 이전 마을에서 머무른다고. B 언니가 걱정스런 표정을 지었다. 지금 이곳에는 문을 연 알베르게가 한 곳도 없다는 것이었다. 왔던 길을 돌아가든지 다음 코스로 건너뛸 건지 선택해야 했다.

맙소사! 이를 어떻게 한담! 사전에 정확히 알아봤어야 하는 건데. 또다시 속도에 욕심을 낸 나 자신을 탓하게 되었다. 누가 떠미는 것도 아닌데 나는 왜 이렇게 쫓기듯 걷는 것일까.

걸어온 길을 되돌아가기에는 남은 시간이 충분치 않았다. 할 수 없이 B 언니와 상의해서 다음 마을인 부르고스까지 가기로 결론을 내렸다. 문을 연 알베르게가 있는 곳은 거기가 제일 가까웠기 때문이었다. 레스토랑에서 간단한 음료수로 목을 축이고 버스정류장으로 향했다. 이곳에서는 버스를 타기도 힘들고 택시를 잡기도 힘든 상황이어서 쩔쩔매고 있었다. B 언니랑 머리를 맞대고 의견을 다시 모으고 있었다.

버스가 도착하기 10여 분쯤 전. 한 자가용이 우리 앞에 멈춰 섰다. 젊은 스페인 여성이 운전하고 왔다. 저 차가 우리를 태워 줬으면… 하고 마음속으로 간절히 바랐다. 나는 《상상의 힘》 책에 나오는 시각장애인 소녀의 스토리를 떠올렸다. 소녀처럼 나도 실험해 봐야겠다고 생각했다. "태워 줄게요."라는 운전자의 말을 상상했다. 차 안에 타고 뒷좌석에 앉아 있는 모습을 상상했다. 운전자가 우리를 태우고 갈 것이라고 굳게 믿었다. 나는 용기를 내서 그 운전자에게 다가가 물었다.

"실례합니다. 우리가 지금 부르고스까지 가야 하는데 차를 태워 줄 수 있나요?"

"예스!"

운전자는 한 번에 대답했다. 와 이런 기적이! 기꺼이 태워 주겠다고 한다. 본인도 부르고스까지 가는 길이라고. 지금 오빠가 버스에서 내리면 태우고 가려고 여기에 왔단다. 정말 기적 같은 일이 일어난 것이다. 얼마나 고마웠던지! 잠시 후 그녀의 오빠가 버스에서 내렸다. 그는 차 트렁크를 열고 배낭을 넣어 주는 친절함도 보여 주었다. 우리는 함께 승용차에 올라 부르고스를 향해 출발했다. 앞으로 40킬로미터를 더 걸어야 하는 과제를 남겨 둔 채.

거의 2시간 정도 달려온 것 같다. 가는 내내 두 남매는 부르고스의 성당이 아름답다며 꼭 둘러보라고 말해 주었다. 또한 피스테라까지 가는 길을 상세하게 알려 주기도 했다. 그들은 우리를 우리가 말했던 숙소 근처까지 데려다주었다. 그들은 "부엔 까미노."라고 말하며 포옹 인사를 해 주었다. 대기하고 있던 젊은 청년은 숙소 입구까지 우리를 친절하게 안내해 주었다. 오늘은 후회도 있었고,

기쁨도 있었던 하루였다. 나의 상상이 보답을 받은 귀중한 하루이 기도 했다.

🐚 원하는 소망이 있다면 아주 생생하게 시각화하라

여행을 하다 보면 놓치는 것들이 많다. 그 많은 것들을 어떻게 다 한 번에 이해하면서 갈 수 있을까. 그래서 또 오고 또 오는 거 아니겠어. 내가 놓친 것들에 대한 미련이 남아 어떤 것들이 있었는 지 궁금해하면서 여행 안내서를 보며 아쉬움을 달랬다.

- 리오하 지방을 벗어나 부르고스(Burgos) 지방에 들어서게 된 다는 표지판. 그곳에 스페인어로 이렇게 적혀 있다고 했다. "어디가 되든지 항상 앞을 향해 가리라!"

그래. 내가 가고자 하는 길. 내가 정한 길. 그 길을 향해 나는 갈 것이다. 멈추지만 않으면 도착한다. 포기하지 말자! 나는 다시 한 번 나의 길을 깊이 새겼다.

- 산토 도밍고의 제자인 산 후안 성인이 직접 지은 12세기 건축물 '이글레시아 데 산 후안 데 오르테가(Iglesia de San Juan de Ortega) 교회. 다산(多産)의 성인으로도 알려진 산 후안 성인의 무덤에 전해 지는 이야기

- 아게스(Agés) 마을 입구에 적혀 있는 '산티아고까지 518킬로미터' 표지판. 마을의 모든 구역이 건축가 산 후안 데 오르테가의 작품들로 꾸며져 있다고 함.

내가 벌써 300킬로미터 이상을 걸어왔네. 꾸준히 걷다 보니 산티아고가 점점 가까워지고 있었다.

- 인류가 100만 년 전에 유럽에 살았었다고 입증할 수 있는 자료들이 출토된 아타푸에르카(Atapuerca) 지역

- 마을의 유일한 차도가 까미노와 병행하는 카르데뉴엘라 리오피코(Cardeñuela Riopico)

오늘 귀중한 깨달음을 얻었다. 내 상상이 현실로 이루어진다는 깨달음을. 자신이 원하는 소망이 있다면 제일 먼저 해야 할 일은 그 행동을 아주 생생하게 시각화하는 것이다. 즉, 상상해야 한다는 것이다. 내면에서 이루어진 행동은 그것의 모습에 맞춰서 세상 모든 것에게 명령을 내린다고 한다.

"소망을 이루기 위해서는 상상 속에서 행동을 취해야 합니다. 감각기관으로 보고 느끼는 증거와는 상관없이 소망이 이루어졌다고 생각하고 그 상상 안에서 행동을 취해야 합니다. 소망이 충족되

었을 때, 외적 자아가 취하게 될 행동과 내적 자아의 행동이 일치할 때 그 소망은 실현될 것입니다."

그렇다. 우리는 무언가 되기 위해서는 무언가 행동을 취해야 한다는 것을 알고 있다. 하지만 마음속의 생각을 겉으로 나타내는 행동은 말처럼 쉬운 일이 아니다. 더군다나 상상 속에서 자신의 소망이 이루어졌다는 행동을 한다는 것은 더 어려울 수도 있다. 우리같이 현실주의자인 경우에는 말이다. 누구는 이런 질문을 할 수도 있을 것이다.

"상상만 하면 다 이루어지느냐?"

네빌이 한 말 그대로 "한번 시도해 보고 마음속에서 바란 이상이 실현되는지" 보길 바란다.

내가 원하는 것은
이미 내 안에 있다

—
우리의 환경, 즉 우리가 살고 또 일하고 있는 세계는
우리의 태도와 기대의 거울이다.
얼 나이팅게일
—

🐚 깊은 평화 속에서 걷는 즐거움

아침 8시. 숙소를 나왔다. B 언니는 하루 더 부르고스에서 머물며 자신만의 시간을 갖는다고 한다. 나는 떠나기 전 아름다운 부르고스 대성당을 눈에 넣기 위해 다시 한 번 둘러보았다. 산타 마리아 대성당이라고도 불리는 부르고스 대성당은 스페인의 무수한 대성당들 중에서도 가장 아름답고 큰 성당 중 하나다. 스페인에서 세 번째로 큰 규모를 자랑한다.

빼어난 고딕양식의 장엄한 건축물과 첨탑이 인상적이었다. 대성당 내부의 다양한 예술품과 화려한 공예품은 너무 아름다워 경외감마저 들었다. 오랜 역사를 가진 만큼 1984년 유네스코(UNESCO)

세계문화유산으로 등재되었다고 한다.

부르고스는 순례자에게 까미노의 특별한 분기점이 되는 곳이다. 여기부터 레온(Leon)까지는 메세타(Meseta) 지역이다. 메마르고 거친 평원이 끝도 없이 펼쳐진 수평선과 맞닿아 있다. 평화로움과 고요함 그 자체다. '까미노 데 산티아고' 전체 길 중에 가장 단조로운 풍경이라고 한 말이 맞는 것 같다. 그만큼 순례자들에게는 육체적으로나 정신적으로 보다 강한 의지가 필요한 구간이기도 하다. 하지만 아직은 물집 한번 잡히지 않고, 걷는 것이 즐거운 나와는 상관없는 일인 것 같다.

나는 깊은 평화 속에 자신의 존재를 나타내는 텅 빈 공간을 홀로 걸었다. 어느새 한 순례자의 마음에도 평화롭고 온유한 기운이 한가득 들어와 있었다. 가끔 사슴, 비둘기 등이 내 앞에 나타난다. 나는 혼자가 아니었다. 오늘 걸은 거리는 20킬로미터밖에 되지 않았다. 부르고스에서 오르니요스 델 까미노(Hornillos del Camino)까지. 2시쯤 알베르게에 혼자 도착했다. 지자체 호스텔이었다. 처음 보는 순례자가 나를 반갑게 맞이해 준다. 그는 프랑스에서 온 루루라고 자신을 소개했다. 본인도 오늘 여기서 머물 거라며. 잠시 후에 한 남성 순례자가 들어왔다. 먼저 인사를 하며 페루에서 온 K 군이라고 했다. 오늘 밤에는 이렇게 셋이서 머물게 되었다.

그런데… 알베르게가 별로다. 저녁식사 비용까지 합해서 15유로를 냈다. 숙박비용 대비 시설이 마음에 안 든다. 숙소 안도 좁고 춥다. 온수도 안 나온다. 왠지 바가지를 쓰는 기분이다. 주인인 오스피탈레로한테 춥다고 했더니 밤에 잘 때만 난방을 틀어 준다고 한다. 에너지를 아껴야 한다고. Enjoy the sun! 나중에 들어온 순례자 중 한 사람이 큰 소리로 외치며 동병상련의 마음을 표현했다. 할 수 없군.

이곳에는 슈퍼마켓도 없었다. 겨울에는 다 닫는다고 했다. 도대체 여기 사람들은 어떻게 식량을 조달해서 먹고살지?

나는 다른 알베르게로 가야겠다고 생각했다. 순례하면서 처음으로 불평불만을 토했다. 지금 시각은 4시 반. 내가 가고자 하는 온타나스(Hontanas) 마을까지 가려면 약 11킬로미터를 더 걸어가야 했다. 2시간 반 정도를 걸어야 하는데, 그러기에는 위험 요소들이 많았다. 숙소 주인인 오스피탈레로는 금세 어두워지니 여자 혼자 지금 떠나는 것은 위험하다고 했다. 그냥 여기에 머무르라고. 나는 어쩔 수 없이 그냥 머무르기로 마음을 바꿨다.

허기진 배를 채우려 식당으로 내려갔다. 작은 화로에 불꽃이 남아 있었다. 여행 안내서에 오르니요스(Hornillos)라는 이름은 '화로, 오븐'이라는 뜻의 borno와 '작은(작은 화덕)'을 뜻하는 illos가 합해 생긴 말이라고 적혀 있던 것이 생각났다. 주인한테 아는 척을 좀 했다.

7시. 저녁식사를 위해 함께 모였다. 오스피탈레로, 루루, K 군, 나 이렇게. 따뜻한 감자수프가 나의 마음을 조금은 위로해 주었다. 주인은 직접 담갔다는 와인 한 잔씩을 따라 주셨다. 식사는 정확하게 계량된 1인분 양만이 제공되었다. 우리의 포만감을 채우기에는 턱없이 부족했다. 우리는 국물 한 방울 남김없이 다 먹어 치웠다.

대화를 나누면서 알게 되었는데, 루루와 K 군은 여기에 와서 처음 만났다고 한다. 생장에서 시작할 때, 루루가 발에 물집이 잡혀 걷기가 힘들어졌을 때 K 군이 치료해 주었다고 했다. 루루는 붕대를 감은 양쪽 발을 보여 주었다. 지금은 같은 팀이 되어 순례하고 있다면서.

그녀는 선생님이라고 했다. K 군은 3개국 언어를 한다고 했다. 페루어, 스페인어, 영어. 그는 성격도 좋았다. 식사 후 설거지하는 것을 도와주기도 했다. 루루가 뭐라고 한참 얘기했는데 내 심기가 그다지 편치 않아서인지 귀에 잘 들어오지 않았다. 오늘은 컨디션이 별로다.

🐚 지금의 세상은 자신의 이상이 투영된 세상이다

다음 날 아침 7시에 숙소를 나왔다. 그런데 아직 너무 어두워서 걸어갈 수가 없었다. 다시 숙소로 들어갔다. 7시 50분쯤 다시 나왔다. 새벽 공기를 마시며 걷는 게 참 좋다. 역시 나는 아침형 인간이야.

오늘 걸을 거리는 총 20.5킬로미터다. 오르니요스 델 까미노에서 카스트로헤리스(Castrojeriz)까지. 오늘도 평화로움이 충만해 있는 메세타를 걷는다. 들리는 건 오직 새소리와 바람 소리뿐이다. 내면의 나와 대화하며 오늘도 걷는다.

1503년에 주민들이 일제히 사라졌다는 수수께끼 같은 마을 산볼(Sanbol)을 지났다. 한참을 더 가니 언덕 밑에 숨은 작고 아름다운 마을 온타나스(Hontanas)가 보였다. 사실 어제 이 마을에서 머무르려고 했었다. 눈앞에 내가 생각했던 알베르게가 보였다. 혹시나 해서 들어가 물어봤다. 실망! 어제 안 오길 참 잘했다! 숙박비용도 더 비쌌고, 시설도 더 안 좋았다. 부엌도 없었다. 순간 나는 어제 나를 말렸던 주인에게 고마운 생각이 들었다. 부정적인 생각을 가지고 있던 내 행동을 뉘우쳤다.

살다 보면 언제나 내 마음에 드는 일만 발생하라는 법은 없다. 이 세상 모든 일이 내 기준으로 돌아가라고 정해진 것도 아니다. 순례 중에도 마찬가지일 것이다. 예상치도 못했던 안 좋은 일이 발생할 수도 있고, 불쾌한 일을 경험할 수도 있다. 나 또한 이런 일을 경험했다. 하지만 그런 부정적인 생각이나 불친절한 행동들, 내가 피해를 봤다는 생각은 가급적 빨리 잊어버리는 게 좋을 것 같다. 나는 조셉 머피 박사의 말처럼 그 대신 밝은 희망과 기대감을 갖게 해 주는 긍정적인 생각을 내 잠재의식 속에 심었다. 내 안의 긍정적이고 적극적인 생각은 내가 원하는 것을 더 쉽게 얻을 수 있도록 긍정과 적극성을 이끌어내기 때문이다.

출발한 지 5시간 정도 지났을까. 드디어 목적지인 카스트로헤리스에 도착했다. 산티아고(성 야고보)가 사과나무에서 성모 마리아의 모습을 보았다는 마을. 1,000명 정도의 사람들이 살고 있는 한가로우면서도 고즈넉한 마을이었다.

산 에스테반(San Esteban) 알베르게가 오늘 머무를 숙소다. 마을의 가장 높은 지역에서 중앙 광장을 내려다보는 전망 좋은 위치에 자리 잡고 있었다. 시설도 괜찮다. 숙박비용은 5유로. 식사비용은 기부제로 운영되고 있었다. 빵과 우유, 커피 등이 준비되어 있었다. 점심을 준비하는데 친절한 오스피탈레로가 마늘빵을 직접 구워 주셨다. 내 긍정에너지가 통한 걸까.

스페인에는 시에스타(siesta: 라틴아메리카 등지에서 시행되는 낮잠 또는 낮잠 자는 시간을 이르는 말)가 있다. 여기에는 오후 2시부터 5시까지 시에스타 시간이 있었다. 그 시간에는 슈퍼마켓 및 관광 안내소 등이 문을 닫음에 따라 불편을 겪을 때가 종종 있었다. 오늘도 그랬다. 나는 가게가 문을 열 때까지 책을 읽기로 했다. 내가 읽은 책의 대목은 다음과 같다.

"세상의 모든 것들은 그의 의식 안에 존재하는 것이었습니다.

(중략) 너무도 견고해 사라져 버릴 수 없을 것 같은 외부세계의 단단한 현실은 참사람의 상상이 만들어 낸 내부세계의 모습이 비춰진 것입니다. (중략)

우리가 지금 눈으로 보면서 묘사하고 있는 이 세상은 관찰자인 우리의 정신활동이 현현된 것입니다. 세상은 자신의 정신적인 활동이 눈에 보이게끔 드러난 것이라는 사실, 오직 자신만이 이 모든 것을 끌어당길 수 있다는 사실, 그리고 변해야 할 대상은 다른 사람이 아닌 오로지 자신, 즉 상상의 자아임을 깨닫게 될 때 지금의 세상을 자신의 이상이 투영된 세상으로 바꾸고 싶은 충동이 생겨날 것입니다."

미국의 철학자 에머슨도 비슷한 말을 했다. "사람은 그가 하루 종일 생각하고 있는 바로 그것이다."라고. 즉, 이 세상 모든 일은 내가 평소 생각하는 의식이 표현된 결과라는 것이다.

그렇다. 나는 내가 무엇을 원하는지 이미 알고 있다. 내가 원하는 것이 무엇인지 가장 잘 알고 있는 사람은 바로 나다.

4

하느님에게는
모든 것이 가능하다

🐚 오랜만에 느껴 본 특별한 감정들

파스타를 만들었다. 처음으로. 두 사람을 위해. 루루와 K 군. 서로의 우정을 나누며 지치고 힘든 순례길을 함께 걷고 있는 사람들. 그저께 처음 만났고, 어제 또 만났다. 겨울 까미노라서 그런지 순례자들이 많지 않다. 문을 연 알베르게도 많지 않다. 그래서 순례자 대부분이 머무는 알베르게가 정해져 있다. 공립 알베르게 또는 일부 사설 알베르게로. 한 군데만 열려 있는 지역도 많다. 어제 묵은 산 에스테반(San Esteban) 알베르게도 유일하게 문을 연 곳이었다. 여기서 그들을 또 만난 것이다. 우리 3명만 어제 머물렀던 순례자였다.

일찍 자고 일찍 일어난다. 오늘도 새벽 3시에 눈을 떴다. 커피 한 잔을 만들어 식당 테이블에 앉았다. 오늘 일정 및 숙소 등을 체크하고 정리했다.

오늘은 13일째다. 프로미스타(Fromista). 로마네스크 양식의 스페인 사원이 있다는 그곳까지 25.5킬로미터를 가야 된다. 순례를 오기 전 스마트폰에 찍어 두었던 스페인어 필수 단어를 열었다. 스페인어 몇 마디도 외웠다. 아비에르따(Abierta, 열린), 쎄라도(Cerrado, 닫힌), 데레차(derecha, 오른쪽), 이스끼에르다(izquierda, 왼쪽), 데 나다(De nada, 천만에요), 부에노스 디아스[Buenos dias, 안녕(아침인사)], 노 아블로 에스빠뇰(No hablo Espanol, 나는 스페인어를 못해요).

중학교 때 영어수업 시작 전 영어단어 5개씩을 칠판에 적어 놓고 쪽지시험을 봤던 생각이 났다. 휴식시간 10분 동안 외우고 시험 보고. 옆 사람과 바꿔서 체크하고. 난 그때 거의 매번 만점을 받았다. 참 잘 외워졌다. 가끔은 화장실 가는 것도 참았다. 그 시간이 재미있었다. 그 짧은 시간의 몰입감이란! 최고였던 것 같다. 지금 생각하면 그것도 습관이었던 것 같다. 내 몸이 그 패턴에 길들여져 있는. 그 실력을 되살려 오늘부터 스페인어를 몇 개씩 외우기로 결심했다.

누군가를 위해 정성을 다해 요리하는 즐거움. 그 음식을 맛있게 먹어 주는 모습을 생각할 때 드는 기쁜 마음. 그 사람이 감동하며 고마움을 표시하는 모습을 생각할 때의 행복감. 오랜만에 느끼는 특별한 순간이다. 그 순간을 위해 나는 음식을 만들고 있다. 그것도 처음 본 사람들을 위해. 낯선 외국 땅에서. 나는 가능하다고 생각했다. 할 수 있다고. 내게도 이런 면이 있었다니!

사실 나는 파스타를 한 번도 직접 만들어 본 적이 없다. 그동안 순례하면서, 먹어 보면서, 곁눈질로 익혀 온 게 전부다. 이럴 줄 알았으면 간단한 요리 하나쯤은 만드는 방법을 확실하게 익혀 올 걸….

다행히 냉장고 안에 다양한 재료들이 들어 있었다. 나는 재료에 맞게 손질해서 나만의 레시피로 3인분의 파스타를 만들었다. 맛있었다. 나는 이 정도면 훌륭하다고 생각했다.

For you! from SEOK. Buen Camino! 알베르게를 나오면서 식탁 위에 메모를 남겨 놓았다.

🐚 자신의 내면에 집중하는 삶

선크림을 바른다. 순례를 떠나기 전 준비하는 마지막 단계다. 여기에 오기 전 선배가 추천해 준 에센스 선크림이다. 순례 기간 동안 내가 제일 애용하는 물건이기도 하다. 작열하는 태양 빛 아래에서는 꼭 필요한 물품이라 생각한다. 새삼스럽게 배낭 속 공간만 차지하고 있는 화장품들이 원망스러워진다. 나 그대로의 모습으로,

꾸미지 않은 솔직한 모습 그대로, 나 자신의 내면에만 집중하며 살아가고 있는 내가 좋다. 그동안 나는 나 자신의 겉모습을 꾸미는 데 얼마나 많은 시간을 허비하며 살아왔는지를 깨달았다. 내면의 나 자신이 원치 않는 일에도 그저 겉으로 괜찮은 것처럼 보이기 위한 겉치레들을 얼마나 많이 했는지를.

배낭을 멘다. 다시 하루를 시작한다. 오늘의 목적지인 프로미스타로 향했다. 프로미스타는 라틴어로 곡식을 뜻하는 프루멘툼 (frumentum)에서 유래했다고 한다. 이 지역이 팽창하면서 로마 제국에 엄청난 양의 밀을 제공했다고 한다. 마을에 들어가기 위해 일렬로 늘어선 거대한 수문 위를 지나야 했다. 정교하고 치밀하게 만들어진 다리 아래 힘차게 흘러가는 물소리에 몸속까지 스며든 더위를 흘려보낸다.

오늘은 거의 흙길만 걸었다. 끝없이 펼쳐지는 지평선 아래 태양과 마주하고 걸었다. 잠시 쉬어 갈 그늘은 거의 찾을 수 없었다. 기억에 남는 특별한 일이 발생하지도 않았다. 조용한 하루. 낙후되고 전형적인 시골 마을을 걸은 것 같다. 어느 책에서 보았던, 보아디야 델 까미노(Boadilla del Camino)에 있는, 수영장이 딸린 환상적인 알베르게의 모습도 볼 수 없었다. 같은 길을 가더라도 누구에게나 똑같이 보이는 것도, 똑같은 의미로 다가오는 것도 아닌가 보다.

오늘 묵는 알베르게는 지금까지 머물렀던 알베르게 중 제일 좋다. 호텔 같다. 깨끗하고 전망도 좋다. 마을 중심에 있는 고딕양식의 산 페드로 성당을 마주하고 있다. 주인아저씨도 매우 친절하다. 이 알베르게를 찾는 데 혼자서 또 고생을 했다. 누군가 같이 있다면 이런 고생은 덜할 수 있었을 텐데. 산티아고 공식 사이트에서 열었다고 하는 숙소를 찾아갔는데 'Cerrado(닫힌)'라고 적혀 있었다. 실망감을 안고 마을 주위를 한 바퀴 돌아 마침내 'Abierta(열린)'라고 적힌 이곳을 발견할 수 있었다.

내가 숙소 입실을 체크하고 있는 사이 루루와 K 군이 들어왔다. 다시 만났다. 우리는 서로 반가워했다.

"파스타 드셨나요? 내가 아침에 만들어 놓았는데."

"아니요, 아침에 컨디션이 안 좋았었어요. 하지만 너무 감사해요!"

실망! 어쩔 수 없지. 감동을 주고 싶었는데….

숙소 바로 앞에는 슈퍼마켓도 있었다. 슈퍼마켓이 있다는 것이 순례자에게는 큰 위안이 된다. 10유로 이상이어야지만 카드가 가능하다고 했다. 나는 가져온 현금을 아끼느라 카드가 되는 곳에서는 카드를 사용하려고 했다. 사실 이래야 할 이유가 있었다.

🐚 나쁜 일이 있으면 좋은 일도 있는 법

거슬러 올라가서, 순례를 시작하고 3일째 되는 날이었다. 팜플로나(Pamplona)에서 머무르던 날이었다. 남의 일로만 여겨 왔던 일이 내게 발생했다. 결론은 돈을 잃어버렸다는 얘기다. 도둑을 맞은 것. 배낭에 있던 현금 봉투 한 개를 누군가 가져가 버렸다.

그날 숙소에 도착해 샤워를 하고 있는데 J 양이 다급하게 불렀다. 달려가 봤더니 모르는 사람이 내 배낭을 뒤지고 있더라는 거였다. J 양과 눈이 마주치자 달아났다고 한다. 아니나 다를까. 2개로 나누어 놓았던 현금 봉투 중의 하나를 가지고 달아난 것이다. 매우 속상함! 이제 겨우 3일째인데 남은 기간 동안 써야 할 돈을 잃어버렸다. 나는 우리 한국 팀 일행들한테만 이 사실을 공유하고 돈을 찾을 방법을 궁리했다.

하지만 포기하기로 마음을 접었다. 나만의 이익을 생각하려다가는 다른 일행들에게 피해를 주는 일이 발생할 수밖에 없을 것 같았다. 또한 혼자서 신고 등을 하기에는 복잡한 절차를 거쳐야만 했다. 일행들과의 헤어짐이 두렵기도 했었고. 나는 액땜한 거라고 생각하고 마음을 다잡았다. 다른 일행들에게는 아무 일도 없었다는 듯이 태연한 척, 웃으면서 또 하루를 시작하곤 했다. 앞으로 돈을 아껴 쓰자. 정신 차려야지! Forget about it!

그 후로 최소한의 비용을 아껴 가면서 순례길을 걷고 있었다. 하지만 대부분의 가게에서는 현금 결제만 가능했다. 이곳 스페인 사람들은 카드를 거의 사용하지 않는다는 것을 알았다. 우리나라와 다른 점이었다. 나는 가격을 맞추느라 이것저것 골라서 바구니에 담았다. 슈퍼마켓이 없는 마을에서 묵게 될 경우도 대비했다. 부엌이 있는 곳에서 해 먹을 재료들, 간식으로 먹을 빵, 잼 등을 골랐다.

그러는 사이 숙소 주인아저씨가 언제 오셨는지 곁에 서 계셨다. 장 보는 일을 도와주셨다. 어느새 바구니에 물건들이 한가득 담겼다. 며칠은 견딜 수 있을 것 같다. 하지만 이런 욕심이 내 발목을 잡을 줄은 그때는 몰랐다. 사건은 이후에 벌어진다.

나는 안 좋은 일을 겪은 이후 며칠 동안은 솔직히 불안했다. 내가 가지고 있는 카드가 스페인에서 사용이 가능한 건지 확인을 안 했기 때문이기도 했다. 나의 준비성 부족을 탓했다. 세밀하게 준비했어야 했는데. 하지만 그리 크게 걱정은 하지 않았다. 의식의 힘을 믿고 있는 나는 그러한 부정적인 생각을 한쪽으로 치워 두었다. 나쁜 일이 있으면 좋은 일도 있는 법! 모든 일이 다 잘될 거라는 믿음을 갖고 하루하루의 일정을 소중히 했다. 그리고 나중에 카드사에 연락했다. 내가 하고 싶은 것들을 할 수 있게 되었다.

소망을 반복해서
생각하고 말하라

—
자신을 한계 짓지 마라. 많은 이들이 자신이 할 수 있는 바에 대해
한계를 정한다. 당신은 당신의 마음이 정하는 만큼 갈 수 있다.
당신이 믿는 것, 당신은 그걸 성취할 수 있다.
메리 케이 애시
—

🐚 여느 때보다 지치고 힘든 하루

배낭이 잘 안 닫힌다. 새로운 짐들 때문이다. 어제 산 물건들. 와인 한 병을 개봉해서 플라스틱 작은 물병에 나누어 담았다. 지난번 이라체 와인 박물관에서 산 거. 열흘 이상 가지고 다녔다. 한국에 가지고 가야겠다는 생각은 이미 포기했다. 우리 일행들을 만나면 같이 마시려고 했다. 하지만 지금은 제각각 흩어져서 언제 또 만날지도 모르는 상황이다. 주머니 한 개를 더 늘려 배낭을 키웠다. 내 삶의 무게를 짊어지고 다시 출발!

오늘의 행진 거리는 약 21킬로미터. 목적지까지 4개 마을을 거

처야 한다. 지도를 보니 오르막길 하나도 없는 평행길이 이어진다.

혼자 걷다 보니 어떨 때는 순례자가 아닌 관광객이 되기도 한다. 마을을 지나갈 때마다 관광버스가 보이거나 사람들이 모여 있는 곳이면 '관광객이 반드시 봐야 할 장소'로 생각하고 함께 어울리고 있다. 까미노를 하면서 성당에 들르는 것이 나의 '목적'은 아니지만. 마을마다 있는 성당 한 바퀴를 돌며 이전에 보았던 성당들과 다른 점을 찾아내기도 한다.

마을에는 사람들이 살지 않는 것 같다. 대부분 문은 닫혀 있고 고요하다. 겨울이라 그런지 마을마다 설치되어 있는, 순례자를 위한 분수가 대부분 작동이 안 된다. 거의 다 말라 있다. 오늘은 물 대신 와인을 한 모금씩 마시면서 걷는다. 여느 때보다 지치고 힘든 하루가 되고 있다.

내가 왜 이 길을 걷고 있지?

직선으로 이어진 순례자 전용 보행도로를 걷고 있다. 중간쯤 왔을까. 누군가 나를 부른다. 루루와 K 군이 뒤따라오고 있었다. 지금 시즌에는 우리 셋만 까미노를 하고 있는 것 같다. 유일하게 매일 만나는 사람들이다. Buen Camino! See you later! 서로의 국적에 관계없이 우정을 나누며 걷고 있는 그들의 모습이 아름답다. 나에게도 어디선가 아름다운 사람을 만날 수 있는 행운이 왔으면….

출발은 내가 먼저 했으나 그들의 스피드를 따라갈 수가 없다.

내 의지가 약해지고 있는 걸까. 어느 지점에서부터인가 왼쪽 발목에 약간의 통증이 느껴졌다. 이유를 모르겠다. 천천히 걷자. 벌써 12시가 되었나. 한 마을에 들어서자 성당의 종소리가 들렸다. 오늘따라 더 정겹게 들린다. 여기까지 잘 걸어왔음을 격려해 주는 것 같다.

조금을 더 걸어가 길옆에 있는 작은 바르(bar)에 들어갔다. 마을 주민으로 보이는 젊은 여성 2명이 맥주를 마시고 있었다. 활기찬 대화를 나누고 있는 그들의 모습에 시선이 갔다. 에스프레소를 시킬까 맥주를 시킬까 망설이다가 나도 시원한 맥주를 한 잔 주문했다. 햇살의 열기를 떼어 낼 겸. 에너지를 충전도 할 겸. 절인 올리브가 안주로 곁들여졌다. 오늘은 술을 마시는 날이다! 배낭에 있던 바게트 빵을 꺼내 허기를 달랬다.

그들은 나를 보더니 먼저 "꼬레아?"라고 묻는다. 한국 사람들이 순례하러 스페인에 많이 온다고 했다. 오늘의 목적지까지 남은 거리를 묻자 6킬로미터만 더 가면 된다고 알려 준다. 언제나 친절한 사람만 만나는 나. 약간의 취기를 안고 다시 걷기 시작했다. 통증이 어느새 사라진 듯했다.

🐚 누구나 멋진 삶을 꿈꾼다

드디어 카리온 데 로스 콘데스(Carrion de los Condes)에 도착. 먼저 와 있던 루루와 K 군이 마을 입구 성당 앞 근처에 있는 바르에서 맥주를 마시고 있었다. 그들은 하루의 일정을 무사히 마치고 하이파이브를 하며 오늘의 '성공'을 축하하곤 했다. 나를 보더니 다시 반가워한다. 나는 오늘 머무를 알베르게를 알려 주었다. 이곳 또한 유일하게 문을 연 숙소였다. 에스피리투 산토(Espiritu Santo) 카리다드 수도회에서 운영하는 수도원 호스텔이다. 깨끗하고 시설이 훌륭했다. 주방도 있다.

나는 제일 먼저 도착했다. 언제나 그랬듯이 아침에 일찍 출발할 것을 고려해 문 앞의 침대를 선택했다. 왼쪽 발이 조금 부어올라 있었다. 20여 분쯤 지났을 때 다른 순례자들이 하나둘씩 들어오기 시작했다. 지금까지 머물렀던 다른 어느 숙소보다도 가장 많은 순례자들이 모였다. 대부분 혼자 순례를 하고 있는 사람들이었다. 젊은 사람도 있었고, 나이 든 사람도 있었다. 처음 보는 사람들도 많았다.

지난번에 만났던, 군대를 마치고 순례를 하고 있는 미국에서 온 순례자(미안하게도 난 그의 이름을 기억하지 못한다. 발음이 너무 어려웠다. 편의상 '기타맨'으로 부를 것이다)도 다시 만났다. 세 번째 다시 만나는 것이다. 그는 먼저 나를 알아봤다. 헤어졌던 이산가족이 만나는 것처럼 매우 반가워하며 큰 소리로 내 이름을 부른다. 나보고 비행기를 타고 왔느냐고 한다. 속도가 빠르다고. 나는 어쩔 수 없이 한 단계를 건너뛰는 일이 발생했었다고 말했다. 그는 내일의 나의 일정을 확인하고 자신도 같다고 하며 함께 출발하자고 한다.

잠시 후 그는 넷이서 함께 식사를 하러 나가자고 했다. 나도 그러고 싶었다. 하지만 왼쪽 발의 통증을 핑계 대고 그냥 숙소에 남기로 했다. 식사하기 위해 재료들을 가지고 주방으로 갔다. 주방 근처에 앉아 있던 루루가 나를 발견하곤 "SEOK. You are awesome(당신 정말 멋져요)!"라고 활짝 웃으며 엄지손가락을 치켜세운다. 루루. 당신도 멋져요!

고마운 마음에 배낭에 있던 비스킷 한 개를 그녀의 침대에 올려놓았다.

식사를 마치자마자 바로 취침모드로 들어갔다. 얼마나 깊은 잠에 들었을까. 특정 데시벨 이상의 외부 소음조차 하나도 들리지 않았다. 눈이 저절로 뜨였다.

0시 20분이었다. 숨소리를 죽이며 살며시 침대를 빠져나왔다. 주방으로 갔다. 커피를 마시려고. 바게트 빵을 곁들여 늦은 밤 야식을 즐겼다. 자고 싶을 때 자고, 먹고 싶을 때 먹고, 걷고 싶을 때 걷고. 정말 최고의 삶이다!

좋아하는 사람들하고 일하고 싶을 때, 일하고 싶은 시간에, 일하고 싶은 장소에서 일하면서 돈 벌기! 이런 아름다운 상상을 한다! 이런 꿈을 향해…. 나는 모든 면에서 나날이 점점 좋아지고 있다! 내가 컴퓨터 앞에 붙여 놓은 문구를 생각했다.

누구나 멋진 삶을 꿈꾼다. "You are awesome!"이라는 말을 듣는다면 정말 기분 좋을 것이다. 내가 제일 좋아하는 영어 표현

중의 하나다. 하지만 더 중요한 건 나 스스로가 나에게 멋진 사람이 되어야 하는 것일 게다. 그러기 위해서는 보다 더 자신한테 철저해져야 한다. 자신이 원하는 메시지를 마음속에 심고 반복해서 생각하고 말해야 한다.

🌿 내면의 대화는 미래의 행동이 나타나도록 씨를 뿌리는 행위

하버드대에서 인생학 명강의를 들려주고 있는 쑤린은 《어떻게 인생을 살 것인가》에서 잠들어 있는 잠재력을 이끌어내기 위해서는 스스로 정한 한계의 꼬리표를 떼라고 했다. "사람들은 흔히 '나는 부끄러움이 많아', '나는 게을러', '나는 기억력이 나빠', '나는 너무 덜렁대'라고 부정적이고 진취적이지 못한 '꼬리표'로 자신을 정의하곤 한다. 그런데 이러한 자기 불구화는 우리 안에 잠들어 있는 무한한 잠재력을 억눌러 스스로를 지극히 평범한 사람으로 전락시킨다."라면서.

여기에 덧붙여 우리 주위에서도 "내가 어떻게 한 달에 1억씩을 벌어?", "내가 어떻게 최고급 승용차를 타고 다닐 수 있어?, "내가 어떻게 100평 아파트에서 살아?", "내가 어떻게 한 달에 1,000만 원씩을 기부하면서 살아?"···. 이렇게 말하는 사람들을 많이 볼 수 있다. 자신이 먼저 스스로를 부인해 버리는 것이다.

현재의 상황을 바꾸고 싶다면 스스로 설정해 놓은 이 '꼬리표'를 떼어 내고, 자신 또는 다른 사람들이 만들어 놓은 틀에서 벗어나야 한다고 전문가들은 말한다. 그렇다. 헤르만 헤세의 말처럼 누구든지 태어나려고 하는 자는 하나의 세계를 파괴하지 않으면 안된다. 새가 알에서 나오기 위해 투쟁하는 것처럼.

네빌은 부정적인 내면의 대화를 '소망이 이루어졌다'는 전제를 바탕으로 한 긍정적이고 건설적인 대화로 만들라고 한다. 내면의 대화는 미래의 행동이 나타나도록 씨를 뿌리는 행위라고 했다.

"자신의 목표가 이루어졌음을 의미하는 문장을 만드십시오. 예를 들면 다음과 같습니다. 나는 정당한 방법으로 많은 돈을 꾸준히 안정적으로 벌고 있다. 나는 행복한 결혼생활을 하고 있다. 나는 이 세상에 필요한 사람이다. 나는 이 세상을 위해 좋은 일을 하고 있다."

이런 문장을 반복해서 말함으로써 마음속에 각인시키라고 한다. 그러면 내면의 대화는 우리가 살고 있는 세상에 다양한 방법으로 모습을 드러낼 것이라며.
지금 이 글을 읽고 있는 당신은 어떤 문장을 만들겠는가?

6

결말의 관점에서
시작하라

결말의 관점에서 생각하는 것,
이것이 바로 그리스도의 방법입니다.
네빌 고다드

🐚 내가 가는 길이 곧 기적이다

고독! 오늘의 주제다. 안내서를 보니 여기부터 다음 마을까지 약 17킬로미터다. 마을도 없고 풍경의 변화도 없는 길.

저절로 눈이 뜨인다. 이미 적응이 된 것 같다. 펼쳐 놓았던 침낭, 짐들을 끌어안고 복도로 나온다. 다른 순례자들의 숙면을 방해하지 않기 위해서다. 하나씩 접어서 배낭 속에 안착시킨다. 기타맨도 한쪽에서 배낭을 챙기고 있다. 언제나 짐을 챙길 때면 그를 볼 수 있다.

다시 길을 나선다. 새벽을 뚫고 목적지를 향해 걷는다. 이른 아침에도 순례자들을 위해 문을 연 몇 개의 카페들이 있었다. 고맙다. 하지만 이미 아침을 챙겨 먹은 나는 그냥 지나쳤다.

끝없는 들판과 지평선만이 이어진다. 평탄한 길이다. 여름철이라면 이 들판에 흐드러지게 핀 아름다운 꽃들과 물결치는 밀밭을 감상하며 걸을 수도 있을 텐데. 지금 나는 나의 단짝, 모자를 쓴 그림자와 함께하고 있다. 4시간 정도 걸은 것 같다. 첫 번째 마을인 칼사디야 데 라 퀘사(Calzadilla de la Cueza)에 도착했다. 수영장과 큰 정원이 딸린 알베르게가 있다고 했다. 나와는 먼 얘기.

속도를 늦추며 천천히 걸었다. 왼쪽 발목의 통증 때문에 이제는 속도를 내며 걷는다는 것은 불가능할 것 같다. 어느 지점에서 이런 문구를 발견했다. Don't quit before the miracle(기적 앞에서 멈추지 마라)! 나를 향해 말하고 있는 것 같았다.

그래, 내가 가는 길은 다 기적이다! 나는 내가 원해서 가는 이 길을 절대 멈추지 않을 거야. 나는 이미 내가 원하는 모습으로 살고 있잖아.

내면의 대화를 간직하고자 사진을 찍어 두었다. 다시 걷기 시작했다. 한 시간쯤 걸었을까. 저 멀리 나를 향해 다가오고 있는 한 형체가 보였다. 뭐지? 잠시 후 그 형체가 선명해졌다. 말을 탄 한 남자였다. 영화 속 한 장면처럼 의젓하게 걸어왔다.

순례를 오기 전 어떤 책에서 보았는데 순례길에서 말을 탄 사

| 길옆에서 보았던 Don't quit before the miracle.

람을 만나면 기적이 일어난다고 했다. 그 말이 생각났다. 기적이다!
나는 신기하다고 생각했다. 그는 "Buen Camino!"라고 말하며 웃
는다. 나는 감사하다고 대답하며 어디서 오느냐고 물었다. 혹시 산
티아고에서부터 오는 건 아닐까 하는 호기심에. 야고보 성인을 만
났나요? 그는 스페인어로 뭐라고 했다. 나는 못 알아들었다. 나는
그가 배낭을 가지고 있지 않은 것을 발견하고 다시 이 마을에서 사
느냐고 물었다. 그는 그렇다고 고개를 끄덕였다. 내가 사진을 찍고
싶다고 말했더니 포즈를 취해 주었다.

…어느 한적한 오솔길을 어여쁜 공주가 홀로 걷고 있었다. 왼쪽 다

리를 약간 절며. 그때 갑자기 저 멀리 백마 탄 멋진 왕자가 다가왔다.

공주님, 이 길은 무슨 일로 걷고 있소? 보아하니 먼 곳으로부터 오는 것 같은데.

저는 나를 찾는 순례를 하고 있어요. 그런데 아직도 나의 욕심을 버리지 못하고 걷다 보니 다리에 무리가 간 것 같아요.

아이고, 저런. 제가 저 마을까지 태워다 드릴게요. 제 손을 잡아요. 어서 올라타요. 나를 꽉 잡아요.

감사합니다. 왕자님….

나는 얼른 상황극을 설정했다. 행동 개시! 저 좀 태워 줄 수 있

| 한적한 시골길, 말을 탄 남자가 내 곁을 지나갔다.

나요? 저 마을까지요.

말하려는 순간 나의 왕자님은 이미 사라지고 없었다. 기회의 신 카이로스(KAIROS)가 지나갔다. 저울과 같이 정확한 판단을 내리고, 칼과 같이 날카로운 결단을 빨리 행동으로 옮겼어야 했다.

🍃 하고 싶은 일을 하면서 멋지게 살자

두 번째 마을인 레디고스(Ledigos) 입구쯤 왔을 때 루루와 K 군을 다시 만났다. K 군의 말이 오늘의 최종 목적지인 테라디요스 데 로스 템플라리오스(Terradillos de Los Templarios)에는 문을 연 알베르게가 한 곳도 없다는 것이었다. 그래서 그들은 이곳에서 머물거라고. 아직 남은 거리는 3킬로미터 정도였다. 어쩔 수 없지. 나도 이곳에서 머무르기로 결정했다. 잠시 후 그가 알려 준 알베르게에 도착했다. 이미 와 있던 기타맨과 그들이 테이블에 앉아 목을 축이고 있었다. 기타맨이 나의 건강 상태를 묻는다. 언제나 씩씩하게 걷던 내 모습을 보았었는데…. 조금 안쓰러운 표정을 짓는다. 무리하지 말고 천천히 걸으라고 말한다.

레스토랑이 딸린 사설 알베르게였다. 스페인식 안뜰도 있고 거실도 있었다. 시설이 마음에 들었다. 나는 순례자 메뉴로 된 저녁식사와 숙박 비용을 카드로 결제했다. 오랜만에 맛보는 정통 스페인식 요리다. 그동안의 지친 몸을 달래 주기에 충분했다.

낯익은 한 명의 순례자도 이곳에서 묵고 있었다. 지금까지 머문 대부분의 알베르게에서 만난 여성 순례자는 루루뿐이다. 그래서인지 친절하고 적극적인 성격의 그녀한테 특별히 정감이 간다. 만나면 서로를 배려해 준다. 서로의 컨디션을 묻기도 한다. 어느 때는 같이 대화를 나누고 싶은 순간도 있었다. 하지만 지금 상황에서는 불가능할 것 같다. 언제나 그녀 곁을 지키고 있는 든든한 친구가 있었으므로.

둥글고 긴 소파와 아름다운 샹들리에 조명이 있는 거실은 내 차지였다. 저녁에도 그랬고, 아침에도 나를 위한 공간이었다. 나는 에스프레소를 마시며 책을 읽었다. 카톡을 확인하기도 하며. 순례 중에는 가능하면 카톡 보는 것을 삼갔다. 지금의 나에게 집중하기 위해. 지금 당장 답장을 안 하더라도 어떤 큰 문제가 일어나는 게 아니라는 걸 나는 안다. 확인한 메시지도 내가 답장을 보내고 싶은 내용에만 답한다. 내 삶의 우선순위에 있는 것들에만. 나는 내가 주도하는 삶을 살고 있기 때문이다.

오늘 찍은 사진들을 보며 하루를 정리한다. 영감을 받은 사진, 미러클 사진을 내가 제일 좋아하는 대학원 선배한테 보냈다. 그 선배하고 7년 전에 홍콩에 함께 놀러 간 적이 있다. 해외에서 비즈니스를 하고 있는 선배는 영어도 잘하고 해외 지리에도 밝다. 그녀 또한 한때 직장생활을 했었다. 지금은 전 세계를 무대로 사업을 진행하고 있다. 시대의 흐름을 읽을 줄 아는 도도한 여성이다. 자신이 일하고 싶은 시간에만 일하며 돈도 잘 번다. 본인이 하고 싶은 것을 돈에 구애받지 않고 할 수 있을 만큼 경제적인 여유도 있다. 그때 우리는 약속했었다.

우리가 하고 싶은 일을 하면서 멋지게 살자!

선배는 그 약속을 지키며 살고 있다. 나는?

"당신은 상상의 힘을 이용해서 자신의 환경을 바꿀 수 있습니다. 하지만 그것은 영원하지 않습니다. 당신은 상상력을 이용해서 큰 부를 얻거나, 유명해지거나, 이런 일들을 할 수 있습니다. 하지만 당신이란 존재의 진짜 목적은 이런 것이 아닙니다. 바로 약속을 성취하는 것입니다."

펼쳐 든 책의 이 구절에 약속이란 단어가 있었다. 사전에서는 약속을 다음과 같이 정의하고 있다.

'다른 사람과 앞으로의 일을 어떻게 할 것인가를 미리 정하여 둠. 또는 그렇게 정한 내용'

🌿 의식세계에 기적의 씨앗을 뿌려라

누구든지 살아오면서 안 좋은 일도 있었고 좋은 일도 많았을 것이다. 실패도 했고 성공도 했을 것이다. 나 또한 어느 순간 내가 하는 일마다 안 된다고 생각했던 적이 있었다. 나를 따라다니는, 내 인생을 방해하는 '운명의 귀신'이 붙어 있나 보다 생각하기도 했다. 어리석은 나를 이끌어 주는 현명한 매니저가 있으면 좋겠다고 생각하기도 했다.

실패 경험이 누적되다 보니, 어느 순간 새로운 도전 자체가 두려워졌다. 용기를 낼 힘마저 없어졌다. '용기란 두려움을 느끼지 않는 것이 아니라 두려움과 맞서는 것'이라는 말은 문자 속에만 존재한다고 생각했다. 나를 막고 있는, 내가 하고 싶은 일을 하지 못하게 막고 있는 장애물은 그 어디에도 없었는데도 말이다.

나를 막고 있던 그 장애물이 바로 나였다는 것을 그때는 깨닫지 못했다. 그때 나는 내가 목표한 바에 대해 '이미 성공했다는 결말의 관점'보다 성공해야겠다는 생각에만 더 집중했던 것 같다.

현재 나 자신을 지배하고 있는 부정적인 의식을 떼어 내기란 쉬운 일이 아니다. 매년 뽑아내도 자꾸자꾸 또 생겨나는 논밭의 잡초처럼 말이다. 우리에게 너무 친숙해진 전통적 개념들이 지금 시대에도 다 옳은 것은 아니다. 모든 관념들이 나에게도 모두 옳게 적용되는 것은 아니다. 우리는 이런 걸 알면서도 그것들을 쉽게 내려놓지 못한다. 당장의 현실만을 더 중요하게 바라보기 때문이다. 이런 삶을 지속하다 보니 자신의 이상, 자신이 원하는 삶을 살겠다는 약속을 지키지 못한 채 평생을 후회하며 살아간다.

결말의 관점에서 시작하라! '상상이 현실을 창조한다'라는 인생의 법칙을 알려 준 위대한 사상가의 말을 기억하자. 자신의 이상이 이미 이루어진 모습으로 사는 것! 즉, 자신의 현재의 삶을 이상이 실현된 모습과 동일시하며 살아가는 것이다.

당신이 정한 그것, 원하는 삶을 성취하기 위해 당신의 의식세계에 기적의 씨앗을 뿌리자. 그리고 그 열매를 거둔 모습을 보았을 때의 느낌을 상상해 보자.

상상 속에서
미래를 현재로 만들어라

살아남는 존재는 가장 강한 종도, 가장 지능이 높은 종도 아니다.
변화에 가장 잘 적응하는 종일 뿐이다.

찰스 다윈

🐚 내 앞길을 가로막는 것은 아무것도 없다

7시. 레스토랑에서 에스프레소와 빵을 곁들여 아침을 먹었다. 깊고 고소한 맛의 에스프레소가 내 취향에 맞다. 나의 에너지! 일어서는 순간 기타맨과 마주쳤다. 나는 먼저 나선다. 오늘 거리는 약 27킬로미터다. 오늘은 레온 지방에서 첫 번째로 만나게 되는 큰 도시인 사아군(Sahagun)을 지나간다. 중세시대에 사아군은 교회 권력의 중심지였다고 한다.

알베르게를 나왔다. 아직은 새벽어둠이 짙게 드리워져 있다.

기지개를 켜기 전, 침묵에 잠긴 고요한 아침 속으로 나를 내려놓는다. 때로는 어떤 말로써 남들에게 대단한 감명을 주기도 한다. 하지만 때로는 침묵을 지키는 것이 오히려 더 깊은 인상을 심어 주는 경우도 있다고 달라이 라마는 말했다.

약간의 불편한 발을 끌고 걷는 길. 나 자신과 대화하며 천천히 걷고 있다. 푸른색 하나 없는 단조로운 보행길을 따라 걷는다. 끝없는 지평선만 펼쳐져 있다. 내 앞길을 가로막는 것은 하나도 없다. 탄탄대로다. 가끔 지나가는 도로 위의 자동차 소리 외에 내 귀에 들려오는 것은 자연의 소리뿐이다.

어느새 까미노 길에 펼쳐지는 시골 풍경에 익숙해졌다. 두려움도 공포도 거의 사라진 듯하다. 혼자 걷지만 혼자가 아니라는 생각이 드는 순간이 많다. 잠깐이라도 딴생각을 하느라 길을 잘못 들었을 경우엔 어느 틈엔가 누군가 나타나 바른 길을 알려 주고 바람처럼 사라진다. 걷다 보면 밭에 'Coto Privado de Caza(개인 사냥터)'라는 푯말이 붙어 있는 것을 많이 볼 수 있다. 이곳에서도 몇 명의 사람들이 모여 총을 정비하고 있었다. 내가 인사하자 산티아고로 가는 방향을 가리킨다.

나의 안내자, 노란 화살표를 따라 한참을 걷다 보니 어느새 역사적인 마을에 도착했다. 모라티노스(Moratinos). 이 마을은 955년에 쓰인 문서에 등장하는 마을이다.

강렬한 레온의 태양 아래 마을의 붉은 벽들이 나를 반기는 듯하다. 도시적인 활기찬 분위기를 띠고 있는 사아군(Sahagun)에 도착했다. 이 마을은 산티아고 데 콤포스텔라(Santiago de Compostela) 까지의 길 도중에 위치한 지리적 이점 때문에 많은 순례자들이 반드시 머물다 가는 도시다. 안내서에 따르면, 이 도시는 명성과 친절함으로 널리 알려진 스페인 클뤼니 수도회 소속, 산 베니토 수도원 덕분에 성장했다고 한다. 하지만 18세기의 대형 화재 이후 사아군과 수도원 모두 급격히 몰락의 길을 걸었다. 오늘날에는 수도원의 흔적은 거의 남아 있지 않다. 수도원의 정면이었던 아치만 외롭게 남아 '시티 게이트'로서의 역할을 하고 있을 뿐이다.

산 베니토 아치문을 지나 사아군을 빠져나갔다. 마을 어귀에 있는, 1085년에 알폰소 7세의 명령으로 지어졌다고 하는 푸엔테 데 칸토(Puente de Canto)를 건넜다. 순례길에는 이처럼 역사의 흔적을 고스란히 간직하고 있는 아름다운 돌다리들이 많다. 스페인에는 석재 문화가 발달해 있다. 돌로 지은 웅장한 건축물, 예쁜 집들, 다리들을 많이 볼 수 있다. 오랜 시간 보존이 가능해 왔던 이유이기도 하다.

나는 개인적으로 '돌(石)'에 대해 친근감을 가지고 있다. 내 이름의 '성(姓)'과 같기 때문이기도 하다. 그래서인지 스페인의 시골마을이 더 정겹게 느껴진다. 한때 별명이 '리얼 스톤(Real Stone)'이었다. 당시 로봇 파이터들의 세계를 그린 SF 리얼 블록버스터 〈리얼 스틸(Real Steel)〉이라는 영화를 보고 감동을 받아 나 스스로 그렇게 정했었다. 불가능이라고 생각되는 상황 속에서 삶에 맞서는 용기로 포기하지 않고 노력하는 자에게 기회가 주어지고 마침내 성공한다는, 희망적인 메시지를 주는 영화였다.

🌾 현실은 상상의 표출이다

우리가 살고 있는 현실세계는 누군가의 상상 속에서 그려진 모습이 외부세계로 표현된 결과라는 것을 안다. 어느 것 하나라도 태초부터 그 자체로 존재했던 것은 아무것도 없다. 이 영화도 그랬다. 설정 배경은 2020년. 그러고 보니 바로 내년이네. 제작 당시는 약 10년 후였다. 영화 제작자는 10년 후의 미래를 상상 속에서 만들었다. 실제로 이 영화와 같은 현실세계를 우리는 지금 살고 있다.

인간 대신 로봇이 복싱을 하는 시대. 생체모방 로봇이나 인간의 움직임을 모방하는 로봇은 진즉에 나왔다. 이러한 기술은 계속 더 발전하고 있다. 향후에는 사람이 하는 복싱 경기가 사라질지도 모른다는 생각이 들었다. 지금의 기준으로 보면 사람들은 사람이 싸우는 복싱을 훨씬 더 선호한다고 생각할지 모른다. 하지만 어느 시점에선가는 우리가 생각하는, 세상을 바라보는 기준도 달라질 것이기 때문이다. 지금의 기준이 영원히 변하지 않는 진리라는 법도 없으니 말이다. 세상은 빠르게 변하고 있다. 하지만 그걸 인정하기를 부인하는 사람한테는 그 어떤 변화도 일어나지 않을 것이다.

시대라는 것에는 흐름이 있다. 지금은 농경사회가 끝나고, 산업사회를 거쳐 지식정보화 사회가 되었다. 누구나 다 가지고 있는 휴대전화 단말기 하나로 모든 정보를 검색할 수 있다. 이 말은 이미 지식정보화 사회가 완성되었다는 것이다. 즉, 지식과 정보를 가지고 돈을 버는 시대가 아니라는 것이다. 그러면 그다음에는 어떤 시대가 올 것인가. 미래학자들은 그다음에는 '꿈의 사회'가 온다고 했다. 드림 소사이어티! 꿈꾸는 자가 성공하는 사회! 즉, 누가 꿈을 잘 꾸는가가 중요하다는 것이다. 나의 소득을 얼마든지 창출할 수도 있다. 상상 속에서 부자가 된 내 미래의 모습을 현재로 데려다 놓기만 한다면.

'초연결 사회'가 다가오고 있다. 하이퍼커넥티드 소사이어티(Hyper-connected Society; 인터넷, 통신기술 등의 발달에 따라 네트워크로 사람, 데이터, 사물 등 모든 것을 연결한 사회. 인용 출처: 박문각, 《시사상식사전》)!

《클라우스 슈밥의 제4차 산업혁명》을 쓴 클라우스 슈밥은 제4차 산업혁명의 시대를 헤쳐 나갈 수 있는 힘 역시 초연결 사회에 있다고 주장했다. 그는 초연결 사회가 구축할 높은 상호 연결성은 사람들이 더욱 긴밀히 협력하고 소통할 수 있게끔 함으로써 시대의 변화를 공유하고 나은 미래를 만드는 데 기여할 것이라고 설명했다.

인터넷을 통해 사람 간의 연결은 물론 사람과 사물, 심지어 사물과 사물 등의 연결이 가능한 사회다. 즉, 나로부터 시작해서 전

세계 사람들이 나와 연결될 수 있다는 것이다. 연결된 사람들은 내가 모르는 사람일 수도 있고, 나보다 훨씬 똑똑한 사람일 수도 있다. 그들은 내가 필요로 할 때 어떤 식으로든 도움을 줄 수도 있다.

이런 시대의 흐름을 읽을 줄 알아야 성공한다고 앞서가는 성공자들은 말한다. 또한 그들은 이런 시대에 맞는 시스템을 구축하면 부자가 될 수 있다고 말한다.

🍃 시대의 흐름에 편승할 줄도 아는 지혜를 가져라

우생마사(牛生馬死)라는 말이 떠올랐다. 언젠가 인터넷에서 본 내용이다.

아주 커다란 저수지에 말과 소를 동시에 던져 놓으면 둘 다 헤엄쳐서 뭍으로 나온다. 말의 헤엄 속도가 훨씬 빨라 거의 소의 2배의 속도로 땅을 밟는다. 그런데 장마기에 갑자기 불어난 물에 소와 말을 동시에 던져 보면 소는 살아서 나오는데, 말은 익사한다. 그 이유는 헤엄을 잘 치는 말은 떠미는 강한 물살을 이겨 내고 물을 거슬러 헤엄쳐 올라가려 하기 때문이다. 그렇게 1미터 전진하다가 물살에 밀려서 다시 1미터 후퇴하기를 반복한다. 그렇게 한동안 제자리에서 맴돌다가 지쳐서 물을 마시고 익사해 버린다.

그런데 소는 절대로 물살을 거슬러 올라가지 않는다. 그냥 물살을 등에 지고 같이 떠내려간다. 저러다 죽지 않을까 생각되기도 한다. 하지만 10미터 떠내려가는 와중에 1미터 강가로… 1미터 떠내려가다가 또 1미터 강가로. 그렇게 한 2~3킬로미터 떠내려가다 어느새 강가의 얕은 모래밭에 발이 닿게 된다. 그러고서야 엉금엉금 걸어 나온다.

헤엄을 2배나 잘 치는 말은 물살을 거슬러 올라가다 힘이 빠져 익사하고, 헤엄이 둔한 소는 물살에 편승해서 조금씩 강가로 나와 목숨을 건진다는 얘기다.

대부분의 사람들은 변화를 좋아하지 않는다. 자신에게 익숙한 환경, 자신이 잘하는 일, 친한 사람들과의 교류 등 편안함을 느끼는 범위를 벗어나고 싶어 하지 않는다. 불편하기 때문이다. 하지만 때로는 변화하는 시대의 흐름에 편승할 줄도 아는 지혜를 가져야 한다.

이런저런 생각을 하며 걷다 보니 어느새 칼사다 델 코토(Calzada del Coto)에 도착했다. 두 가지 길 중에서 한 길을 선택해야 한다. 오리지널 루트라는 '까미노 프란세스(Camino Frances)로 가든지, 오래된 로마 도로를 따라가든지. 인생은 선택의 연속이다! 프랑스 길을 따라 오늘의 목적지인 베르시아노스 델 까미노(Bercianos del Camino)까지 왔다.

오늘은 숙박비용이 30유로인 사설 호스텔에 묵는다. 럭셔리한 밤이 될 것 같다. 왼쪽 발목이 더 부어올라 빨리 쉬고 싶은 생각뿐이다. 침대에 짐을 내려놓고 주인아저씨에게서 가위를 빌렸다. 신고 온 양말의 왼쪽 발목을 잘랐다. 내일은 좀 나아지겠지….

8

소망이 이루어진 느낌을
잠재의식에 새겨라

—
인생은 단 한 번뿐이다.
무사안일하게 사는 것보다는 이 세상에서 무슨 일인가를
한번 이루기 위한 모험을 시도하는 것이 우리 인생에 걸맞다.
시어도어 루스벨트
—

🐚 과거의 시야에서 벗어나 새로운 시야를 바라보자

어제 자른 양말의 발목 부분을 발등 위에 감쌌다. 붕대처럼. 발목
부분이 한결 가벼워진 느낌이다. 내가 묵은 장소는 2층이었다. 7시 반
쯤 방문을 열고 나왔다. 저 멀리 동트기 전 하늘의 모습이 내 발걸음
을 멈추게 했다. 하늘 전체가 온통 살굿빛 노란 색깔로 칠해져 있었
다. 내가 카메라를 여는 사이 어느새 잘 익은 복숭아색 분홍빛으로
하늘 전체가 물들여졌다. 나는 얼른 배낭을 내려놓고 그 황홀한 광경
을 카메라에 담았다.

우주의 기운을 받고 출발.

아스팔트 길옆의 평행한 보행자 도로를 걷는다. 단조로운 풍경이 이어진다. 길을 따라 줄지어 있는 나무들과 물기 하나 없는 숲들뿐이다. 첫 번째 마을인 엘 부르고 라네로(El Burgo Ranero)에서 약 12킬로미터까지는 마을도 없다. 메마르고 건조한 평야다. 그늘한 점 없는 광활한 광야가 끝없이 이어진다. 이제 이러한 풍경은 더 이상 내게 아무런 감흥을 주지 않는다. 갑자기 어느 책에서 본한 유머가 생각났다.

"남자는 운전하다가 길을 묻지 않는다. 운전하다가 길을 묻는 남자가 있다면 남장 여자일 확률이 높다. 사나이 중의 사나이 모세도 길을 묻는 대신 광야에서 40년 동안 헤매지 않았던가?

남자가 길을 묻지 않는 이유가 있다. 남자는 결코 길을 잃지 않기 때문이다. 목적지와 정반대의 방향으로 가더라도 남자는 절대 길을 잃은 것이 아니다. 그는 신의 계시를 기다리고 있거나 풍경이 좋은 길로 돌아가고 있거나 새로 생긴 건물 때문에 잠시 착각에 빠져 있을 뿐이다.

그런 남자에게 길을 물어보라고 재촉하지 마라. 그것은 당신이 신의 계시를 중요하지 않다고 생각하거나 풍경이 좋은 길을 감상할 능력이 부족하거나 새로 생긴 건물의 존재를 인지하지 못하는 여자임을 입증할 뿐이다."

잠시 무료함에 지쳐 있던 내 마음이 유쾌해졌다. 모세가 헤맨 광야가 이런 곳이었을까.

내가 산티아고에 간다고 했을 때 주위 사람들은 부럽다고 했다. 나는 그들의 소망을 함께 안고 지금 이 길을 걷고 있다. 나중에 순례를 마치고 돌아가면 나의 경험을 들려주고 또 책으로도 쓸 거라고 생각했다. 변화된 내 의식의 모습을 남길 거라고 다짐했다. 한국에 남겨 두고 온 나의 지난날들. 그것들에 대한 그리움을 지금은 잠시 접어 두자. 나의 의식은 과거의 시야에서 벗어나 새로운 시야를 바라보고 있다.

🐚 사랑이 있는 상태만이 사랑을 찾을 수 있다

5킬로미터 정도 더 가자 렐리에고스(Reliegos) 마을에 도착했다. 300여 명의 마을 주민들은 대부분 밀, 귀리, 보리를 경작하며 살아간다고 한다. 마을에 있는 성당을 지나친다. 한참을 걷고 있는데 누군가 얘기하는 소리가 들렸다. 엄마와 두 딸이 빠른 걸음으로 따라오고 있었다. 어찌나 빠르게 잘 걷던지. 맨 처음 순례를 시작할 때의 내 모습을 보는 것 같았다.

이제 아무도 보는 사람이 없었다. 나는 왼쪽 신발을 벗어 들고 걸었다. 그게 오히려 더 걷기가 편했다. 얼마쯤 가다가 다시 신고 벗고를 반복했다. 가끔씩 도로에 지나가는 차들이 있었다. 내가 다리를 절고 있는지, 아픈지를 아무도 신경 쓰지 않는 것 같았다. 그런데 갑자기 승용차 한 대가 내 앞에 멈추어 선다. 혹시 나를 태워다 주려나? 살았다!

하지만 창문을 내리더니 전단지부터 내민다. 자신이 운영하는 호텔 알베르게로 오라는 것이었다. 시설도 좋고 딱 한 개의 방이 남았다고 하며. 그렇지 않아도 숙소를 걱정하고 있었는데 잘됐다 싶어 날짜를 확인했다. 내가 머물고자 하는 마을보다 한 마을 전이었다. 여기서 조금만 더 가면 되는 곳. 내가 사실대로 말했더니 그냥 휭하고 가 버린다. 실망!

아참, 의식 속에서 내가 차에 타고 있는 모습을 취하지 않았었네. 그때 조금만 더 나를 설득했더라면, 숙소까지 태워다 준다든지 했더라면 내 마음이 돌아설 수도 있었을 텐데.

"사랑을 찾는 사람들은 결국 사랑이 결핍된 상태를 현실로 불러내게 됩니다. 그 상태로는 사랑을 찾을 수 없게 됩니다. 사랑이 있는 상태만이 사랑을 찾을 수 있습니다. 그러한 사람들은 사랑을 찾아다니지 않습니다. 사랑은 빠지는 것이지 찾아다니는 것이 아닙니다. 사랑이 여러분에게 오도록 초대하는 것입니다. 여러분이 끌어당겨 오는 것입니다. 제 발로 찾아오게 될 것입니다."

갑자기 이 멋있는 말이 생각났다.

쉼터에 도착했을 때는 모녀가 휴식을 끝내고 다시 떠날 채비를 하고 있었다. 먼저 가세요! 나는 두 다리를 쭉 펴고 벤치에 앉았다. 배낭에 들어 있던 빵과 비스킷 등을 먹으며 원기를 충전했다. 신발 끈을 좀 더 헐렁하게 다시 맸다. 아무 생각도 하기 싫다. 오로지 도착해야 한다는 마음만 있다. 오늘 안으로 목적지에 도착할 수 있을까?

젖은 솜처럼 무거운 발걸음을 다시 옮긴다. 그때 저 멀리 스페인의 고속열차 아베(AVE)가 빠른 속력을 자랑하며 지나간다. 한국의 KTX를 보는 것처럼 정겹다. AVE는 스페인어로 '새(鳥)'라는 뜻이다. AVE 로고에 새가 그려져 있는 것도 이 때문이라고 한다. 새처럼 자유롭게 훨훨 날아갔으면….

생각을 바꾸어 발이 아프다는 생각보다 건강한 발걸음으로 씩씩하게 걸어가고 있는 나의 모습에 더 집중했다. 그러자 아까보다 속도가 나기 시작했다. 나를 위한 시간도 다시 찾아왔다. 돌이켜 보면 나는 지금껏 살아오면서 뭐 하나 특별하게 이룬 게 없다는 생각이 든다. 언제든지 마음을 터놓고 얘기할 수 있는 사람을 만들지도 못했다. 해 보겠다는 결심을 하고 끝까지 해낸 일도 거의 없다. 의미 없는 일에 과도하게 열중했던 적도 있었다.

내 삶에 대한 진지한 태도보다 그때그때마다 순간의 위기를 모면하며 살았던 날들이 많은 것 같다. 나 자신을 현실의 테두리에 가두고. 그렇게 사는 게 '나의 인생'은 아니었는데도 말이다. 나의 부족했던 시간을 반성하며 걷고 있다.

누군가 내 뒤에 다가오고 있었다. 레디고스(Ledigos)에서 처음 봤던 순례자다. 무슨 깊은 생각에 잠긴 것처럼 고개를 숙이고 걷고 있다. 그는 왜 이 길을 걷고 있는 걸까? 나보다 더 느린 걸음으로 천천히 걷고 있다. 하지만 어느 순간 내 앞을 지나가며 인사한다.

거의 9시간을 걸었다. 마침내 목적지인 만시야 데 라스 물라스(Mansilla de las Mulas)에 도착했다. 이 마을은 중세시대와 마찬가지로 현재에도 순례지의 중요한 휴식처가 되고 있다. 데 라스 물라스(de las mulas, 노새의)라는 말에서 알 수 있듯이 마을이 일찍이 가축 시장으로 유명했다고 한다.

마을 입구의 열려 있는 레스토랑으로 들어갔다. 편리하게도 그 가게 주인은 알베르게를 함께 운영하고 있었다. 주인의 딸이 안내해 주는 대로 숙소에 가서 짐을 풀었다. 정리를 하고 약국에 가려고 아래층으로 내려왔다. 낯익은 얼굴이 나를 보며 웃고 있었다. 아까 봤던 엄마와 딸들이다. 예쁜 아이들의 따뜻한 마음이 지친 나를 위로해 준다. 그들도 여기에 묵는다고 한다.

주인이 알려 준 약국에 갔으나 문이 닫혀 있었다. 나온 김에 슈퍼에 들러 먹을거리를 샀다. 호텔이라서 직접 식사를 해 먹을 수는 없다. 간편하게 데워 먹을 수만 있었다. 나는 커피와 빵으로 간단하게 저녁을 해결했다. 모녀는 맛있는 음식을 한가득 차려 놓고 행복한 시간을 보내고 있었다.

카톡을 확인했다. 선배로부터 메시지가 와 있었다. 내일 말레이시아 센터 그랜드 오프닝을 한다고 한다. 그동안 해외에서 그 누구의 도움도 없이 혼자의 노력으로 일궈 낸 성과가 빛나는 순간이다. 축하한다는 메시지를 보냈다. 내 가까이 이렇게 자신의 삶을 열정적으로 살고 있는 사람이 있다는 게 자랑스러웠다. 멋있는 선배님!

모든 공지사항은 영어로 작성되어 있었다. 참석하는 사람들은 영어 소개도 준비하라고 한다. 예전에 토익을 공부할 때 많이 봤던 형식의 안내문이다. 이렇게 활용되는구나. 나도 나중에 글로벌 비즈니스를 할 때 참고해야겠다고 저장해 두었다. 선배처럼 글로벌 비즈니스를 하며 멋지게 살고 있는 내 모습을 잠재의식에 새겼다.

D 군한테서 메시지가 와 있었다. 지난 3일 동안 120킬로미터를 걸었다고 했다. 그동안 밀렸던 숙제를 다 해 버리겠다는 심정인가. 조만간 다시 만날 수도 있을 거라 말한다. 하지만… 지금은 내가 정상이 아닌걸.

camino
de
Santiago

PART 3

기적을
현실로 만드는
7가지 방법

생각은
천국의 주화와 같다

🐚 행복이 넘치는 곳, 레온

눈을 뜨니 4시다. 일찍 잠들어 통나무처럼 잤다. 넓고 깨끗한 방에서 혼자 잤다. 역시 돈은 때로는 편안함을 선사한다.

여행 안내서를 펼치고 오늘의 일정을 체크한다. 거리가 다른 날에 비해 짧다. 18.5킬로미터. 오늘은 레온(Leon)까지 간다. 큰 도시인 만큼 여기서 레온으로 가는 정규 버스도 많다. 하지만 난 가급적이면 버스는 안 탈 거야. 걸을 수 있을 때까지는 걸어 보자.

주인이 운영하는 레스토랑에 들러 커피와 주스, 빵을 시켰다. 카드를 내밀자 10유로 이상이어야지만 카드를 받는다고 한다. 내가 그러면 10유로로 계산하고 나머지 잔돈을 현금으로 달라고 했더니, 주인은 웃으며 그냥 카드로 계산해 주었다. 현금을 찾기 전까지는 가지고 있는 돈을 절약하려고 한다.

순례자 전용 오솔길을 따라 걷는다. 평탄한 길이 계속 이어진다. 10킬로미터 정도 가다 보니 대도시에 들어서기 전 마지막 도시에 도착했다. 중간에 약간의 오르막길이 있었다. 이곳에 갑자기 많은 순례자들이 몰려온다. 단체로 온 것 같다. 나를 앞질러 간다. 한 명도 이탈하지 않고 행군하고 있는 그들에게 시선을 보낸다. 잠시 후, 엄마와 크리스티나, 캐서린이 나타났다. 그들 또한 나를 앞질러 갔다. 예쁜 아이들은 나를 앞지를 때마다 활짝 웃는다. 마치 달리기 선수가 경쟁 상대를 따라잡았을 때 뿌듯함을 느끼는 것처럼.

나는 따라 웃기 시작했다. 저 마음속 깊은 곳에 붙어 있는 불순물을 제거해 낸 순수한 웃음으로 그들의 밝은 미래를 응원한다.

저 멀리 레온 성당의 한 자락이 보인다. 복잡한 도심지에 들어서기 전 숨을 고르기 위해 잠시 벤치에 앉았다. 그래도 오늘 성적은 괜찮은걸. 잘 걸어 준 내 발아, 고맙다!

마침내 레온에 도착. 예전에 레온은 로마 군대의 주둔지였고 제7군단의 기지였다고 한다. 관련 자료에 따르면 레온은 1세기경 로마인들에 의해 만들어진 도시로, 인근의 금광에서 캐낸 금이 모이는 곳이었다고 되어 있다. 전성기는 12세기 알폰소 7세의 의회가 열렸던 때다.

현재 레온은 이베리아 반도 북서부의 경제 발전 중심지이며, 풍성한 재료로 스페인 최고의 식도락을 전해 주는 도시가 되었다. 또한 1년 내내 전통 축제와 행사가 끊이지 않고 열리는 풍요로운 도시다. 중세 때 까미노 안내서를 썼던 에메릭 피코는 레온을 '모든 행복이 넘치는 곳'으로 묘사했다.

🌾 밤은 내면세계를 돌아보는 시간이다

입구에 있는 알베르게에서 묵기로 결정했다. 공립 알베르게로 가려면 좀 더 가야 되기 때문이다. 체크인을 하는데 주인아저씨가 한국말을 잘한다. 이곳을 다녀간 한국 순례자들이 알려 주었다고 한다. 벽에는 한국 민속인형 신랑신부가 걸려 있었다. 아저씨는 한국 사람들은 친절하다고 하며 한국 사람들이 좋다고 말한다. 나는 기분이 우쭐해져 미소를 지었다. 한국인의 피를 지닌 사람으로서 조금이라도 한글로 적혀 있는 문구를 본다든지, 누군가 한국말을 하는 걸 들으면 그 자체로 반갑다. 돌아보게 된다.

침대를 배정받고 짐을 내려놓는다. 먼저 온 2명의 순례자만 있다. 텅 빈 숙소 안이 조금은 음침하기까지 하다. 오늘 묵는 사람은 모두 3명이었다. 온수도 잘 나오고 샤워 시설도 훌륭하다. 무엇보다 헤어드라이어가 비치되어 있어 개인적으로 점수를 준다. 주방시설도 잘 구비되어 있다. 특이하게도 이곳은 24시간 내내 입·퇴실이 가능했다.

숙소 바로 앞에는 KFC가 있었다. 이미 익숙해진 브랜드 탓에 편안하게 가서 점심을 해결할 수 있었다. 여기서 성당까지는 30분 정도 더 걸어가야 한다기에 성당을 관람하는 것은 내일 할 일로 접어 둔다. 숙소 근처를 둘러보려고 천천히 걸었다.

시원한 분수 물줄기는 지친 하루를 위로해 준다. 레온은 고대와 현대적인 분위기가 어색하지 않게 녹아 있는 도시라는 느낌을 준다. 현대문명이라는 거대한 힘 앞에 하릴없이 스러져 간 영광의 흔적들이 희미한 추억으로 남아 있는 곳도 보인다. 도심을 가로질러 휙휙 지나가는 자동차들, 북적대는 사람들. 어느 곳이나 도시의 하루는 정신없이 돌아가는 것 같다. 부르고스에 갔던 그때의 기억이 떠오른다. 나는 길을 잃어버리지 않기 위해 표지 간판 하나씩을 머릿속에 담았다. 한 시간 정도 걷다 보니 어느 대형 슈퍼마켓에 이르렀다. 저녁 재료들, 간식들을 사 가지고 다시 숙소로 향했다.

밤에 보는 레온은 또 다른 모습이었다. 골목마다 들어차 있는 아담하고 예쁜 카페에 아름다운 조명이 비추고 있다. 반 고흐의 〈밤의 카페테라스〉를 연상케 했다. 우리 집 벽에도 걸려 있는 내가 좋아하는 그림.

서양 미술사에서 가장 위대한 화가로 손꼽히고 있는 네덜란드 화가 빈센트 반 고흐. 그는 자신이 좋아한 한 카페를 〈밤의 카페테라스〉로 남겼다. 그는 이 카페를 배경으로 밤 그림을 그리기 시작해 점점 더 많은 밤 그림을 그렸다. 고흐에게 밤은 자신의 내면세계를 돌아보는 시간이었고, 가장 애착을 느끼는 주제이기도 했다.

하늘에는 흰 별들이 떠 있다. 테라스 위에 펼쳐진 차양, 카페의 벽에 붙어 있는 조명등의 불빛을 받아 노랗게 물들여진 카페 벽과 테이블, 주문을 받기 위해 테이블 사이를 지나다니는 종업원, 테이블에 앉아 대화하고 있는 사람들…. 그 곁을 지나가고 있는 나의 모습이 고흐가 사랑했던 밤의 풍경 같다는 생각을 하며 잠시 멈추어 선다. 아름다운 밤!

🌾 목숨을 걸어도 좋을 만한 것을 찾아라

언젠가 국내에서 전시된 고흐의 그림을 보고 큰 감명을 받아 그의 생에 관심을 가진 적이 있다. 그는 37년의 짧은 인생을 살았다. 그의 작품 전부는 단지 10년 동안에 다 만들어졌다. 그야말로 짧고 굵은 인생을 살았다.

그는 화가가 캔버스를 대하는 자세에 대해, 캔버스를 피하지 말고 캔버스를 노려보고 거기에 들어가서 완전히 장악하라고 말했다. 즉, 이 말은 어떤 어려움에 부닥쳤을 때 피하지 말고 정면으로 맞서라는 삶의 자세를 나에게 알려 주는 것이기도 했다.

누구에게나 자신의 삶에 영향을 미친 사람이 있을 것이다. 나에게는 그중의 한 사람이 빈센트 반 고흐다. 그의 삶을 통해 사람은 자신이 정말로 원하는 삶을 위해 자신의 인생 전부를 걸 수도 있어야 한다는 교훈을 얻었다.

"나의 일로 말하면 나는 그것을 위해 목숨을 걸었고, 그것 때문에 반쯤은 미쳐 버렸지. 정말이야."

불광불급(不狂不及)이라는 말이 생각나는 밤!
그는 죽기 전 사랑하는 동생 테오한테 쓴 마지막 편지에서 다음과 같이 말했다.

"사랑하는 동생아, 내가 늘 말해 왔고, 다시 한 번 말하건대, 나는 네가 단순한 화상이 아니라고 생각해 왔다. 너는 나를 통해서 직접 그림을 제작하는 일에 참여하고 있는 것이다. 최악의 상황에서도 그 그림들은 남아 있을 것이다. 그래, 내 그림들, 나는 일을 위해 목숨을 걸었고 그것 때문에 반쯤은 미쳐 버렸지. 그런 건 좋다. 하지만 내가 아는 한 너는 사람을 사고파는 장사꾼이 아니다."

어느덧 나도 인생의 중반에 접어들었다. 그동안 뭘 하면서 살았는지…. 세계적으로 위대한 성인의 삶을 찾지 않더라도 내 주위에는 정말 열심히 사는 사람들이 많다. 나를 반성하게 하는 순간이다. 누군가 말했다. 인생을 살면서 한 번도 미쳐 본 적이 없는 사람은 헛된 인생을 산 거라고. 내 목숨을 걸어도 좋을 만한 그것! 오늘 내가 생각한 그것은 무엇인가? 과거인가 아니면 미래인가? 먹구름이 잔뜩 꼈는가? 아니면 별처럼 빛나고 있는가?

내 인생에 해바라기가 피어오른다면 그것을 이룬 순간이 될 것이다.

2

소망이 실현된 모습을
생생하게 상상하라

성공은 마음가짐의 문제다.
성공을 원한다면 먼저 스스로를 성공한 인물로 생각하라.
조이스 브라더스

🐚 마음을 열고 자유롭게, 여유롭게

어제 사온 재료로 아침을 만들어 먹었다. 몸의 컨디션도 괜찮다. 오늘은 레온 성당을 둘러보려고 좀 더 일찍 출발한다. 도심의 신선한 공기가 발걸음을 재촉한다.

어제 익혀 둔 길을 따라 걸어간다. 20분 정도 가니 레온 주 정부 건물이 즐비한 산 마르코스(San Marcos) 광장이 나온다. 이른 아침이라 그런지 사람들이 많지 않다. 직장인으로 보이는 단정한 차림의 몇몇 사람들만이 바쁘게 걸어가고 있다. 지금 이 순간 나는 어디에도 구속되어 있지 않은 자유인이다!

한쪽에서는 환경미화원들이 청소를 하고 있다. 주변의 카페, 상점들도 아직은 닫혀 있다. 건물의 일부가 특급 호텔로 사용되고 있다는 르네상스 양식의 화려한 건축물도 보인다.

광장을 빠져나와 세계 최고의 건축가 중 한 명인 안토니오 가우디가 만든 카사 데 보티네스(Casa de Botines)를 보러 왔다. 명성에 걸맞게 아름답고 정교하게 지어진 건물이다. 동화 속 궁전 같다. 이 건물을 현재는 스페인 은행에서 사용하고 있다고 한다. 건물을 둘러보고 있는데 갑자기 누군가 나를 부른다. 크리스티나와 캐서린이다. 약속도 안 했는데 우리는 가는 곳마다 만난다. 엄마는 사진을 찍어 주겠다고 스마트폰을 달라고 한다. 가우디 건물 앞에서 한 컷, 그의 동상 옆에서 순례자의 모습을 남겼다. 예쁜 아이들의 모습을 함께 남기지 못한 게 참 아쉽다. 마음의 여유가 그렇게 없었나?
잠시 후 연고를 사기 위해 약국에 들렀다. 번역기 및 보디랭귀지를 사용해 약사와의 소통에 성공했다. 급하면 다 통한다! 어느 틈엔가 두 아이들이 또 약국에 나타났다. 다시 또 인사하고 헤어졌다.

스페인 역사상 가장 위대한 건축물 중 하나인 레온 대성당. 스페인 건축가 엔리케(Enrique)가 1205년에 처음 건축을 시작한 이래 거의 400년 가까이 지난 16세기 후반이 되어서야 완성된 대규모 성당이다. 부르고스 대성당과는 또 다른 느낌이다. 아름답고 화려한 성당의 모습을 한참 바라본다. 스페인의 초기 고딕 건축물 중 가장 위대한 걸작 중 하나다. 환상적인 스테인드글라스로 장식되어 있는 웅장한 성당 내벽의 모습은 아쉽게도 관람을 못했다. 안에 들어가려면 좀 더 기다려야 한다기에 겉만 구경하고 돌아서야 했다.

다시 발걸음을 돌려 가우디 건물까지 왔다. 누군가 손가락으로 바실리카 산 이시도로(Basilica San Isidoro) 성당을 가리킨다. 들어가 보라는 뜻이다. 로마네스크 양식으로 우아하게 건축된 바실리카 산 이시도로 성당 안으로 들어갔다. 나는 잠시 의자에 앉았다. 두 눈을 감고 감사한 마음을 갖는다. 나와 함께해 주셔서 감사합니다!

성당의 박물관은 왕가의 무덤이 모인 곳이다. 용서의 문(Puerta del Perdon)은 굳게 닫혀 있었다. 내 마음은 이미 활짝 열려 있는데. 중세시대에 순례자가 병이 나서 더 이상 순례할 수 없을 때 이 문을 통과하면 순례를 마친 것으로 인정받았다고 한다. 그려진 지가 800년이 지난 후에도 화려한 색채를 잃지 않고 남아 있다는, 프레스코 벽화를 본다는 것을 깜빡했다. 세요를 받고 성당을 나왔다.

🐚 뜯어도 뜯어도 새순을 밀어 올리는 고사리처럼

시끄럽고 부산스러운 도시를 빠져나간다. 한 시간여 걸은 후에 시골길로 들어섰다. 이제 숨 좀 돌릴 수 있을 것 같다. 약간의 오르막길이 있었다. 정상까지 천천히 올라가 보니 길옆에 예쁜 바들이 많다. 마음이 끌리는 바에 들어갔다. 아메리칸 스타일의 커피와 또띠아를 시켜서 점심을 먹고 다시 출발.

16세기에 성모가 발현했다는 비르헨 델 까미노(Virgen del Camino)를 지난다. 황량한 들판에 간간이 스쳐 가는 바람, 물결치는 대지, 작열하는 햇살들. 자연이 선물하는 느낌에 충실하며 걷는다.

오늘은 약 23킬로미터를 걸었다. 드디어 목적지인 비야단고스 델 파라모(Villadangos del Paramo)에 도착했다. 레온에서 늦게 출발한 탓에 도착 시간이 더 늦어졌다. 저 멀리 서쪽 하늘이 신비스럽게 물들어 있다. 타오르는 듯이 붉고 쏟아부은 듯이 짙푸른 물감 색 하늘.

이곳도 공립 알베르게 한 군데만 문을 열었다. 어쩔 수 없이 여기에 머무르기로 한다. 시설이 별로다. 방도 춥고 온수도 안 나온다. 다음 마을까지 가려면 4킬로미터 정도를 더 가야 된다. 그건 지금의 발 상태로는 불가능하다. 아무도 안 보인다. 다들 어디까지 간 거지? 내 앞으로 지나간 사람들도 몇 명 봤는데. 썰렁하다. 입실 장부 맨 위 칸에 이름을 적는다.

마을 구경도, 슈퍼마켓에 가는 것도 다 포기. 냉장고에 들어 있는 음식으로 저녁을 먹었다. 친절한 주인아주머니께서 직접 만들어 놓으신 파스타가 있었다. 한 접시 데워 먹었다. 주방 시설은 훌륭했다. 넓고, 테이블도 크고, 벽난로도 있다. 여름철이면 더할 나위 없이 좋은 여건일 것 같다는 생각을 해 본다. 아직은 활활 타오르고 있는 벽난로가 거실의 조명을 대신하고 있다. 주인의 따뜻한 마음에 감사한다.

지금까지 살아오면서 얼마나 많은 길을 걸어왔는지 생각해 본다. 시골에서 초등학교를 다닐 때 거의 매일 걸은 거리가 20여 킬로미터쯤 되지 않을까 생각한다.

복슬강아지와 인사하고 나서는 등굣길. 그때부터 순례길 걷기 연습을 했던 거다. 그때의 맷집으로 나는 지금 이렇게 잘 걷고 있는지도 모른다. 그 시절 이후로 가장 먼 거리를 걷고 있는 것 같다.

꼬불꼬불한 길을 걷고 달리고, 비탈진 산을 걷고 달리고. 눈이 오나 비가 오나 우리들의 행진은 멈추지 않았지. 가끔 등 뒤에서 자동차 소리가 나면 약속이라도 한 듯이 일제히 양옆으로 줄지어 선다. 기다린다. 초롱꽃처럼 되어 버린 손을 흔들며 운전기사님하고 눈을 마주친다. 우리들의 진심이 언제나 통한 것은 아니지만…. 실현되는 현실이 훨씬 많았다.

뜯어도 뜯어도 새순을 밀어 올리는 고사리처럼 세상에 지지 말고 의연하게 나아가라고, 희망과 용기를 주셨던 기사님!

🐚 길은 걷는 사람의 의식에 따라 달라진다

그 시절 나는 한 번도 가 보지 못한 이국땅에 가 보는 것이 소망이었던 순간이 있었다. 어느 날 도시에서 일하고 있던 작은삼촌이 친구분하고 시골집에 온 적이 있었다. 지금 기억하기에 그 친구분이 사우디아라비아에서 일하고 있다고 했던 것 같다. 그때 이국적인 발음과 낯선 세계를 다녀온 아저씨가 멋있다고 느꼈었다. 나도 어른이 되면 해외를 오가며 살고 싶다는 생각을 했었다. 지금 그 소망이 실현된 모습을 상상하며 글을 쓰고 있다.

그 시절의 길과 지금의 길은 확연히 다르다. 다이아몬드와 흑연이 다른 것처럼. 다이아몬드는 흑연과 비슷하다. 설마 어떤 점이? 다이아몬드는 자연에 존재하는 물질 중에서 가장 단단한 물질이다. 우리가 연필심으로 사용하는 흑연은 사람 손톱보다도 연한 광물이다. 성질의 차이로 보면 두 물질은 전혀 딴 물질로 여겨진다. 하지만 두 광물을 태우면 똑같이 이산화탄소가 발생한다. 결국 두 물질 모두 탄소로 이루어져 있다는 뜻이다.

또한 공기를 차단하고 다이아몬드를 가열하면 전부가 흑연으로 변한다. 반대로 흑연을 4만 5,000기압이라는 초고압으로 1,100℃를 유지하면 다이아몬드가 된다. 인조 다이아몬드는 이렇게 만들어진다. 그렇듯이 다이아몬드도 흑연도 본질은 같으며 그 존재 양식이 다를 뿐이라는 것을 알 수 있다.

물질은 원자라는 기본 입자로 되어 있다. 다이아몬드를 구성하는 원자는 무색투명하고 단단하다. 반면 흑연의 원자는 회흑색이고 부드러운 것일까?

실제로 원자는 한 개일 때는 색이나 경도 같은 성질을 갖고 있지 않다. 원자가 모여서 어떤 크기의 물질이 되었을 때, 비로소 색깔이라든가 경도가 관찰되는 것이다. 즉, 다이아몬드의 원자도 흑연의 원자도 모두 같은 탄소 원자이며 거기에는 색깔도 경도도 없다. 그것이 모일 때의 배열 상태가 다를 뿐이다. 이 구조의 차이가 각각의 성질을 크게 다르게 하는 원인이 된다. (인용 출처: http://denmaak.netian.com/good-sci7.htm)

누구나 다이아몬드 같은 인생을 꿈꾼다. 우리가 사는 목적은 소망을 실현하는 데 있다. 소망이 없다면 부닥치는 문제도, 해결해야 할 어떤 어려움도 만나지 않을 것이다. 언제나 주어진 환경에서 아무런 성장도 없이 무미건조한 삶을 살아갈 것이다.

소망을 이루기 위해서는 무엇보다도 나의 소망이 실현된 모습을 생생하게 상상하라고 성공한 사람들은 말한다.

세계적인 소설가 파울로 코엘료는 "비범한 삶은 언제나 평범한 사람들의 길 위에 있습니다."라고 말했다.

길은 누구에게나 존재한다. 하지만 그 길을 걷는 사람들의 의식에 따라 그들의 운명 또한 달라질 수 있다.

3

하느님은 없는 것을 있는 것으로 부른다

지금 당신이 서 있는 곳은 당신의 생각이 이끌어 준 곳이다.
내일도 당신은 당신의 생각이 이끄는 곳에 서 있을 것이다.

제임스 앨런

🐚 천천히 걷는 사람이 가장 오래 간다

꼬끼오! 깊은 잠에서 깨어난 수탉이 새벽이 왔음을 알린다. 알려 줘서 고맙다, 수탉아.

적막한 시골에서의 하룻밤이었다. 매일매일 머무르는 집이 다르다. 매일매일 길을 나서는 집이 다르다. 하지만 오늘도 힘찬 구령 소리와 함께 발걸음을 내딛는다.

거의 매일 수탉 울음소리를 듣는다. 어릴 적 시골에서 살 때의 생각이 나는 요즘이다. 그때도 아침을 제일 먼저 알리는 것은 수탉의 울음소리였다. 왜 울음소리라고 표현했을까? 갑자기 궁금해진다. 예로부터 수탉은 꿈을 현실로 나타나게 해 주는 길조로 여겨졌다.

풍수교정 전도사 최이린의《부자 되는 풍수 테크》에 따르면, 행운을 부르는 풍수 소품이 있다고 한다. 그중에 '화려한 수탉'은 꿈을 이루어 준다고 되어 있다. 수탉의 울음소리는 곧 다가올 미래를 알려 주는 것이라고 한다.

좋은 일이 있을 거라는 희망을 안고 오늘을 걷고 있다. 길도 평탄하다. 오늘의 행진 거리는 26.4킬로미터. 한 시간 남짓 걸으니 오전 8시 반. 저 앞에 UFO가 올라가 있는 듯한 기둥이 보인다. 책에서 본 모습이다. 저 특이한 건물 하나만 보면 금세 산 마르틴 델 까미노(San Martin del Camino) 마을이라는 것을 알 수 있다. 이처럼 어느 마을이든지 그 지역 나름대로의 랜드마크가 되는 건물이 하나쯤은 있으면 좋겠다는 생각을 해 본다.

입구에 들어서는데 바로 앞에 루루와 K 군이 걸어가고 있다. 아, 이들은 이 마을에서 머물렀었구나. 확실히 이곳은 내가 묵었던 마을보다 더 크고 더 현대적이었다. 산 마르틴 성당을 지나간다.

천천히 걷는 사람이 가장 오래 간다! 어느덧 반나절이 지났다. 그 유명한 오르비고 다리(Puente de Orbigo)에 도착했다. 스페인에서 가장 길고 오래된 중세 다리 중 하나다. 13세기에 먼저 있던 로마 시대 다리 위에 증축되었다. 이 다리를 구성하고 있는 수십 개의 멋진 아치가 오르비고 강을 가로지르고 있다. 순례자들이 강을 건너려면 이 다리를 이용해야 함은 굳이 강조할 필요도 없다.

이 중세의 로마네스크 다리는 또한 세르반테스에게 《돈키호테》
에 관한 영감을 제공한 것으로도 유명하다. 멋진 이 다리는 흥미로
운 이야기를 품고 있다는 풍부한 상상을 하게 만든다. 다리에 얽힌
스토리가 궁금해진다.

'명예의 통행로'란 이름을 가진 이 다리에서 진정한 기사를 가
리기 위한 결투가 행해졌다. 야고보 성년(聖年)인 1434년에 레온 출
신 귀족 기사 돈 수에로 데 끼뇨네스(Don Suero de Quiñones)와 그
의 추종자인 9명의 기사는 이 다리 위에서 결투하러 온 모든 기사
들을 상대로 싸워 용맹을 떨쳤다.

결투를 하게 된 이유는 한 여인에 대한 사랑을 증명하기 위해서였
다고 한다. 그는 한 달 동안 300개의 창을 부러뜨리고 매주 목요일에
는 쇠고랑을 목에 차고 결투에 임해 이 다리를 막아 냈다. 그리고 결
투에 임했던 충실한 동료들과 함께 산티아고로 순례의 길을 떠났다.
돈 수에로는 여인으로부터 받아 항상 지니고 있던 팔찌를 야고보에
게 바쳤다. 이제는 사랑에 대한 집착에서 벗어난 것과 자신의 명예를
지킨 것에 대해 감사하는 마음을 전하는 의미에서였다.

"사랑에 집착하는 것은 당신의 만족과 행복의 원천을 누군가
다른 사람에게 두고 있다는 증거다. 다른 누군가가 아닌 당신 자신
에게 희망을 가져야 한다. 집착하지 않는 사랑 속에서도 그 사람은

임상심리 치료사이자 베스트셀러 작가인 웨인 다이어는 이렇게 말했다.

지금 내가 집착하고 있는 것은 없을까? 나는 내가 내린 결단으로 잘 가고 있는가? '내 것'이라 여기는 것들에 대한 지나친 욕심에 사로잡혀 살고 있지는 않은지, 사람들과의 관계에서 내 욕심에 휩싸여 집착하고 있지는 않은지 돌아본다. 균형 잡힌 내 삶을 위해 '집착' 내려놓기!

꿈꾸는 이상주의자 돈키호테. 그가 지금 살아 있다면 분명 그의 시대가 온 것이라 생각할 것이다. 그가 말했던 구구절절 옳은 말에 박수를 보낸다.

"누가 미친 거요? 장차 이룩할 수 있는 세상을 상상하는 내가 미친 거요? 아니면 세상을 있는 그대로만 보는 사람이 미친 거요?"

네빌은 "소망이 이루어졌다고 상상하고, 소망이 이루어졌다는 전제 아래 정신적인 대화를 나누십시오. 소망이 이루어졌다는 전제 아래 내면의 대화를 통제한다면 기적 같아 보이는 일도 행할 수 있습니다."라고 말한다. 지금의 내 모습은 내가 과거에 상상했던 모

습이 현현된 것이다. 따라서 지금의 삶이 마음에 안 든다고 하면
내가 원하는 미래의 모습을 지금 상상 속에서 그려야만 한다. 내가
원하는 삶은 내 상상 속에 이미 존재한다. 《성경》에도 하느님은 없
는 것을 있는 것으로 부른다고 되어 있다. 지금 그대로 세상을 바
라보면 3년 후, 5년 후, 10년 후에도 내 모습은 그대로일 것이다.

🌿 순례자들을 위한 따뜻한 배려

다리를 건너자 아름다운 마을 오스피탈 데 오르비고(Hospital
de Orbigo)가 나온다. 이 마을은 과거 '성 요한의 기사단'의 영지였
다. 한눈에 다리가 내려다보이는 멋진 호스텔이 보인다. 한 번쯤 머
물고 싶은 마음을 챙겨 둔다. 조금 더 내려가 마을 주민이 알려 준
바에 들어가서 에스프레소와 빵으로 점심을 먹었다. 원기 충전하고
다시 출발.

두 가지 옵션 중 하나를 택해야 한다. 16킬로미터 아니면 17킬
로미터. 1킬로미터를 더 돌아 표시를 따라 비야레스 데 오르비고
(Villares de Orbigo)까지 왔다. 여기서 약 15킬로미터만 가면 오늘
의 목적지에 도착한다. 작은 샛길의 떡갈나무 숲을 통해 언덕으로
향한다. 정상에 오르니 저 멀리 아스토르가(Astorga) 대성당이 보
인다. 발길은 쉬지 말고 어서 가라 재촉한다.

어느 집 앞에 놓인 물통을 발견했다. 물을 가득 담아 놓았다.
순례자들을 위한 주인의 따뜻한 배려가 느껴진다. 자신의 삶이 충

만하다고 느낄 때 비로소 우리는 다른 사람들을 위한 배려의 여지를 남겨 두는 경우가 많다. 하지만 이곳에서 볼 수 있는 사람들의 배려는 내가 생각했던 것과는 다른 것이었다.

맑은 계곡을 따라 흐르는 물소리가 힘을 북돋워 준다. 하지만 다리의 통증은 더 악화되고 있다. 어느 길옆의 숲에 배낭을 내려놓았다. 무거운 신발을 벗고 양말을 벗고 통증이 사라지기를 기다렸다. 이대로 주저앉아 있고 싶어. 나는 무엇 때문에 이 길을 걷고 있지? 다른 일행들은 지금 어디쯤 있을까? 그들과 헤어진 지 꽤 오래되었다. 내 앞으로 지나간 사람은 아무도 없다. 마음을 추스르고 배낭을 다시 멘다.

저 앞에 'ASTORGA 6KM'라고 세워 둔 표지판이 보인다. 누군가 손을 흔들고 있다. 내가 아는 사람일까? 아직은 내 시야에 안 들어온다. 조금 더 가자 그곳이 도네이션 바라는 것을 알 수 있었다. 그는 이 바를 운영하고 있는 주인이었다. 내가 도착하자마자 커피를 한 잔 준다. '오아시스' 같은 순간이다. 고맙다고 인사를 건네자 바나나, 요플레, 사과를 또 챙겨 준다.

그는 언제나 이곳에서 무료로 봉사하고 있다고 했다. 한국 사람들도 많이 온다고 한다. 그러면서 친절한 한국 사람들이 좋다고 한다. 한국에 한번 가 보고 싶다고 한다. 나는 가지고 있는 소정의 돈을 기부하며 감사함을 전했다. 그는 사진을 찍어도 좋다고 하며 기꺼이 멋진 포즈를 취해 주었다.

땡…! 땡…! 종소리가 들린다. 뒤돌아보자 한 번 더 종을 쳐 준다. 행복한 마음을 가득 채우고 다시 걷는다. 새소리, 바람 소리, 곤충들 소리가 정겹게 들리는 고즈넉한 오솔길이다.

가파른 계곡 꼭대기에 도시가 보인다. 이제 목적지에 거의 다온 거다. 그런데… 발의 통증이 더 심해졌다. 아무리 걸어도 거리가 좁혀지지 않는다. 언덕은 언제 또 생겨났는지. 잠시 쉬었다 가려고 어느 다리 위에서 멈췄다. 그런데… You're a miracle! 내 발 아래에 이렇게 적혀 있는 게 아닌가. 깜짝 놀라 정신을 차렸다. 그래 나

| 아스트로가 6킬로미터 전, 도네이션 바를 운영하고 있는 아저씨

는 기적이다! 조금만 더 힘내자.

이미 어스름은 내려앉았고, 어느새 도시 전체에는 주황색 조명 파노라마가 펼쳐졌다.

드디어 목적지에 도착했다. 6시쯤 되었다. 평소보다 2배 더 걸렸다. 오늘은 제일 힘든 하루였다. 오늘 안에 도착한 것만으로도 기적이라 생각한다.

대성당 옆에 있는 공립 알베르게로 들어갔다. 오스피탈레로의 이름이 JESUS였다. 순례 확인서인 크레덴시알에 한글로 '예수'라고 새겨진 도장을 함께 찍어 주었다.

짐을 정리하고 있는데, 루루의 목소리가 들린다. 내가 부르니까 얼른 달려와 고생했다며 안아 준다. 눈시울이 붉어졌다. 뒤이어 K 군도 달려와 괜찮은지를 물으며 반가워한다. 내가 심적으로 고생해서였을까. 그들의 따뜻한 마음이 더 고맙게 느껴진다.

셰익스피어는 "마음에 든 친구는 쇠사슬로 묶어서라도 놓치지 마라."라고 말했다. 서로에게 버팀목이 되어 주고, 뜨거운 햇살로부터 그늘을 만들어 주고, 다른 어떤 것에도 휘둘리지 않는, 상대방의 있는 그대로의 모습을 존중해 주는 두 사람의 사랑이 오래오래 함께하길.

파스타를 먹고 있었다. 갑자기 내 앞에 천사가 나타나 웃고 있다. 크리스티나와 캐서린! 2층으로 올라왔다. 복도에서 한국에서 강사를 하고 있다는 40대 후반의 순례자를 만났다. 우리는 금세 친해졌다. 내일 아침에 함께 떠나기로 약속했다.

내일은 또 어떤 기적이 일어날까?

생각을 소비하지 말고 투자하라

운명은 우연이 아닌 선택이다.
기다리는 것이 아니라 성취하는 것이다.
윌리엄 제닝스 브라이언

🐚 까미노에서는 놀라운 일을 자주 만난다

새벽 4시다. 주방으로 내려갔다. 바게트 빵과 커피를 먹는다. 오늘의 일정을 점검한다. 산을 넘는 코스가 있다.

한 시간 정도 지났을 때 누군가 주방으로 왔다. 어제 만난 강사였다. 본인을 '희망 스피치 강사'라고 소개한다(편의상 '한 강사'라 부를 것이다). 커피를 마시며 우리는 서로를 알고자 이런저런 얘기를 주고받았다. 그는 스피치 강사답게 대화를 나누는 방법도 전문적이고 외모도 세련된 느낌을 준다. 하지만 그 또한 마음 한구석에 내려놓고 싶은 사연을 가지고 있었다.

그는 오늘이 순례 첫 번째 날이라고 한다. 혼자서 하려니 조금 두렵기도 했다고.

7시. 제일 먼저 숙소를 나왔다. 오늘부터 나는 함께하는 사람이 있어 든든하다.

아름답고 웅장한 건축물들이 우리를 맞이한다. 성당의 일부가 완공되는 데 300년이 걸렸다고 하는 산타 마리아(Santa Maria) 대 성당. 성당 내부에 보관하고 있는, 13세기에 만들어진 San Luigui 성 경 원본은 아쉽게도 못 보고 간다.

길은 가우디가 설계한 Palacio Episcopal(주교의 궁)로 이어진 다. 지금은 까미노 박물관으로 사용되고 있는 곳이다. 이른 아침 문을 연 바와 다양한 상점들이 유서 깊은 성벽 안에 붙어 있다. 각 각의 유적지로 이어 주는 보행자 전용도로는 순례자들의 발걸음에 활력을 준다.

풀숲을 비추고 있는 햇살이 따뜻하다. 한 강사는 여기 오기 전 자신에게 일어났던 일을 들려준다. 그는 최근에 아버지가 돌아가셨 다고 했다. 그 슬픔이 채 가시기도 전에 같이 일했던 동료의 죽음 을 지켜봐야 했다. 그리고 같은 주에 죽마고우의 죽음을 또 지켜봐 야 했다고 한다. 사랑했던 사람들이 한꺼번에 갑자기 그의 곁을 떠 났다고 한다. 그가 상처로 힘들어하고 있을 때 아는 선배님 중의 한 분이 산티아고 순례길을 추천해 주었다고 한다.

그러한 무거운 마음을 털어 내고 싶어서 순례길을 선택했다고. 이미 잡혀 있던 강의 일정도 다른 강사한테 다 위임하고 왔다고 한다. 그는 부인과 예쁜 딸이 있다고 했다. 이 길이 그에게 다시 강해질 수 있는 용기를 주기를!

출발한 지 한 시간 정도 지났을까. 길을 잃었다. 정신없이 얘기를 나누다 화살표를 놓쳐 버렸다. 방향을 잃고 헤매고 있는데 저 밑에서 아저씨 한 분이 개 두 마리를 끌고 우리 쪽으로 올라오고 계셨다. 조금 전까지도 아무도 없었는데. 신기하다!

아저씨가 우리 앞에 오셨다. 한 마리의 개는 내 앞에 멈춰 서서 나를 빤히 쳐다본다. 더 가지 말라고 말하는 것처럼. 어릴 적 시골 집에서 키우던 개와 닮았다. 산티아고로 가는 방향을 여쭤보니 한참 다시 내려가서 왼쪽으로 가라고 일러 주신다. 까미노길 위에서는 놀라운 일들을 많이 만난다고 들었다. 우리는 감사하다고 인사하며 발길을 돌렸다. 다시 돌아보는 순간 우리 외에 아무도 보이지 않았다.

🐚 기적은 아주 사소한 것에서부터

한적한 마을을 지나 오솔길을 따라 걸었다. 한 강사는 한국에서의 강의 스케줄이 잡혀 있어 빠르게 움직여야 한다고 했다. 하지만 오늘은 나의 보조에 맞추어 천천히 걷는다. 우리보다 늦게 출발한 사람들이 우리 앞을 스쳐 지나간다. 유난히 오늘은 순례자들이 많은 것 같다. 끊임없이 대화하며 활기차게 발걸음들을 내딛고 있다. 확실하게 들리는 건 까미노란 발음뿐이다.

한참을 가다 보니 완만한 오르막길이 시작된다. 사방에는 도토리가 널려 있다. 크기도 엄청 크다. 여기 다람쥐는 도토리를 간식으로만 먹나 보다. 잠시 물 좀 마시고 가야겠다, 생각하며 걷고 있었다. 그런데… 조금 더 가서 길 가운데의 표지석 위에 오렌지주스 통이 놓여 있는 것을 발견했다. 내가 며칠 전에 슈퍼에 갔을 때 사려고 하다가 너무 커서 안 샀던 그것. 마시고 싶었던 주스! 나는 누군가 나를 위해 올려놓은 거라 생각했다. 한 컵을 따라 마셨다. 온몸으로 시원한 주스의 감촉이 밀려 들어왔다. 한 컵을 더 마셨다. 한 강사도 한 컵을 마셨다. 흩어졌던 집중력이 다시 모아졌다. 조금 불편했던 오르막길은 시원한 주스로 보상이 되었다. 두 번째 기적이 일어난 거라 생각하며 다시 출발.

오후 2시 반쯤에 오늘의 목적지인 라바날 델 까미노(Rabanal del Camino)에 도착했다. 전통적으로 순례자를 위해 만들어진 마을이다. 마을 이름 뒤에 '델 까미노'가 붙어 있다는 것은 전통적으로 순례자를 위한 마을이라는 뜻이다. 순례자 전통 마을인 '라바날 델 까미노'에는 베네딕트회 수도원이 존재한다. 그런 만큼 많은 순례자들이 묵고 간다. 종교에 상관없이 기도와 미사에 참여할 수 있다. 이곳은 산티아고 순례길의 종착점을 3분의 1 정도 남겨 둔

지점이다.

수도원은 단순히 하룻밤을 쉬는 숙소가 아니다. 가던 길을 잠시 멈추고 영혼과 육체와 정신을 쉴 수 있는 장소다. 오월부터 시월까지 운영한다고 한다.

우리는 사설 호스텔인 N. S 델 필라르(Nuestra Senora del Pilar)에서 묵기로 했다. 여러 명의 순례자들이 벌써 와 있었다. 이사벨이라고 하는 오스피탈레라는 친절함이 몸에 밴 분 같다. 편의시설 또한 모든 것이 갖춰져 있다. 탁탁… 장작 타는 소리, 너울거리는 불꽃은 지친 몸에 힐링 에너지를 준다.

오늘 저녁은 라면이다. 한 강사가 가져온 라면을 직접 끓여 주었다. 한 달 만에 먹는다. 요리사의 정성이 더해져 한국인의 입맛을 사로잡는다.

저녁 7시. 수도원 성당 미사에 참석한다. 미사는 '그레고리오 성가'로만 진행되었다. 3명의 수사가 부르는 그레고리오 성가의 가사를 이해할 수는 없었다. 하지만 노래(camus)로 하는 기도는 설교와는 다른 마음의 울림을 주는 것 같다. 성스럽고 아름다운 천상의 소리가 한 번도 수리한 적 없어 금방이라도 허물어질 것 같은 성당 안을 가득 채운다.

하느님, 천사를 보호해 주소서!

🌿 까미노의 진정한 목적

미사가 끝난 후 한국인 신부님을 만났다. 한국인 최초로 산티아고 순례길에서 미사를 집전하는 인영균 끌레멘스 신부님. 신부님은 2016년 5월부터 이곳 스페인 레온 주 라바날 델 까미노 베네딕트 수도원에 살면서 순례자들에게 영적 샘물을 나눠 주시고 계신다.

여긴 왜 왔어요? 신부님은 호통치듯이 한마디 툭 던지신다. 조금 전 미사를 드릴 때 보았던 경외스럽고 가까이하기엔 먼 신부님과는 다른 모습이다. 긴장감 엄습! 나는 책을 쓰기 위해서라고 말씀드렸다. 한 강사는 대답을 못하고 머뭇거린다. 다시 물으셨다.

"까미노를 하는 목적이 무엇인가요?"

"나 자신을 강하게 하고 싶어서요. 그리고 피스테라까지 가는 게 목적입니다."

"사랑하는 사람들을 잃은 힘든 마음을 치유하고 싶어서 왔습니다."

"왜 거길 가려고 하지요?"

"세상의 끝인 그곳에서 다시 내 삶을 새롭게 시작하고 싶습니다!"

그런데… 그게 아니라고 하신다. 자신을 강하게 하려면 히말라야 산을 가든지 네팔 트레킹을 해야 된다고. 이 길은 그런 게 아니라고 하신다.

"까미노의 목적은 산티아고 데 콤포스텔라에 가는 것이다. 그리고 까미노에는 뭔가 특별한 게 있다."

"생장에서부터 부르고스까지는 '몸의 길', 부르고스에서 라바날 델 까미노까지는 '마음의 길', 라바날 델 까미노에서 산티아고까지는 '영혼의 길'이다."

까미노에 이런 깊은 뜻이 담겨 있었구나. 나는 지금까지 아무것도 모르고 걷기만 했네.

신부님은 이 지점에서 확실히 왜 내가 이 길을 걷고 있는지 돌아보라고 하신다. 책을 쓰기 위해 걷는다? 그것 또한 '멍에'라고 하셨다. 이것 또한 다 내려놓아야 한다고.

이것을 정확히 알아야 더 빨리 남은 길을 갈 수 있다고 하신다. 그러기 위해 그런 의미를 찾고자 한다면 내일 하루 더 머무르라고 하신다.

한 강사도 자신의 까미노 이유를 찾아야겠다고 말한다. 나는 개인적으로 발 상태도 안 좋고, 처음 계획했던 일정보다 빨리 달려왔으므로 하루 더 묵어도 좋을 것 같다고 생각했다. 우린 의논한 끝에 내일 아침 9시 미사에 참석하기로 결정했다. 하루 동안 더 머물면서 나의 까미노 목적을 생각해 보기로 했다. 신부님이 주신 오일을 듬뿍 바르고 자기로 한다. 한 강사는 김장봉투 대자리를 펼치고 베드버그 퇴치 작전을 개시한다.

그때 캐나다에서 온 순례자 한 명이 한 강사가 잃어버린 장갑 한쪽을 주웠다고 하며 건네준다. 한 강사는 천사라고 말하며 기념으로 사진을 찍어 달라고 한다.

신부님과의 만남이 뭔가 특별한 의미로 다가온다. 내가 처음 까미노를 시작하면서 계획했던 대로 진행되지 않고 있는 일들이 많다. 매일매일 어디까지 가게 될지, 어디서 머물게 될지, 무슨 일이 일어날지, 누구를 만나게 될지 확실치가 않다. 발에 부상이 생긴 건 더욱 충격이 크다. 나에게도 이런 일이 발생할 수 있다는 걸 몸소 체험했으니 말이다.

내 마음이 약해진 걸까. 나는 지금 마음의 길을 걷고 있다. 내가 소비했던 생각들을 멈추고 마음의 멍에들을 내려놓자. 내 인생의 가치 있는 일에 투자하자.

나는 지금 익숙하지 않은 일을 하고 있다. 미래는 익숙하지 않은 일을 하는 사람들의 것이라고 어느 성공자는 말했다. 익숙하지 않기 때문에 어려운 거다.

익숙하지 않은 삶! 지금 이 순간 내가 해야 하는 것은 오직 이뿐이다.

5

이미 이루어진 것처럼
생각하고 행동하라

행동하는 사람처럼 생각하고,
생각하는 사람처럼 행동하라.
앙리 베르그송

🐚 내려놓아야 충만해진다

오늘 아침은 알베르게에서 직접 차려 준 메뉴로 해결했다. 커피, 크로와상, 잼, 우유, 초콜릿 등 푸짐하게 먹었다. 9시에 미사 참석. 신부님은 영어로 된 미사지를 나눠 주신다. 어렴풋이 이해하며 앉았다 일어섰다를 따라 했다. 11시에 신부님과의 미팅. 오늘은 신부님과 대화를 나누며 내가 이 길을 걷는 의미를 돌아보는 시간을 갖는다. 신부님은 까미노에 관한 많은 이야기를 들려주신다.

모든 것은 때가 되면 다 돌아간다. 몇 년 전 한국에 오셨을 때 까미노 모임을 한 적이 있다고 하신다. 참석하셨던 분 중에 내려놓기 힘든 것 중의 하나가 손자라고 하신 분이 계셨다고 한다. 그때

손자도 때가 되면 내려놓아야 한다고 말씀드렸다고 한다.

"때가 되면 누구나 길을 떠난다. 그리고 그 길 위에 당신을 기다리는 사람이 있다."

파울로 코엘료의 소설 《순례자》에 나오는 말이다. 그렇다. 이 세상에 영원한 것은 없다. 나 역시 영원하지 않은 것들을 너무 집요하게 붙들고 있는 것은 아닌지 돌아본다. 내 삶이 가벼워지도록 하려면 미리 그것들을 덜어 낼 수 있는 용기가 필요하다. 소유해서 충만해지는 것이 아니라 내려놓으면 충만해지는 삶도 있다.

신부님이 한 강사한테 여기에 온 목적을 다시 물으신다.

"강의 소재로도 활용할 수 있고, 나를 위한 온전한 시간을 갖고자 모든 강의를 다 남한테 주고 왔습니다. 지금은 단체 톡도 안 하고 있습니다."

사람들이 왜 이렇게 많이 올까요? 신부님의 말씀이 계속 이어졌다.

까미노는 나를 위해서 모든 걸 내어주는 길이다. 여기는 트레킹 길이 아니다. 원초적인 순례길이기 때문이다. 변색된 길이 아니다. 건강을 위해서라면 올레길을 걸으면 된다.

이곳은 1189년 알렉산더 3세 교황이 '예루살렘', '로마'와 더불어 성스러운 도시로 선포했다. 유럽 가톨릭의 3대 순례지다. 이 중 예루살렘, 로마는 관광지가 되었다. 따라서 버스 타고 이동할 수도 있고, 좋은 호텔도 있고, 좋은 음식도 많고, 즐길 수 있다. 하지만 후대에 생긴 이 길은 원초적인 의미 그대로 남아 있다. 내 발로, 내 짐을 짊어지고 한 발 한 발 걸어가야 하기 때문이다.

왜 우리가 만나는가? 그건 우리가 순례자이기 때문에 만나는 거다. 트레킹길이 아니라 순례길이기 때문에 만나는 거다. 종교와 상관없이.

내가 산티아고로 가기 위해서 배낭 메고 현관문을 나서는 순간 나는 이미 순례자다. 내 자아의식과 상관없이. 그러나 나는 아직 온전한 의미의 순례자가 아니다.

순례자란 무엇인가? 목적지가 있기 때문에 순례자다. 그걸 향해 내가 매일매일 한 발 한 발 걸어가는 것이다. 목적지가 없으면 순례가 아니라 유랑 혹은 방랑일 뿐이다.

산티아고 데 콤포스텔라는 출발지이고 목적지다. 왜? 산티아고 대성당이 있어서가 아니라, 야고보 성인의 유해가 모셔져 있기 때문이다. 산티아고 순례길은 자신의 두 발로 걸어서 산티아고 데 콤포스텔라의 야고보 성인의 유해를 참배하고, 그 안에 계신 예수님을 대면하는 것이 가장 큰 목적이다(나는 이렇게 하는 것인 줄 몰랐었다. 대성당만 보고 사진 찍고 오려고 했다).

진정한 순례는 산티아고 데 콤포스텔라에 도착해서 사도 야고보 성인의 유해 앞에 무릎 꿇고 기도할 때 비로소 완성된다.

🐚 까미노는 현실 그 자체다

이 길은 9세기 때부터 시작해 1,200년이 넘는 역사를 지니고 있다. 많은 순례자들이 야고보 성인을 만나 뵈러 온다. 산티아고 대성당 아래 모셔져 있는 성 야고보 사도의 유해가 바로 산티아고 순례의 진정한 출발점이다. 사도 야고보 성인의 유해 안에 샘이 있기 때문이다. 이 샘에서 생명수가 터져 나온다. 생명수의 강. 즉, 우리를 살리는 물, 에너지가 성당과 산티아고 데 콤포스텔라 도시를 가득 채운다. 이제 생명수의 강은 물길을 만들어 흘러간다. '사리아'를 지나 작은 산을 넘어 '오 세브레리오'와 '폰페라다'를 지난다. 이제 큰 산을 넘어 산꼭대기 '철 십자가(Cruz de Ferro)'를 지나 아래로 흘러 수도원이 있는 '라바날 델 까미노'에 다다른다. 물은 다시 흘러넘쳐 아스트로가와 레온을 거쳐 거대한 물길을 만들며 광활한 메세타 평원을 지나 부르고스에 이른다. 그리고 물길은 점점 넓어지고 수량도 많아진다. '로그로뇨'를 거쳐 '푸엔테 라 레이나'에서 강폭은 더 넓어진다. '팜플로나'와 '론세스바예스'를 지나 이제 생명수의 강은 피레네 산을 힘차게 넘어 프랑스 땅으로 흘러 들어가서 '생장 피드포르'에 이른다. 이곳에서 생명수의 강은 수많은 강줄기로 갈라진다. 그 강줄기 가운데 하나가 순례자 각자의 집까지 다다른다.

순례자들은 자신이 사는 곳에서 순례를 이미 다녀온 사람이나 책이나 매스미디어 등 다양한 방법으로 이 생명의 물을 접했다. 이 물을 마시고 나서 잠깐이나마 갈증이 해소되는 기쁨을 맛본다. 목마른 사람은 생명의 물을 조금이라도 접하면 더욱 갈증을 느낀다. 흐르는 강을 거슬러 올라가는 연어가 자신이 태어난 곳을 향해 난관을 뚫고 가듯이.

목마르기 때문에 온 거다. 이 길은 생명의 물이 흐르는, 에너지가 넘치는 길이다. (신부님은 한 강사에게 강의할 때 힘이 넘칠 거라고 북돋워 주신다. 하느님의 영을 통해서 얘기할 거라고 하시면서.)

이 길의 출발점인 그 물을 따라서 여기에 온 거다. 물이 터져 나온 데가 '생명수'다. 생명의 강은 나한테 좋은 에너지, 좋은 기(氣)를 준다. 하느님한테서 오는, 사람을 살리는 기가 있다.

하느님은 모든 사람한테 선물이다. 히말라야는 인간적인 힘으로만 간다. 그야말로 극기다. 여기는 내 힘으로 가는 게 아니다. 내 발로 걷는 게 아니다. 생각이 바뀌는 것, 여기 남은 것도 나의 의지가 아니다. 누군가에 의해서 남은 것이다.

우리는 순례자지만 아직 순례자가 아니다. 그 과정인데 온갖 상상을 다 했었다. 그러나 그런 환상이 깨지기 시작한다. 짐은 짐대로 무겁고, 준비할 것도 많고, 피레네를 넘으면 론세스바예스, 도착하면 자연히 배낭으로 손이 간다. 내려놓는다. 배낭의 무게가 아니라 우주의 무게를 내려놓아야 한다. 하나하나가 나를 짓누른다. 내려놓아라. 누군가 필요한 다른 사람이 가져간다. 신부님은 까미노는

'날것'이라고 말씀하신다.

까미노는 현실 그 자체다. 거부할 수 없다. 그러면서 더 힘들어지는 것이다. 내 계획이 통하지 않는 길이다. 나의 의지, 계획을 엄청나게 잡고 온다. 하지만 무계획으로 오라. 온전히 이 길에 맡기고 오라. 특히 한국 사람들한테 말씀하신단다.

멈출 줄을 모른다. 사람들은 남보다 빨리 가려는 경쟁 심리를 가진다. 그래서 비교하면서 온다. 하지만 마음이 움직이는 대로 가야 한다. '날것'인 이 길에서는, 그날그날 누구를 만날지 모른다. 그날그날 다 뜻이 있다. 비가 올지 눈이 올지 어떨지 아무도 모른다. 거친 길인지 투박한 길인지도. '날것'을 수용할수록 또 다른 '날것'을 만난다.

신부님과의 대화는 12시까지 이어졌다. 점심식사 후 4시에 또 뵙기로 한다.

🦪 멈출 수 있는 것도 용기다

《네빌 고다드의 부활》에 나오는 뱀처럼 지혜로워진 느낌이다. 어두운 터널을 빠져나온 것처럼 홀가분해졌다. 내가 몰랐던 사실들, 깊은 의미들을 알게 되었다. 지금까지 나는 무작정 걷기만 했다. 무언가에 쫓기듯이. 그래서 더 힘들었는지도 모른다. 길 위에서 나의 육체적, 정신적 한계를 알게 되었다. 부질없는 욕심을 가지고 있었다는 것도. 그리고 큰 천사와 함께 걷고 있다는 것도.

모두 다 나를 두고 하시는 말씀 같다. 죽음의 계곡에서 '큰 쉼표'를 찍은 게 너무 잘한 일이라는 생각! 이런 소중한 의미들을 다른 순례자들한테도 알려 주고 싶다.

이제 나의 까미노 목적이 분명해졌다. 이미 나의 소망이 이루어진 것처럼 생각하고 행동할 테다.

4시. 수업시간에 참석하는 마음 같다. 예쁜 옷을 깔끔하게 차려입고 싶다. 하지만 한 달 내내 입은 회색 재킷을 또 걸친다. '날것'인 나로 살아가는 지금이다.

어제 다시 만난 J 양도 함께 왔다. 성당 앞 작은 가게에서 신부님께 드릴 비스킷 등을 샀다. 올해 서른 살인 J 양은 현재 베이커리를 운영하고 있다. 자신이 하는 일을 더 잘하고 싶어서 이곳에 왔다고 한다. 가게를 차리기 전 심적으로 많이 힘들었다고 한다. 지금은 혼자서 모든 걸 다 하다 보니 많은 시간을 일에 투자해야 한다. 이런 삶이 잘하고 있는 삶인지에 대한 회의감이 들었다고. 그래서 마음을 다잡을 수 있는 기회를 갖고 싶었다고 한다.

"멈추세요. 오늘 여기서."

"중간에 합류한다. 남을 수 있는 것도 '용기'다. 나의 계획을 접고 멈췄을 때 더 큰 선물이 주어진다. 나한테 준비된 선물을 발견해 가는 과정이다."

6

원하지 않는 것은
상상하지 마라

🐚 돌은 그 자리에 있을 뿐이다

오전에 신부님이 말씀하셨던 내용을 다시 한 번 복습한다. 까미노는 '날것'이다. 자신은 온갖 꿈을 꾸고 왔지만 현관문을 나서는 순간부터 현실이다. 피레네를 걷고 보면 내가 상상했던 길이 아니다. 그래서 이 길은 '날것'이다. 내 뜻이 통하지 않는 현실이다. 계획대로 된 게 거의 없다. 내 계획대로 되는 게 아니다.

이 까미노가 나를 끌어당겼다. 어떤 힘이. 생명의 강 물줄기가. 그러나 내 계획을 내려놓는다는 것은 힘든 작업이다. 내가 날것을 받아들이지 않을 때 너무 아프게 다가온다. 피하고 싶고, 더 힘들어진다. 하지만 내가 수용할 수밖에 없다.

신부님은 프랑스 생장에서 출발해 산티아고까지 40일 동안 순례한 체험을 들려주신다.

물집은 고통 그 자체다. 안에서 '악'이 터져 나오는 걸 보고 악이 나오더라. 나 자신이 아니더라. 그러면서 나 자신의 한계에 놀라고. 이 길의 거칢을 못 받아들여서 팜플로나 용서의 언덕까지 올라갔다. 고통 그 자체였다. 들길을 걸으며 '돌'을 보는 순간 깨달음을 얻었다. 여기 있는 돌은 죄가 없다. '그 자리에 있을 뿐이다'라는 깨달음. 그런 후 이 길을 온전히 받아들이게 되었다. 그러고 나니 마음의 평화가 찾아왔다. 걷는 태도가 달라지고 생각이 변했다. 나 자신이 문제였다. 이걸 수용하는 순간이 터닝 포인트가 되는 순간이었다.

수비리의 알베르게에서 2층에 묵었었다. 2층 침대였다. 방 건너편에서 음악소리가 시끄럽게 들린다. 견디다 못해 밖에 나가서 담배를 피웠다. 이 길은 길도 거칠고 사람도 날것이다. 분을 못 삭이고 잠을 못 잤다. 40일 걷는 동안 3일 정도 그랬다.

알베르게에서 좋은 사람만 만나는 것은 아니다. 한국 사람은 한국 사람을 피한다. 만남과 만남의 뫼비우스의 띠. 자유로움이 있어야 한다. 한국 사람은 그룹으로 걷다가 찾아온다. 멈추시오! 헤어질 때는 과감하고 쿨하게 나와야 한다.

이 길은 온전하게 또는 모든 것이 내 의식이 통하지 않는 길이다.

까미노에서 또 다른 날것인 나를 만난다. 첫 번째는 내 육신을 통해서. 온갖 것 다 집어넣는다. 처음으로 내 몸의 한계를 내가 안다. 내 육신이 직설적인 거다. 이 길이 현실 자체다. 내 몸의 한계를 알게 된다. 내가 혼자 할 수 없다는 것. 내가 감당할 수 없는 배낭의 무게. 그걸 못 받아들이면 병이 난다. 내려놓아야 한다. 나눠 줘야 한다. 내 몸이 약한 존재인지 안다. 내 몸이 베드버그를 원한다고 물리고 안 원한다고 안 물리는 게 아니다. 내가 온전히 안고 가야 한다. 베드버그도 까미노의 한 부분이다. 베드버그를 통해서 또 다른 나 자신이 한계가 많은 인간이라는 걸 느꼈다. 혼자 할 수 없다는 걸.

◈ 나의 한계를 온전히 받아들여라

'날것'의 의미는 한계가 주어진 존재라는 것이다. 그리고 나의 한계를 온전히 받아들여야 한다. 신부님이 직접 목격한 사례를 들려주신다.

런던의 다니엘 형제가 목발 짚고 배낭 짊어지고 여기까지 왔다. 5개월 걸려서. 총 7개월 걸려서 산티아고에 도착했다. 도움을 받으면서. 이런 사람도 자기 한계를 받아들이는데 이 핑계 저 핑계 대면서 택시로 움직이는 사람도 있다. 배낭을 통해 나의 육신의 한계를 알면서 나라는 존재는 한계도 많고 보잘것없는 존재라는 것을 깨닫게 된다. 우리는 이런 나의 모습을 남한테 보여 주기 싫어한다. 나의 못난 모습, 또 다른 나의 모습을.

사람들은 나의 껍데기를 통해 나를 본다. 이러한 날것인 나 자신을 안 보려고 한다. 보여 주기도 싫어한다. 껍데기, 즉 타이틀, 경력, 스펙… 이런 것들이 자기 자신인 줄 안다. 다른 사람의 껍데기가 그인 줄 안다.

껍데기와 껍데기가 만난다. 그러면서 자기 자신한테서 자신이 소외된다. 계속 감춘다. 그러나 여기서는 적나라하게 나한테 드러난다. 메세타 평원에서도 나 혼자다. 아무도 없다. 그분도 만나고, 나의 어두운 면, 기쁜 면, 나의 온갖 것을 다 만난다. 걸으면서 나의 껍데기가 하나씩 하나씩 떨어져 나간다. 그래서 날것인 사람으로서 다른 사람을 날것으로 만난다. 이 사람이 부자인지, 어떤 사람인지 상관없다. 여기서 온전하게 받아들인 거다. 날것이 되었기 때문에 남은 거다. 신부님이 말씀을 이어 가셨다.

까미노를 마치고 내가 만났던 사람들, 구간들을 떠올리면서 깨달은 발자국이 하나가 있더라. 그게 내 발자국인 줄 알았는데 그게 내 발자국이 아니었다. 예수님 발자국이었다. 그럼 내 발자국은? 내 발자국이 예수님 발자국이었다(나 =그리스도= 하느님 = 구세주 = 예수님)!

이 뜻은 보잘것없는, 모순된 날것인 나 자신은 내 계획대로 안 된다는 것이다. 그런데도 걸었다. 나의 힘이 아니라 또 다른 힘을 통해서. 천사들의 힘을 통해서! 천사들은 사람의 형태, 멍멍이 형태, 자연 사건 등으로 나타난다(이 대목에서 나는 내가 만났던 천사들을 떠올렸다).

이런 천사를 만날 때마다 이 길의 의미가 달라진다. 왜냐하면 그건 나한테 필요해서 일어나는 것이기 때문이다. 직접 까미노를 하면서 그것을 40일간 체험했다. 거의 포기할 뻔했다. 그런데 어떤 사인이 왔다. 아스트로가에 왔을 때 체력의 한계가 왔다. 그전 알베르게에서 베드버그에 손도 물렸다. 긴장도 풀렸고, 열도 나고, 제일 힘들었다. 다 아는 길이었기 때문에.

세탁기에 배낭, 옷을 빨아 햇볕에 말리고 여기서 이틀 묵고 갔다. 그다음 날 눈비가 폭설로 변했다(폭설이 내려앉은 모자를 쓰고 계시는 사진을 보여 주신다). 추위, 베드버그, 무거운 배낭. 오세브레이로 마을에 도착했을 때는 바도 없었다. 겨우 처마 밑에 앉았는데 초콜릿 껍질도 못 벗길 정도였다. 그때 개 한 마리가 셰퍼드였는데, 비를 피하려고 왔다. 포기하고 싶던 그 순간에. 그런데 그 개가, 멍멍이가 앞장서서 걷기 시작하더라. 개가 나를 인도해 주었다. 30분 정도. 가장 힘든 시간에 나타난 천사였다(천사의 사진을 보여 주신다)!

산 밑의 마을 트리아카스텔라에 오후 늦게 도착했다. 10시쯤 침대에 누웠는데 갑자기 왼쪽 어깨에 베드버그가 있더라. 정신이 없었다. 사리아의 우회 루트인 사모수 수도원에 도착해 세탁기에 옷을 다 세탁했다. 도저히 갈 수 없어서 이틀을 더 묵었다. 그날이 11월 23일이었다(신부님의 네임데이였다고 한다).

그만해라! 내 귀에 대고 누군가 속삭였다. 그때부터 마음의 평화가 찾아왔다.

돌아가자. 내년에 다시 출발해야지. 핑계를 만들었었다. 그러면서 갑자기 창밖을 봤다. 그런데… 무지개가 쫙 펼쳐져 있었다(나는 내가 보았던 무지개가 생각났다)! 가라는 신호구나. 그 순간이 나한테는 하느님의 메시지였다. 사리아까지 가서 산티아고까지 갔다. 멍멍이, 무지개는 나의 순례를 이끌기 위한 메시지, 천사였다(나는 내가 신부님을 만난 것도 끝까지 가라는, 평화롭게 가라는 메시지라고 생각했다).

🐚 원하는 것만 상상하며 걸어라

말씀을 듣는 내내 감동이 밀려왔다. 나의 느낌을 적는다면 내가 받은 감동이 약해질 것 같아서 그냥 묻어 두기로 한다. 언젠가 신부님이 이 책을 보시면 그때 뭔가 열심히 적던 한 순례자를 떠올리실 것 같다. 그게 바로 접니다.

내일 아침 7시 50분을 약속하고 자리에서 일어섰다. 결론 부분에 대해 할 말이 있다고 하심!

프랑스에서 온 '아주주(발음이 이렇게 들림)'라는 순례자가 내 옆의 침대에 있다. 내 발을 보더니 연고 및 알약을 건네준다. 당신은 천사라고 말해 주었다. 그는 새벽 4시 출발을 예고하며 침낭 속으로 얼굴을 파묻는다.

새벽 4시. 주방으로 갔다. 벽난로 앞에 아주주가 앉아 있다. 손을 쬐며 떠날 준비를 한다. 무장한 차림에 비장한 모습이다. 나는 "부엔 까미노."라고 인사했다.

잠시 후 한 강사가 주방으로 들어왔다. 그 또한 언제나 '얼리 버드'다. 내가 만든 파스타를 맛있게 먹어 주니 참 고맙다.

7시 50분. 작별해야 할 시간이다. 신부님이 기다리고 계신다.

한 강사와 나, 둘만 나왔다. J 양은 하루 더 머문다고 한다. 어제 함께 걸은, 한국에서 온 다른 순례자들과 헤어지고 혼자 남았다.

"결론은 이 길은 가짜다. 진짜 까미노는 우리가 사는 집에서 시작된다. 거기서 시작되고 끝난다."

신부님은 그렇게 결론을 말씀하시곤 내 머리 위에 손을 얹고 가

| 끌레멘스 신부님, 한 강사와 함께 라바날 델 까미노를 향해 떠나며 찍은 사진

는 길을 축복해 주신다. 이런 경험은 처음이다. 나는 얼굴을 모자 아래로 숙이고 눈물이 나오려는 것을 감췄다. 가면서 울 것 같다.

돌로 만든 예쁘고 아름다운 집들이 더 선명하게 들어온다. 내가 원하는 것만 상상하며 걷는다.

7

매 순간 행복한 감정을
유지하라

나만이 내 인생을 바꿀 수 있다.
아무도 날 대신해 줄 수 없다.

캐롤 버넷

🐚 내려놓을 것과 올려놓을 것

나의 목적지가 달라졌다. 걷고 있는 것에 대한 의미가 달라졌다.

산티아고 데 콤포스텔라에 도착해서 야고보 성인의 유해를 참
배하고, 그 안에 계신 예수님을 대면하는 것! 피스테라까지 갈지
말지는 그 이후에 결정하기로 한다. 목적이 뚜렷해졌으니 정신적인
여유가 생겼다.

산티아고 순례길은 '가짜'고 진짜 순례길은 '집'이라는 것. 즉,
자신이 사는 '삶의 자리'라는 말씀이 큰 울림을 준다. 내가 받은
'선물'을 간직한 채 행복한 감정으로 걷는다. 발도 많이 나아졌다.
이제 이 길을 걸으며 더 이상 고민하며 물음표를 던지지는 않을 것

같다.

라바날을 출발하자마자 오르막이 시작된다. 오늘은 전체 구간 중 가장 높은 지점인 이라고(Irago) 산에 도달한다. 그래서 순례자들은 이곳에 머물며 산 정상을 넘기 위한 마음의 각오를 단단히 한다. 이라고 산의 해발고도는 1,500미터. 우리나라에서 제일 높은 한라산보다 450미터 정도 낮은 고도다.

언덕을 오를수록 세찬 바람소리와 낮은 풀잎사귀들만 보인다. 커다란 나무들은 어느새 다 사라졌다. 5킬로미터 정도 가니 산 아래 마지막 마을인 폰세바돈(Foncebadon)이 나온다. 한 강사와 나는 길옆의 예쁜 카페에 짐을 내려놓고 카페 콘 라체를 마셨다. 부드러운 우유 거품 속에 숨겨진 에스프레소 한 모금에 행복한 미소가 절로 피어난다.

원기를 충전하고 일어서는데 유타가 온다. 스물다섯 살인 일본인 대학생. 그는 어제 라바날 알베르게에서 처음 만났다. 나에게 발에 바르는 타이거 크림을 주려고 했던 순례자다. 그는 히말라야에도 다녀왔다고 한다. 우리는 산 정상까지 함께 간다.

아직 눈이 남아 있는 길을 지나간다. 산 정상은 평평하다. 맨 꼭대기의 거대한 돌무덤 속에 철 십자가(Cruz de Ferro)가 우뚝 솟아 있다. 이곳은 까미노에서 가장 상징적인 장소 중의 하나다. 십자가 무덤 아래에는 돌멩이가 거의 안 보인다. 그 이유는 1,000년간 수 많은 순례자들이 돌멩이를 주워 십자가 주위에 쌓아 두었기 때문 이라고 한다.

옛 순례자들은 산을 오르며 주워 온 돌을 올려놓고 남은 순례길 의 안전을 빌었다고 한다. 십자가를 둘러싼 돌멩이에는 그동안 스쳐 간 순례자들의 사연이 적혀 있었다. 오늘날에는 돌 대신 자신이 가 져온 사진, 메모지, 기념품, 불필요한 물품 등을 놓고 가기도 한다.

하늘과 땅이 만나는 신성한 이곳에 나는 어떤 것을 내려놓을 것인가? 내가 진정 올려놓아야 할 것은 무엇인가? 우리는 각자의 돌멩이에 소망을 적어 맨 아래에 내려놓는다.

| 이라고 산 정상에 있는 철의 십자가

오늘은 3월 1일. 독립을 선언하고 대한독립만세를 외쳤던 자랑스러운 날이다. 갑자기 한 강사가 사진을 찍어 달라고 한다. 그러곤 자신의 신념을 담은 의미를 외친다. 길 위에서도 그는 프로다. 그는 내려놓기보다는 아내에게 감사한 마음을 올려놓고 싶다고 말한다.

🐚 내 앞날은 꽃길이어라

내려가는 길은 급경사다. 그러다 보니 걷는 시간은 단축된다. 나는 한 강사한테 본인의 속도대로 가라고 말했다. 그의 배낭에는 어제 라바날에서 만난 독일인 친구의 슬리퍼가 들어 있기 때문이었다. 사건인즉슨 그는 알베르게에서 떠날 때 마지막으로 남겨져 있던 슬리퍼가 독일 브랜드임을 알아냈다. 틀림없이 그 친구들 거라 생각하고 마음 착한 한 강사는 자기 짐을 기어코 늘렸다. 그들을 만나면 전해 준다고. 아마도 자신의 장갑을 찾아 줬던 순례자의 마음에 보답하고 싶었나 보다. 슬리퍼를 받았을 때 그들의 기뻐하는 모습을 상상하니 행복해진다. 기적이 일어나기를! 그 독일 친구들은 친자매 간이었는데 모델 활동을 하고 있다고 했다. 쌍둥이 동생 중 한 명은 일 때문에 같이 못 왔다고. 번갈아 가면서 영상 통화를 하며 함께하지 못함을 아쉬워했다.

유타가 준 비스킷을 먹으며 천천히 내려간다. 그의 배낭 옆 주머니에는 양말이 걸려 있다. 자연건조 중이다. 그는 사진 찍는 걸 좋아한다면서 아이폰 배경화면에서 본 것 같은 구름 모양에 셔터를 눌러 댄다.

갑자기 내 앞에 꽃길이 펼쳐진다. 길옆의 벚꽃나무는 벌써 꽃망울을 터뜨렸다. 어느새 계절은 또다시 '시작'이라는 선물을 보내 주고 있구나. 내 모습은 아직 겨울인데. 이곳은 겨울과 봄이 공존하는 길이다. 나도 계절을 오가며 까미노를 하고 있다. 내 앞날은 꽃길이어라. 행복한 감정을 느끼며 걷고 있다.

투박한 돌 틈 사이를 비집고 올라와 선명한 자태를 뽐내고 있는 야생화가 나의 눈길을 기다리고 있다. 작지만 그 존재를 확실하게 드러내고 있는 꽃들. 추운 겨울, 그 꽃들이 살아남을 수 있었던

| 순례길에서 본 아름다운 하늘의 모습

건 비바람을 피하는 것이 아니라 비바람과 맞서 싸워 이겨 냈기 때문이리라. 누구 하나 찾아오기 힘든 외진 곳에서 자신의 삶을 살아가기 위한 처절한 몸짓이 있었으리라. 나도 그런 야생화와 같은 삶을 살아야겠다고 다짐하며 걷는다.

가파른 언덕을 내려오니 돌집으로 이어진 아름다운 마을 엘 아세보(El Acebo)에 도착한다. 마을 입구 테라스에서 한국인 순례자들이 점심을 먹고 있다. 나는 조금 더 내려가 길옆의 조그만 바에 들어가서 단골메뉴로 허기진 배를 채웠다. 이번에는 설탕 한 봉지를 다 넣고 마신다. 피곤할 때 단것을 먹으면 빠르게 피로가 풀린다는 말을 들었다. 그래서….

다시 리에고 데 암브로스(Riego de Ambros)를 향해 출발. 어느 표지석 위에 순례자의 닳은 운동화가 얹혀 있다. 매일매일 일상생활에 쫓기듯 살아가는 우리들의 모습을 보는 것 같아 마음이 짠하다. 드디어 목적지인 몰리나세카 마을에 도착. 메루엘라(Meruela) 강 위에 걸쳐 있는, 멋진 중세풍의 아치가 받치고 있는 아름다운 돌다리를 건넌다. 다리 밑을 유유자적 흐르고 있는 맑은 물속에 고생한 발을 풍덩 담그고 싶다. 강가 옆의 파라솔 아래에서 대화를 나누고 있는 사람들의 모습은 명화 속의 한 장면 같다. 이 아름다운 마을에서 오늘 묵고 가기로 한다.

약국을 찾았다. 어제 라바날 알베르게에서 스페인의 한 순례자가 본인의 발을 붕대로 감은 것을 보여 주며 그렇게 하라고 알려준 게 있다. 10유로를 주고 양말같이 생긴 붕대를 샀다.

문제가 발생했다. 이 마을의 중심에 문을 연 알베르게가 한 군데도 없다는 것이다. 여기서부터 다음 마을인 폰페라다(Ponferrada)까지 더 간다는 건 내 발이 허락하지 않는다. 어쩔 수 없이 중심을 벗어난, 길옆에 위치한 지자체 알베르게에서 묵기로 한다.

🐚 진짜 명품 인생은 내가 만드는 것이다

어두침침한 조명이 푹 파인 실내를 비추고 있다. 적막함과 음침한 분위기가 약간 공포스럽기까지 하다. 아무도 없다. 조금 기다리니 알베르게 주인이 작은 승용차에서 내린다. 입실 장부에 기록해준다. 장부를 보니 어제 묵었던 사람도 한 명, D 군이었다. 여기서 D 군도 묵고 갔다고 하니 조금 안심이 된다. 주인은 10시까지 문을 닫지 말라고 한다. 다른 순례자들이 또 올지 모른다고. 나가며 스위치를 한 개 내린다. 절약정신 투철! 나는 스위치를 다시 바로 올렸다.

2층으로 조심스럽게 올라가 방 스위치를 다 켰다. 텅 빈 공간에 썰렁하게 줄지어 있는 침대만 보인다. 누군가 어느 곳에 누워 있었다면 아마 기절했을 것이다. 문에서 제일 가까운 곳에 있는 침대에 짐을 내려놓았다.

여기서 슈퍼마켓에 가려면 20분 정도 걸어가야 한다. 나는 포기하고 주방에 있는 스파게티로 대충 저녁을 만들어 먹기로 했다. 바닥이 벗겨진 프라이팬에 스파게티가 몇 가닥 눌어붙어 있다. 온 힘을 다해 간신히 떼어 내고 찬장에 남아 있는 1인분 양의 스파게티를 익혀 소금으로 간을 맞춰 먹었다. 거의 새것인 커피 봉지를 발견하고 다소 기쁜 마음으로 물을 올렸다. 잠시 후 커핏가루를 한 숟가락 가득 떠서 물에 투하했다. 그런데 커피가 녹지를 않는다. 내가 뭘 잘못했나? 설명서를 뚫어져라 쳐다봐도 알 수가 없다. 할 수 없지. 내 방식대로 처리해서 대충 마셨다.

샤워를 마치고 1층으로 내려와 작은 난로 앞에 앉았다. 이 난로가 있어서 그나마 위로가 된다. 세탁한 양말, 옷가지들을 의자에 걸쳐 놓는다.

D 군한테 카톡을 하려고 스마트폰을 꺼냈다. 와이파이 연결이 안 된다. 나는 지금 담력 테스트 중이다.

노트를 펼친다. 내 발이 언제부터 아프기 시작했지. 무엇이 문제였나. 이 질문이 계속 나를 붙잡고 있다. 까미노를 시작할 때 며칠 동안은 가파른 산속을 계속 오르내렸다. 그때까지도 내 발은 멀쩡했다. 겨울철 등산에 최적화된 신발을 신고 있다고 생각했다. 발목이 약간 올라온, 방수가 되는 명품 등산화. 내가 가장 아끼는 보물 중의 하나다. 나는 지인들과 등산할 때 이 신발을 신고 있는 내내 행복한 감정을 유지했었다. 지금 내가 좋아하는 일을 하는 순간에, 이 보물이 함께하고 있다.

세상에 존재하는 모든 것에는 저마다의 이유가 있다. 따라서 각자의 자리에 놓여 있을 때 그 가치가 가장 잘 빛난다. 아무리 비싸고 좋은 명품이라도 그에 맞지 않는 자리에 있을 때는 그 가치를 인정받기가 어렵다. 마치 명작이 이삿짐으로 변신해 길거리에 놓여 있는 것처럼. 내 보물은 지금 내가 걷고 있는 길 위에서는 안 맞는 것 같다. 좀 더 가벼운 신발로 교체했어야 되지 않았나 싶다. 지금 보니 발목에 검은 자국이 생겼다. 그것이 신발의 올라온 부분 때문인 것 같다. 신발을 교체해야 될지는 내일 상태를 보고 결정한다.

행복한 삶보다 귀한 명품은 없다. 하지만 명품을 사용한다고 명품 인생이 되는 건 아니다. 진짜 명품 인생은 내가 만드는 것이다. 행복도 마찬가지다. 행복을 원한다면 자기 힘으로 얼마든지 얻을 수 있다.

나는 이제 이 길 위에서 더 깊은 깨달음을 얻으리라 기대하지 않는다. 나의 일상이 나의 진정한 까미노라는 사실을 깨달았다. '나의 삶'을 하루하루 열정적으로 사는 것. 그리고 나 혼자만의 삶이 아닌, 나와 뜻이 같은 사람들과 제심합력해서 함께 성장하는 것. 그것이 나의 삶을 행복하게 하는 것이라고 생각한다.

10시. 문을 닫아야 한다. 내일은 내일의 태양이 뜬다.

camino
de
Santiago

PART 4

소원이
이루어지는
마음의 태도

원하는 것을
명확하게 하라

꿈은 그 사람의 위대함을 보여 주는 지표다.
제이콥 라비노비츠

🐚 꿈꾸는 자만이 별들의 길을 따라간다

새벽 4시. 주방으로 내려온다. 내 방식의 커피 한 잔을 타서 식탁 위에 내려놓는다. 전기난로와 한참 씨름했다. 매뉴얼이 몇 개 안되는데도 나는 잘 못한다. 포기! A 군. 알렉스. 그가 생각나는 순간이다. 양말이 아직 덜 말라 있다. 오늘 일정을 점검한다. 비야프랑카(Villafranca del Bierzo)까지 약 30킬로미터 거리다. 좀 일찍 서둘러야 한다.

짠! 6시, 숙소 문을 연다. 어둠이 그대로 남아 있다. 큰일이다. 손전등도 없는데. 지금까지도 나는 스마트폰의 손전등 이용을 생각해 내지 못했다. 어쩔 수 없다. 가로등에 의지해서 가는 수밖에. 희미하게 보이는 하얀색 지도를 자세히 들여다본다. 도로를 따라 직진만 하라. 조금 아래에 성 야고보도 복음서를 들고 서 계셨다.

약간의 오르막길을 지나 굽어진 도로를 따라 걷기만 하면 된다. 아무것도 보이지 않는다. 가끔 나를 향해 달려오는 자동차를 제외하곤. 혹시라도 그 차가 내 앞에서 멈출까 봐 슬쩍 겁이 난다. 스틱을 좀 더 강하게 내리꽂으며 씩씩하게 걷는다. 어제 이미 담력 테스트를 마쳤다고 생각했는데 미션이 하나 더 남아 있나 보다.

새벽의 언어들이 나와 함께한다. 내 뺨을 두드리는 차가운 공기, 어둠을 쫓는 풀벌레 소리, 산자락을 타고 내려오는 물의 흐름소리, 길옆의 가로등 불빛, 하늘에 떠 있는 수많은 별들….

스페인에 이렇게 별이 많은 줄 처음 알았다. 온 세상의 별들이 이곳에 다 모였다! 신께서 숨겨 놓았던 선물을 한꺼번에 드러내 주신다!! 저 별들은 웃고 있는데… 내 눈에는 눈물이 흐른다. 너무도 아름다운 천상의 선물에 벅찬 감동이 밀려온다. 사진을 찍는 순간 저 별들이 사라질까 봐 서서 바라만 본다. 이 아침이 아니면 영원히 못 만났을 아름답고 신비스러운 광경에 경외감마저 든다.

지금 이 순간, 저 별을 바라보고 있는 이가 또 있을까? 어디에선가 나와 같은 마음으로 저 별을 바라보고 있는 사람이 있다면 그는 언젠가 나와 마주칠지도 모른다. 별들을 남겨 두고 다시 걷는다.

돌아보지 마. 그렇게… 너의 길을 가면 되는 거야.

용서의 언덕 순례자 조형물에 새겨져 있던 문구가 다시금 생각 났다.

"DONDE SE CRUZA EL CAMINO DEL VIENTO CON EL D'LAS ESTRELLAS(바람이 별들의 길을 가로지르다)."

산티아고 순례길은 동쪽에서 서쪽으로 뻗어 있고, 은하수를 따라간다. 별들의 길을 따라 뻗어 있는 길에 바람이 지나간다는 뜻으로 이해된다. 산티아고 데 콤포스텔라는 별이 빛나는 들판의 야고보 성인이라는 뜻이다. 나는 지금 별이 빛나는 새벽 들판을 걷고 있다.

학창시절 좋아했던 윤동주 시인의 〈서시〉를 읊조려 본다.

죽는 날까지 하늘을 우러러
한 점 부끄럼이 없기를,
잎새에 이는 바람에도
나는 괴로워했다.
별을 노래하는 마음으로
모든 죽어 가는 것을 사랑해야지
그리고 나한테 주어진 길을
걸어가야겠다.

오늘 밤에도 별이 바람에 스치운다.

언제부터인가 걸으면서 생각하는 일에 익숙해졌다. 그 길 위에서 만나는 모든 것들은 의식적이든 무의식적이든 내게 어떤 의미로 다가온다. 삶에서 필요한 것들을 그것들은 존재하는 그 자체로서 깨닫게 해 준다. 그런 순간들을 통해 나의 의식세계는 확장되고 진정한 내가 되어 가고 있음을 느낀다.

'나한테 주어진 길'을 담대하게 걸어가리라 다짐하며 어둠 속을 이어 간다.

'꿈꾸는 자'가 별들의 길을 따라 지나간다!

🐚 원하는 것을 잘 이루어 내길 바라는 마음으로

도로 옆에 어떤 건물이 있는지, 어떤 모습이 존재하는지 아직 알 수 없다. 한 시간 더 지났을까. 동녘 하늘이 점점 밝아지고 있다. 움츠러들게 했던 약간의 두려움도 어느새 사라지고 있다. 마치 어두운 동굴 끝에 보이는 작은 불빛이 점점 더 커져 옴을 보는 것처럼. 캄포(Campo) 마을을 지나고 8시 반쯤 폰페라다(Ponferrada) 성 앞에 도착했다. 이곳에서 다른 사람들은 다 묵었을 것이라 추측하며.

폰페라다는 엘 비에르소(El Bierzo) 지방의 수도로 풍부한 금광을 보유한 거대한 도시였다. 까스띠요 델 템플(Castillo del Temple)

은 산티아고로 가는 순례자들을 보호하던 템플기사단의 성이다. 성 앞에 있는 카페에서 에스프레소와 빵으로 아침을 먹었다. 어느새 내 몸은 환경에 적응되어 이 같은 세트면 한 끼 식사로 충분하다. 추가로 맛있어 보이는 빵을 산다.

점심때쯤 푸엔테스 누에바스(Fuentes Nuevas)에 도착했다. 길옆에 있는 바에 들어가 토마토와 참치가 들어간 파스타로 점심을 해결하고 다음 마을로 출발.

카카벨로스(Cacabelos)로 오는 길옆으로 포도밭이 이어졌다. 리오하(Rioja) 지역과 비슷한 느낌이다.

| 길옆으로 펼쳐진 겨울 포도밭 풍경

한 시간쯤 후에 카카벨로스에 도착했다. 오늘 여기서 묵기로 하고 마을 주변을 둘러본다. 와인 박물관으로 바꿔 놓은 조그마한 성당으로 들어갔다. 1유로를 기부하고. 때마침 유타가 와 있었다. 그는 향후에 와인 및 맥주 관련 산업체에서 일하고 싶다고 했었다. 우리는 5유로를 추가로 내고 와인이 오크통에 담겨 숙성되고 있는 와인 셀러를 관람한다. 수많은 사연을 간직한 와인들이 말없이 침묵하는 오크통 안에서 자신의 정점인 순간을 기다리고 있었다. 비에르소 지역의 포도 품종은 멘시아(Mencia)라고 한다. 발자국 모양의 로고가 붙어 있는 와인 병에서 시음용으로 제공해 주는 와인을 마시고 박물관을 나왔다.

"30년 후에 정점인 와인을 마시기 위해 고민하고, 기다리기엔 인생은 그리 길지가 않다." 어느 와인 관련 잡지에서 본 말을 떠올렸다.

갑자기 비상이 걸렸다. 이곳 역시 모든 알베르게가 다 닫혀 있다고 유타가 말한다. 확실히 알아보고자 근처 관광안내소에 갔는데 때마침 시에스타 중이라 한 시간 정도 기다려야만 했다. 이곳은 관공서도 시에스타를 철저히 지키고 있었다. 안내소 앞의 바에서 커피를 마시며 4시까지 기다린다. 확인한 결과, 비야프랑카까지 가야 했다. 여기서 2시간 정도의 소요 거리. 쿠아 강(Rio Cua) 위에 놓인 돌다리를 건너 마을을 빠져나간다.

유타는 내가 라바날에서 하루 더 머문 덕에 만난 순례자다. 지금은 내 스피드에 맞추며 천천히 걸어간다. 언덕 경사면 포도밭 사진을 찍는 그가 원하는 것을 잘 이루어 내길 바라는 마음으로 기도하며 걷는다. 우리 앞으로 엄마와 딸이 즐겁게 대화하며 오르막길을 지나간다.

🌸 평범함을 거부하고 사고의 틀을 바꿔라

5시쯤 드디어 비야프랑카에 도착했다. 마을 입구에 있는 산티아고 성당이 제일 먼저 눈에 들어온다. 성당의 '용서의 문(Puerta del Perdon)'은, 교황 칼릭스토(Calixto) 3세가 교서로 '병들거나 피치 못할 사정으로 순례하지 못하는 순례자가 이 문을 통과하면 산티아고에 도착한 것과 동일하다'라고 인정한 곳이다. 이러한 이유로 비야프랑카는 때때로 '또 다른' 산티아고라 불리기도 했다고 한다. 여기서 나에게도 선택할 수 있는 기회가 왔다. 하지만 나는 원하는 것이 있다. 나의 진정한 까미노를 위해 이 시험을 끝까지 통과하고 싶다. 지금까지 살아오면서 남한테 의지해 본 적이 거의 없는 것 같다. 내 짐은 내가 메고 간다.

낯익은 순례자들도 다시 만났다. 어제 봤던 한국인 순례자 일행 4명도 반갑다. 언어가 통한다는 것만으로도 마음이 한결 편안해진다. 이곳은 공립 알베르게인데 모든 시설이 훌륭하다. 스페인 음식을 맛보고 싶어 숙소에서 제공하는 메뉴로 먹기로 한다. 오스피탈레로가 직접 만든 음식으로 저녁을 함께 먹었다. 내일 아침에도 숙소에서 제공하는 메뉴로 먹기로 한다. 모두 부엔 까미노!

어떤 단어들은 시대가 변함에 따라 그 의미가 달라지기도 한다. 그런 단어 중 하나가 바로 '평범하다'라는 말이 아닐까 생각한다. 지금은 세상이 많이 변했다. 일을 처리하는 도구도 변했다. 농경사회 때는 낫, 호미 이런 것이 사용된 반면 지금 정보화 사회에서는 인터넷, 스마트폰 등을 활용한다. 예전에 평범하다는 것은 그래도 괜찮게 산다는 의미였다. 남들이 가는 길에 똑같이 합류해서 가다 보면 누구나 생각하는 정도의 행복을 누릴 수도 있었다.

하지만 지금은 아닌 것 같다. 지금 평범하다고 하는 것은 성장이 없다는 것이다. 그 이유는 지금 시대가 평범해서는 내가 원하는 삶을 살 수 없기 때문이다.

의식을 바꾸어야 한다. 이 세상을 바라보는 패러다임, 사고의 틀을 바꾸어야 한다. 평범한 삶을 거부하고 자신이 원하는 것을 명확하고 특별하게 하라. 그래야 내가 원하는 삶을 더 쉽게, 더 빨리 이룰 수 있다. 내 삶의 정점이 저절로 찾아오기를 기다리고 있을 만큼 인생은 그리 길지가 않다.

의식이 곧
마음가짐이다

🐚 삶이란 계속해서 주어지는 갈림길에서 선택하는 과정이다

일찍 자고 일찍 일어난다. 새벽 4시에 자동으로 눈이 뜨인다. 바깥의 찬 공기를 마시고 다시 침낭 속으로 들어간다. 6시. 친절한 알베르게 주인은 벌써 아침식사를 차려 놓았다. 햄 토스트, 삶은 달걀, 커피, 우유, 쿠키 등. 아침식사로는 충분하다.

아침을 먹고 7시쯤 숙소를 나온다. 오늘은 가파른 등산을 해야 한다.

선택의 기로에 선다. 산길로 갈 것인지, 계곡을 따라갈 것인지. 삶이란 계속해서 주어지는 갈림길에서 계속해서 선택하는 과정이다. 물소리를 좋아하는 나는 계곡을 선택한다. 아름다운 마을의 모습을 남기고 싶어진다. 하지만 카메라에 들어온 것은, 가로등 불빛 6개와 저 멀리 산자락에 걸린, 분홍빛과 회색이 번갈아 칠해져 있는 하늘뿐이다.

발카르세(Valcarce) 계곡을 따라 걸어간다. 까미노길과 도로 사이에 보호대가 설치되어 있어 편안한 마음으로 걷는다. 지금 이 순간 유일하게 살아 있는 것은 계곡의 물소리뿐이다. 집 근처 천변에서 운동하며 돌다리를 건널 때 경쾌하게 흐르는 물소리를 참 좋아했다. 돌다리 가운데 서서 깊이 심호흡하기도 하고, 한참 동안 물 흐르는 모습을 바라보기도 했었다. 그 소리와 닮았다.

"크고 다양한 힘을 지니고 있으면서도 끊임없이 낮은 곳으로 흐르고, 형태를 바꿔 가면서 잠시도 고이지 않는 물처럼 살면서 발전하는 사람이 되어라."

50년 가까이 성실한 배움의 자세로 유니참을 일본의 어머니와 여성들로부터 가장 사랑받는 기업으로 성장시킨 다카하라 게이치로가 들려주는 말이다. 그는 물의 다양한 모습을 통해 배울 수 있다면 바람직한 삶에 가까워질 것이라고 말한다.

험한 골짜기를 달리면서도 두려워하지 않는 용기를 지니고, 세찬 비바람을 수만 번 겪었는데도 자신의 흐름을 멈추지 않고 끝내 목적지에 닿는, 그래서 자신이 배워 온 길을 사람들에게 베풀며 사는, 그런 믿음이 강한 물처럼 살아야겠다고 다짐해 본다.

페레헤(Pereje) 마을로 들어서기 위해 도로를 건너간다. 몇 미터쯤 갔는데 마라톤 복장을 한 남성이 이쪽으로 달려온다. 아마 대회를 앞둔 모양이다. 갑자기 여기에 오기 전 마라톤 대회를 앞두고 계족산에서 연습할 때가 생각난다. 약 13킬로미터 정도였는데, 그때 나는 달리면서 참 행복감을 느꼈었다. 다시 달리고 싶은 의욕이 생기는 순간이다.

얼마 후에 순례자 쉼터를 지나 다시 보행자 도로를 따라 걷는다. 라 포르텔라 데 발카르세(La Portela de Valcarce) 마을의 성당 근처 벤치에 앉아 잠시 쉬어 간다. 잠시 후에는 발보아(Balboa) 강과 발카르스 강이 합류하는 암바스메스타스(Ambasmestas)를 지나고. 그리고 조금 더 가서 베가 데 발카르세(Vega de Valcarce) 마을 입구 카페에 들어갔다. 이미 와 있던 한국인 순례자들이 점심을 먹고 있다. 내가 샌드위치를 시켜 먹고 일어서는데 유타가 들어온다. 나중에 만나기로 하고 내가 먼저 출발한다.

갈림길이 나타났다. 오른쪽은 자전거 순례자용, 왼쪽은 라 파바(La Faba)로 가는 길. 오르막길을 오르고 나니 산 중턱에 자리 잡은 아름다운 마을 라 파바가 나온다. 조금 더 올라가니 레온 지방의 마지막 마을인 라구나 데 까스띠야(Laguna de Castilla)가 나온다.

곡물을 보관하는 창고인 오레오도 보인다.

🐚 의심을 버리고 기적을 믿어라

드디어 갈리시아 주를 나타내는 표지석 앞에 선다. 산티아고 데
콤포스텔라가 있는 갈리시아 주에 들어선 것이다. 잠시 평평해진
길을 따라 계속 걷는다. 오세브레이로 마을 도착 전 2킬로미터 지
점에 있는 레스토랑에 들어간다. 마지막 충전을 하기 위해. 내 앞을
지나갔던 2명의 순례자도 와 있다. 함께 레몬티를 마신다. 벨기에에
서 온 끌레아, 룩셈부르크에서 온 앤. 그들은 친구로 미술을 가르
치는 선생님이라고 한다. 푸근한 인상이 함께 어울리고 싶은 느낌
을 준다. 끌레아는 산악자전거를 타기도 한단다. 걸음도 빠르고 건
강해 보이는 것이 여장부 같다.

나는 '임실 치즈 아버지'라 불리는 지정환 신부님을 떠올렸다. 그는
벨기에 출신으로 한국 이름이 지정환이다. 몇 년 전에 봉사활동을 갔
을 때 임실 치즈 제조공장을 방문한 적이 있다. 아이들과 치즈 피자를
만들기도 하고, 직접 만든 스트링 치즈를 맛보기도 했던 기억이 난다.
대한민국에 치즈를 탄생시킨, 한국을 사랑한 고마운 분과 같은 출신
의 사람을 만나고 있다는 것만으로도 감사한 마음이 생긴다.

그들은 나보다 앞서 걸으며 저 멀리 보이는 오세브레이로 마을
꼭대기를 가리킨다.

드디어 하늘과 가장 가까운 마을 오세브레이로(O Cebreiro)에 도착. 날씨는 급변해 강한 바람이 몰아친다. 모자를 다시 동여맸다. 하늘은 온통 회색빛이다. 신비로운 느낌을 준다. 성당 옆 주차장은 관광버스와 관광객들로 인해 북적거린다. 지금은 순례자보다 관광객들의 모습이 더 많이 보인다. 돌로 지어진 산타 마리아 라 레알 성당은 현존하는 가장 오래된 성당이라고 한다. 존 브리얼리가 쓴 《산티아고 가이드북》에서 이 성당에 전해지는 기적에 대해 읽었던 기억을 떠올렸다.

"독실하나 가난한 소작농 한 명이 무시무시한 눈보라 속에서 목숨을 걸고 미사에 참석하러 이 성당을 찾았다. 오만한 사제는 멸시의 눈초리를 숨기지 않으며 이 농부에게 빵과 포도주를 건넸다. 그 순간, 빵과 포도주가 그리스도의 살과 피로 변했다. 또한 성당 안의 마리아상도 이 기적적인 광경에 고개를 기울였다고 전해진다."

또한 이 성당은 교구 사제 돈 엘리아스 발리냐 삼페드로(Don Elias Valiña Sampedro)가 잠들어 있는 곳이다. 그는 까미노 데 산티아고를 위해 자신의 인생을 다 바친 사람이다. 노란 화살표도 그의 아이디어라고 한다. 내가 혼자서 잘 걸을 수 있는 것도 그의 노력 덕분이라고 생각하니 존경심과 감사하는 마음이 생긴다.

마을 출구 쪽에 있는 공립 알베르게를 향해 걸어간다. 해발 1,300미터 고지에 어떻게 이런 예쁜 마을이 조성되었을까. 눈앞의 광경들이 비현실적으로 보인다. 마을 전체가 돌로 만든 집들과 상점, 거리로 아름답게 이어져 있다. 책에서 봤던, 이엉을 얹어 만든 버섯 모양의 훈제 창고도 참 아름답다. 순례를 마치고 국내로 돌아가 돌로 만든 집들을 보면 이곳 오세브레이로를 떠올릴 것 같다.

문을 연 알베르게가 여기 한 곳뿐이라 순례자들이 다 모였다. 다행히 넓고 시설은 훌륭했다. 난방도 잘되어 따뜻하다. 양말, 옷가지, 붕대를 세탁해 널었다. 헤어졌던 독일 친구 2명을 다시 만났다. 한 강사 얘기를 하며 만났는지를 물었더니 못 봤다고 한다. 슬리퍼도 그들 게 아니라고 한다. 슬리퍼의 주인이 묘연해졌다. 한 강사한테 알려 주려고 휴대전화를 켰으나 통신이 불가능하다. 이제 한 강사와는 영영 못 만나게 되는 건가. 유타를 다시 만났다. 내일 아침 8시에 출발한단다.

저녁을 먹으러 숙소를 나서는데 비바람이 몰아친다. 갈리시아 지방에서 유명한 문어요리인 '뿔뽀(pulpo)'가 궁금했는데 오늘은 체험 여건이 안 좋다. 배낭에 있던 수프와 빵으로 저녁을 대충 먹고 노트를 펼친다.

🐚 모든 실체는 믿음에 의해 나타난 결과다

우리는 지금 한 장소에 있지만 각자의 의식세계 속에 있다. 지금 나는 까미노를 마치고 《순례자》를 쓴 파울로 코엘료를 생각한다.

그는 맨 처음 순례할 때 향후에 그가 쓸 책의 소재들을 떠올렸었다. 그의 꿈은 작가가 되는 것이었다. 그로부터 20년이 지난 후에 그는 "그때 나는 항상 꿈꾸어 왔던 것을 향하고 있을 뿐, 내 삶이 변화하리라는 데 대해 어떤 믿음이나 희망도 가지고 있지 않았다. 하지만 나는 멈추지 않았다."라고 말했다.

지금의 순간이 우리가 꿈꾸고 있는 운명을 향해 가고 있는 과정일지도 모른다. 중요한 건 자신의 꿈을 향한 의식을 멈추지 않는 것일 게다.

《순례자》에서 주인공은 순례길을 걷는 동안 그토록 찾고자 했던 '자신의 검'을 이곳 오세브레이로에서 발견한다. 그는 검을 받을 자격이 있다고 스스로를 인정했다. 왜냐하면 그것으로 '무엇을 할 것인지' 알고 있기 때문이라고 했다.

우리가 어떤 목표를 설정할 때 왜 그 목표를 설정했는지 아는 것이 더 중요하다고 말하는 것 같다. 그 목표로, 그 목표가 주는 행복으로 '무엇을 할 것인지 아는 것'. 이것을 내 마음속의 노트에 적어 놓고 나만의 '비밀'로 간직한 채 그걸 향해 멈추지 않고 전진하면 그것으로 충분하다는 것이다.

의식은 만물의 근원이며 유일한 실체다. 의식은 곧 '나'고, '하느님'이라고 했다. 기도는 의식 안에서 비밀리에 이루어지는 자신과의 대화다. 그리고 모든 실체는 믿음에 의해 나타난 결과다.

지금 내가 해야 할 일은 내가 지금 무엇을 할 것인지를 명확하게 알고 소망이 이루어졌다는 믿음으로 사는 것뿐.

요청하는 태도가 아닌
이미 받아서 감사하는 마음을 가져라

🐚 과거를 '리셋'하지 말고 '교정'하라

어제 묵었던 사람들은 다 부지런한 것 같다. 이른 아침부터 알람 소리, 소곤거리는 소리가 들린다. 이미 깨어난 나는 떠날 채비를 하고 있다. 발에 붕대 감기 완료.

숙소를 나온다. 아직 어둠이 그대로 남아 있다. 다른 순례자들과 함께 문 입구에서 기다린다. 비야프랑카에서 제일 먼저 출발한 순례자가 나와 있다. 그는 그때 길을 잘못 인식해 1킬로미터 정도 갔던 길을 다시 돌아와 마을 입구 다리 위까지 왔었다. 그 반환점에서 그를 만났을 때 본인이 여기서 돌아갔다고 말했다. 아무도 가는 사람이 안 보여서 길을 잘못 들었나 의심했었다고. 나는 출발할 때 노란 화살표가 가리키는 방향을 정확히 확인하고 가시라고 말씀드렸었다. 가다 보면 어느 지점에서는 화살표의 간격이 길어 혼동될 수도 있다고.

그는 나를 보자 반가워하며 지금은 위험하니 조금 더 기다렸다 가라고 한다. 어떤 사람은 나이가 지긋한 순례자를 보면, 이미 결론 지어진 과거를 다시 산다는 것은 불가능한데 시간만 낭비하고 있다고 생각할지도 모른다. 그렇다. 이미 지나 버린 과거를 되돌릴 수는 없다. 그대로 놔두어야 한다. 그리고 과거를 컴퓨터처럼 다 리셋해서도 안 된다. 처음부터 모든 걸 다시 시작한다면 나의 미래가 너무 힘들어질 수 있기 때문이다.

네빌은 그의 책에서 과거를 리셋하는 대신 '교정'하라고 말한다. 과거를 교정하는 것은 삶을 새로운 내용으로 재창조하는 것이라며.

"상상이 현실이라는 것을 만들었다면 다시 상상을 통해 현실을 부수어 버릴 수도 있을 것입니다. …상상력을 이용해서 이미 일어났던 과거에 대해 의도적인 변화를 가져오는 방법으로 우리의 세상을 바꾸는 것입니다. 상상력 안에서 이런 일들은 모두 이루어집니다."

우리의 상상력은 기억이 제공하는 마음속 형상들로부터 지금의 삶을 그대로 유지할 수 있게 한다는 것이다. 뿐만 아니라 이미 존재하는 현실을 새롭게 써내어 변화를 만들 수도 있다는 것이다.

하루를 시작하는 지금, 오늘은 나의 어떤 과거를 '새로 쓸 것'인가? 원하지 않는 삶의 부분들, 저 밑에 가라앉아 있는 과거를 어떻게 교정할 것인가?

떠나기 전 마을을 한 바퀴 더 둘러보고 싶어 성당 쪽으로 간다. 아무도 없는 성당 앞, 마을 모습 등을 카메라에 담는다. 7시쯤 지났을 때 한 곳의 바에 불이 켜졌다. 그곳에 들어가 에스프레스와 빵 한 조각으로 아침을 먹고 출발.

알베르게를 지나자마자 오르막길이 시작된다. 벌써 어둠은 사라지고 길을 안내해 주는 표지석이 선명하게 보인다. 뒤를 돌아보니 2명의 순례자가 가까이 있다. 내 스마트폰을 건네며 나의 뒷모습을 찍어 달라고 부탁한다. 지금 확인해 보니 참 잘 찍어 주었다!

이 길은 어제 내가 실수로 답사한 길이다. 기념품 가게 주인이 알베르게 위치를 알려 주었는데, 잘못 알아들었다. 그래서 숙소 위치를 지나 오르막길을 따라 한참을 더 갔다가 도로 내려왔다. 그렇지 않아도 힘든데 사서 고생한 결과가 되었다. 이럴 때 누군가 함께 걷는다면 이런 불필요한 고생은 안 했을 텐데. F 군 파비오, D군 다리오 생각을 했었다.

D 군은 나보다 앞서가고 있고, F 군은 뒤에 오고 있다. 지금 나

| 오세브레이로를 지나 오르막길을
걷고 있는 내 모습

는 또 다른 동행자를 만나 걷고 있다.

🐚 오르막길이 있으면 내리막길도 있다

그렇게 한 시간쯤 갔을까. 작은 마을이 나온다. 계속해서 산길을 따라가니 해발 1,270미터의 산 로케(Alto de San Roque) 언덕이다. 세찬 바람에 날아갈 듯한 모자를 꽉 잡고, 한 손에는 지팡이를 쥔 채 갈리시아 지역의 깊은 계곡을 내려다보고 있는 한 순례자의 조각상이 있다. 우리의 모습을 기념으로 한 컷 남기고, 오른쪽으로 난 보행자 도로를 따라 쭉 간다.

작은 농촌 마을인 오스피탈을 지나 갈리시아 지방에서 가장 높은 지점인 알토 데 포이오(Alto de Poio)에 도착한다. 때마침 정상에 문을 연 바가 있어 들어갔다. 이렇듯이 까미노에는 체력의 한계를 느낄 때쯤이면 언제 솟아났는지도 모를 바가 우뚝 서 있다. 참 고맙다.

유타가 먼저 와 있다. 함께 커피를 마시며 어느 길로 왔는지를 서로 주고받는다.

Up and Down(인생은 새옹지마)! 이 한마디 외치고 출발. 이제부터는 하행길이 열린다. 유타와 나란히 걷는다. 본인도 천천히 걷는 걸 좋아한다며 몇 걸음 앞서 갈 때면 아름다운 풍경들을 카메라에 담으면서 정지했다 가곤 한다. 여전히 배낭 양옆 주머니에는 세탁물이 걸려 있다. 자세히 보니 이번에는 양말이 아닌 속옷이다. 유타, 그건 좀… 아닌데. 속으로 생각했지만 오늘만큼은 너그럽게 편의를 봐 주기로 한다.

그는 대학을 졸업하면 바로 취직할 거라고 말한다. 일하고 싶은 분야가 주류산업 관련 분야라고 한다. 일본의 주류문화를 특별하게 만들고 싶다고 한다. 특히 삿포로 지역에서 일하고 싶다고. 그곳에서만 생산되는 삿포로 맥주를 차별화하고 경쟁력 있는 문화로 발전시키는 데 관심이 많다고 한다.

작년에 홋카이도로 여름휴가를 다녀온 생각이 떠올랐다. 그때 삿포로 지역에 갔었다. 캔이나 병맥이 아닌 현지에서만 마실 수 있는 맥주가 있다고 했다. 그런데 아쉽게도 그때는 그런 기회를 가져

보지 못했다. 향후에 다시 가게 되면 유타를 만날 수도 있겠구나. 내 생각을 말하니 그가 그럴 수도 있겠다며 웃는다.

나는 그에게 잠시 동안 선생님이 되었다. 그보다 사회생활을 먼저 해 본 사람으로서 그에게 도움이 되었으면 하는 바람으로 내 생각을 말해 준다.

"취직을 하는 것은 중요하다. 하지만 취직하는 것 자체가 내 인생의 목표가 되어서는 안 된다. 그보다 중요한 것은 당신의 꿈을 실현하는 것이다. 앞으로는 꿈의 사회다. 꿈을 꾸는 자가 성공한다. 돈이 들어올 수 있는 시스템을 구축해야 된다. 그 시스템을 구축해 놓고 당신이 진정 원하는 것, 하고 싶은 것들을 하라. 지금은 초연결 사회다. 전 세계가 하나로 연결되어 있다. 당신이 원하면 얼마든지 나와 연결된 사람들을 활용할 수 있다. 남들이 가지 않는 길을 가라. 레드오션이 아닌 블루오션이 오히려 기회가 더 많다. 인생에는 오르막길이 있으면 내리막길도 있다. 당신이 원하는 것이 이미 이루어졌다고 의식 속에서 상상하라. 그리고 그것이 이루어졌을 때의 느낌을 간직하고, 그 기분으로 현재의 삶을 살아라. 요청하는 태도가 아닌 이미 받아서 감사하는 마음을 가져라. 예를 들어… 당신 자신의 삶을 살아라…"

사실, 나도 그렇게 살고 있지 못한데 공자님 같은 말들을 골라 두서없이 해 버린다. 말해 놓고 나니 금세 부끄러워진다. 어쨌든… 다만 내 진심이 전해졌기만을 바랐다.

나는 또 까미노에 대해서도 한참 동안 말해 주었다. 내가 알게 된 새로운 사실들, 깨달았던 것들을. 어느 대목에서 그는 매우 공감한다고 말하며 진지한 표정을 짓기도 한다. 그도 나도 어설픈 영어로 서로의 하고 싶은 말들을 주고받으며 걷는다.

4킬로미터! 앞서가던 유타가 돌아보며 남은 거리를 알려 준다. 한 시간 정도의 거리.

점심때쯤 오늘의 목적지인 트리아카스테야 마을에 들어선다. 작은 식당을 지나쳐 간다. 공립 알베르게를 찾아내어 들어갔다. 매우 작고 주방도 없다. 그냥 나가겠다고 주인한테 말했더니 매우 불친절하게 언성을 높이며 내쫓는다. 우리는 우선 점심을 해결하기 위해 근처 레스토랑에 들어갔다. 끌레아하고 앤이 점심으로 샌드위치를 먹고 있다. 그들은 여기서 10킬로미터를 더 간다고 한다. 언제나 강해 보이는 용감한 분들.

오랜만에 맛보는 정통 스페인 만찬이다. 먹으면서 우리의 행로를 의논한다. 레스토랑 주인이 숙소도 같이 운영한다고 하면서 적극적으로 제안해 왔다. 이렇게 나와야지. 아까 그 오스피탈레로는 좀 심했다. 이것저것 비교한 끝에 이 마을에서 머물기로 한다.

알베르게 시설은 모든 게 훌륭했다. 벽난로도 있고. 한국인 순례자들도 이미 와 있다. 반가워하며 이미 익혀 둔 편의시설의 위치를 알려 준다. 역시 우린 한 민족이야. 눈빛만 봐도 무얼 원하는지 금세 안다. 오늘 순례하는 사람들이 다 여기로 오는 것 같다. 라바날에서 만났던 사람들을 숨바꼭질하듯 다시 만난다. 독일인 친구 리사와 야나, 붕대를 추천해 준 스페인 순례자와 여자 친구, 장갑을 전해 준 순례자 일행.

저녁식사를 위한 요리대회가 열리는 것 같다. 제일 먼저 한국 팀 경연이 끝나고, 한 시간 정도 소요. 이어서 스페인 팀이 진행, 한 시간 정도 소요. 마지막으로 유타와 내가 요리 시작. 팀별로 맞춤형 요리를 한다. 스페인 팀은 또띠아를 만든다. 스페인 사람이 직접 또띠아 만드는 걸 처음 본다. 이때 잠깐 곁눈질해 나는 또띠아 만드는 법을 알게 되었다.

8시쯤. 다들 퇴장한 지금. 내가 만든 파스타, 유타가 만든 생선 통조림 스파게티, 바게트 빵 그리고 와인을 차려 놓고 만찬을 즐긴다. 그 어느 때보다 편안하고 여유롭다.

원하는 것을
이미 가졌다고 상상하라

미래가 아직 오지 않은 것이 아니라
우리가 아직 만들지 못했을 뿐이다.
앨빈 토플러

❀ 내 마음에 따라 성과도 다르다

어제저녁 한 강사와 통화했다. 도중에 만난 신부님들 4명과 함께 걸었다고 한다. 많은 도움을 받고 있다고. 오른쪽 길이 더 가깝다고 알려 줬다.

평소처럼 4시에 일어나 주방으로 갔다. 누군가 혼자 앉아 있다. 한국인으로 보이는. 말을 걸었더니 맞다. 노○○라고 한다(편의상 '노군'이라고 칭한다). 얼마 전에 퇴사하고 지금은 세계여행을 하고 있다고 한다. 우리는 커피와 빵을 서로 교환하며 아침식사를 했다. 나는 또 노 군한테도 까미노길에 대한 설명을 한다. 그의 용기를 응원하면서.

갈림길에 섰다. 한 강사가 알려 준 대로 조금 더 가까운 길을 선택한다. 비 온 뒤 남아 있는 계곡물을 건넌다. 진홍색의 몸통에 짙은 녹색과 끝자락이 하얀 깃털을 수직으로 치켜올린 카리스마 있는 수탉 두 마리가 작은 닭들과 물가 근처에서 열심히 먹이를 찾고 있는 풍경이 들어온다. 우리 집에 걸려 있는 구스타프 클림트의 〈비 온 뒤의 풍경〉이 생각났다. 언젠가 인터넷에서 수탉 그림 관련 일화를 읽은 적이 있다.

"일본의 화가인 호쿠사이는 그의 친한 친구로부터 수탉 그림을 그려 달라는 요청을 받는다. 그는 일주일 뒤, 한 달 뒤, 그렇게 3년이 흘러도 약속한 그림을 그려 주지 않는다. 기다림에 지친 친구는 더 이상 참지 못하고 화를 냈다. 호쿠사이는 할 수 없다며 종이와 물감을 가져와 순식간에 수탉을 쓱쓱 그린다. 친구는 어이없다는 듯이 이렇게 금세 그릴 걸 왜 그렇게 오래 뜸을 들였느냐고 말한다. 그러자 호쿠사이는 친구를 화실로 데려갔다. 그곳에는 3년 동안 밤낮으로 연습한 수탉 그림이 산더미처럼 쌓여 있었다.

'자네에게 가장 멋진 수탉 그림을 그려 주려고 3년 동안 끊임없이 수탉 그림 연습을 한 것이네.'"

일방적인 관계가 아닌 서로간의 존중과 신뢰를 중요시하는 그런 진정한 사람이라면 먼저 다가가리라 다짐하며 걷는다.

얼마를 가다 보니 커다란 나무들을 뚫고 강한 햇살이 들어와 있다. 산새들의 흥겨운 응원에 힘이 났다 보다. 노란색 꽃나무 옆의 기둥에 산새 한 마리가 앉아 내가 가는 길을 지켜본다. 즐겁게 걷자. 언제나 나를 따라다니는 그림자. 내가 똑바로 걸으면 그림자도 똑바르게 따라온다. 내가 삐딱하게 걸으니 그림자도 삐딱하게 따라온다. 내가 아픈 척하면 그림자도 아프다. 내가 어떻게 걷느냐에 따라서 똑바르게 서 있기도 하고, 삐딱하게 서 있기도 하고, 아프게도 서 있다. 모든 결과가 그렇듯이 내가 어떤 마음을 갖고 행동하느냐에 따라서 얻어지는 성과도 다르게 나타난다는 인생의 작은 깨달음을 다시 한 번 되새긴다. 일체유심조(一切唯心造)!

🐚 진정한 가치를 인정받기까지는 시간이 걸린다

순례길을 걷는 내내 볼 수 있었던 노란색 꽃나무. 얼핏 보면 개나리꽃같이 생겼다. 산길에서나 흙길 옆에서나, 습한 날씨 속에서도 흐드러지게 피어 있던, 순례자들을 반겨 주는 그 꽃나무의 정체가 늘 궁금했었다. 어느 지점에서인가 사진을 찍어 놓았다. 아무도 그 꽃나무의 실체를 알려 주지 않았다. 유레카! 갑자기 머릿속에 떠오르는 게 있다. 혹시 노란 화살표를 생각해 낸 돈 엘리아스 발리냐 삼페드로가 이 꽃나무를 보고 영감을 얻은 건 아닐까. 내 추리가 맞는다면… 이 꽃나무는 우리 순례자들을 안내하는 행운의 꽃임에 틀림없다. 이 순례길을 더 환하게 밝혀 주는 꽃나무 곁을 오늘도 지나간다.

갑자기 판타지 소설에 나오는 거대한 동굴 속 요정의 도시에 온 것 같다. 수천 년간 굵직굵직한 세상의 풍파를 견뎌 온 나무들이 길 양옆에 줄지어 있다. 이 나무들은 자신의 껍데기 위에 또 다른 생명을 지켜 내고 있다. 나는 1,000년 전에 잃어버린 '절대반지'를 숨긴 장소를 찾으러 온 영화 속 주인공 같다. 내 반지는 어디에? 내 삶의 가보로 간직해야 할 절대반지. 나와의 약속. 아무런 능력도 없는 장식품이지만 나에게는 의미 있는 그것.

나는 이미 반지를 가졌다고 상상하며 동굴 속을 빠져나왔다. 때마침 친구처럼 보이는 2명의 남자 순례자가 다정히 걸으며 내 곁을 지나간다. 오늘 길 위에서 처음 만나는 순례자다.

"좋은 벗은 그냥 만들어지는 것이 아니다. 공통된 그 많은 추억, 함께 겪은 그 많은 괴로운 시간, 그 많은 어긋남, 화해, 마음의 격동…. 우정은 이런 것들로 이루어지는 것이다."

생텍쥐페리가 한 말이다. 모든 것이 진정한 가치를 인정받기까지에는 시간이 걸리듯이 우정도 진정한 우정으로 성장하기까지에는 많은 시간이 필요한 것 같다.

구름 한 점 없는 맑은 하늘. 한쪽에서는 양 떼들이 한가로이 풀을 뜯고 있다. 또한 한쪽에서는 소 떼들이 풀을 뜯고 있다. 아름다운 목가적인 풍경이다. 저 멀리 오늘의 목적지인 사리아(Sarria)가 보인다.

13시 10분쯤 사리아에 도착했다. 발이 많이 나아져 일찍 도착했다. 사리아는 갈리시아 까미노에서 두 번째로 큰 현대 도시다. 시간이 많지 않은 순례자들은 여기서부터 까미노를 시작하기도 한다. 순례자 증서를 받을 수 있는 최소한의 요건인 100킬로미터를 걸을 수 있기 때문이다. 잠시 후에 한국 팀 일행들과 입구에서 만났다. 그들은 시내로 더 걸어가 사설 호스텔로 간다고 한다.

까미노길로 걸어가서 마을 끝에 있는 알베르게에서 묵기로 했다. 카페를 겸한 알베르게였다. 다 좋은데 주방이 없어서 불편하다. 모처럼 일찍 도착해서 직접 만들어 먹고 싶은 마음이었는데 실망이다. 나는 두 번째로 도착했다. 한 명의 순례자가 벌써 도착해 침대에 누워 있다. 한참 동안 누군가와 큰 소리로 통화를 한다. 무슨 내용인지 전혀 알아들을 수가 없다. 그래도 통화는 나가서 하면 좋을 텐데….

여기 헤어드라이어는 이상하다. 작동시간을 세팅해 놓은 것 같다. 한 번 켜면 1분 정도 후에 자동으로 꺼진다. 다시 켜려면 10분 넘게 기다려야 한다. 두 번 정도 시도하다가 답답해서 사용 안 하기로 한다. 젖은 머리 상태로 자연건조를 기다린다.

🐚 나는 이미 백조다

내일 아침에 먹고 갈 빵을 사러 판드리아(빵집)에 가려고 문을 열었다. 부슬부슬 비가 내린다. 우산 대신 판초우의를 입고 간다.

방금 구워 낸 먹음직스러운 빵들이 진열되어 있다. 요즘 나는 밥보다 빵이 더 좋다! 많은 사람들이 빵을 사기 위해 줄을 서 있다. 나도 맨 뒷줄에 섰다. 부드러운 바게트 빵과 오세브레이로에서 단체로 온 팀들이 먹고 있었던 것과 똑같이 생긴 빵을 샀다. 그때 주인이 개별적으로 파는 게 아니라고 해서 못 먹었었다. 숙소로 돌아오니 콜롬비아에서 왔다고 하는 2명의 순례자가 등록을 하고 있다. 이모와 조카라고 한다. 여기서부터 순례를 시작한다고 한다. 일주일 정도밖에 시간이 없어서라고.

점심을 먹으러 다시 나왔다. 마주친 주민한테 물었더니 그 지역에서 가장 유명하다고 하는 강변 옆 레스토랑을 추천해 준다. 강변 주변에는 수많은 선술집과 식당들이 늘어서 있었다. 나는 추천해 준 레스토랑에 들어가 순례자 메뉴를 주문했다. 직접 만들었다고 하는 미트볼 세트로. 혼자 먹기에는 양이 언제나 많다. 오늘은 와인도 두 잔을 마신다. 나띠야스(Natillas)라고 크림수프 위에 계핏가루가 뿌려진 후식을 먹고 나왔다. 발이 편안해졌으므로 언덕 위에 위치한 막달레나 수도원을 둘러보고 내려왔다.

잔잔한 물 위에서 우아하게 떠다니고 있는 한 쌍의 백조가 눈에 들어왔다. 안데르센의 동화 《미운 오리 새끼》가 생각난다. 다른 새끼 오리들과 색이 다르다는 것과 못생겼다는 이유로 괴롭힘을 당한 미운 오리 새끼는 어느 날 자신이 백조의 새끼임을 알게 되었다. 이후 오리보다 훨씬 아름다운 백조들 무리에 합류해 살아갔다는 내용이다. 미운 오리 새끼의 DNA는 분명히 백조인데 본질을 못 알아보는 다른 오리들에게 미운털이 박힌 것이다. 그 후 자신의 신념을 바탕으로 미운털들을 하나하나 아름답고 우아한 백조의 하얀 깃털로 바꿔 갔다. 원하는 것이 있다면 이미 백조가 되었다고 상상하라.

스마트폰을 보고 있는데 유타가 들어온다. 시내 전체를 둘러보고 지금 왔다고 한다. 저녁을 안 먹었다고 해서 내가 갔던 레스토랑을 알려 주었다.

비가 많이 내린다. 빗방울 소리는 내 마음을 감성에 젖게 만든다.

현재 시제로
구체적으로 말하라

—
오늘이란 너무 평범한 날인 동시에
과거와 미래를 잇는 소중한 시간이다.
요한 볼프강 폰 괴테
—

🐚 타인이 아닌 내가 원하는 삶에 충실하라

카페는 7시에 문을 열었다. 에스프레소와 빵으로 아침을 먹는
다. 잠시 후 콜롬비아에서 온 이모와 조카가 옆자리에 앉아 식사를
주문한다.

유타의 배낭 위에 어제 산 빵, 귤을 올려놓고 나 먼저 출발한다.
비가 계속 내린다. 판초우의를 입고 카페 안 모든 사람에게 인사하
고 떠난다.

언덕 위에 있는 성당을 지나고 마을로 내려와 걷는다. 한참을
걷는데 화살표가 안 보인다. 길을 잘못 들었나, 의심하면서 걸었

다. 어느 순간 이쪽으로 오는 트럭을 멈춰 세우고 기사님께 산티아고 방향을 물었더니 손으로 알려 주었다. 그 방향대로 한참을 걸어갔는데도 화살표가 안 보인다. 다시 가던 길을 내려와서 도로를 따라 걷는다. 드디어 저 앞에 표시를 발견하고 안심하고 걷는다. 오솔길을 따라 올라간다. 옆의 도로를 계속 걸어가던 한 순례자가 다시 돌아 나와 똑같은 길로 들어서는 모습이 보였다. 이곳에 까미노 표시를 눈에 띄기 쉽게 설치해 주었으면 하는 생각을 했다.

작은 돌다리를 건너고, 철로를 건넌다. 다시 들판 길을 지나고 오솔길을 따라간다. 바람에 꺾여 길을 막고 있는 잔나뭇가지들을 한쪽으로 치우며 걷는다. 뒤에 오는 순례자를 위한 배려다. 사리아에서 출발한 사람들이 많은 것 같다. 갑자기 따라오는 사람들이 많아졌다. 즐겁게 걸으라고 말하며 처음 보는 순례자가 나를 앞질러 간다.

나는 혼자 걸으며 노래를 불렀다는 순례자가 생각났다. 내가 아는 노래 제목을 떠올려 나지막이 불러 본다. 몇 곡을 시도했는데 끝까지 완벽하게 가사를 외우고 있는 곡이 하나도 없다. 불렀던 거 또 부르고 또 부르고… 재미없다. 모든 게 혼자서 완벽하게 할 수는 없나 보다. 생각나는 글이나 시를 암송해 보자.

나는 나, 당신은 당신
나는 나를 위해 살고 당신은 당신을 위해 산다.

나는 당신의 기대에 부응하기 위해 이 세상을 살아가는 것이
아니고

당신 또한 내 기대에 부응하기 위해 이 세상을 살아가는 것이
아니다.

당신은 당신, 나는 나

만약 우리가 서로 만나면, 그건 정말 멋진 일이겠지

만약 그러지 못한다 해도, 그건 어쩔 수 없는 일

- 〈게슈탈트 기도문〉, 프리츠 펄스

심리학자인 펄스가 게슈탈트(Gestalt) 치료법을 요약하려고 작성한 것이다. 내용이 참 좋아서 노트에 기록해 놓았었다. 누군가의 기대에 부응하기 위해 세상을 살아가는 것이 아닌, 나 자신이 원하는 삶에 충실하면서 살아가리라 생각하며 걷는다.

🐚 내가 살아가는 이유

얼마를 더 가니 아름다운 돌담들이 나온다. 마치 제주도의 모습 같다. 100킬로미터 표지석이 나타났다. 100이라는 숫자에 특별한 의미를 부여하듯 순례자들은 표지석 위에 빼곡하게 흔적을 남겨 놓았다.

100이라는 숫자는 '완성', '완전함'의 의미와 상징을 지니고 있

다. 불완전한 것이 완전하게 이루어짐을 의미하는 숫자로 많이 쓰인다. 100점, 100일 작전, 100%, 100세 시대, 100일 기념 등등. 어떤 의미에서 보면 숫자로 사용되는 개념이기보다는 목표의 달성이나 희망을 나타낸다. 앞으로 100킬로미터만 더 가면 목적지에 도달한다.

나는 무엇을 완성하기 위해 100일 작전을 펼칠 것인가? 나는 100점짜리 삶을 위해 무엇을 할 것인가? 새로운 마음과 용기를 다지며 걷는 길.

표지석 옆에 누군가 'LOVE'라고 빨간색으로 크게 써 놓았다. 이 길 위에서 제일 많이 보았던 단어! 언젠가 읽었던 톨스토이의

| 순례자들이 흔적을 남긴 100킬로
미터 표지석 옆에 LOVE라는 글자
가 새겨져 있다.

글을 떠올린다.

'인류의 교사'이자 '예수 이후의 첫 사람'으로 불리는 러시아의 대문호 레프 톨스토이는 《살아갈 날들을 위한 공부》라는 책에서 자신이 인류에게 주는 가장 큰 사랑을 다음과 같이 표현했다.

사람은 사랑하기 위해 태어났다.

악기 연주하는 법을 배우듯
사랑하는 법도 배워야 한다.

다른 사람을 사랑할 때
두려울 것도 더 바랄 것도 없이
우리는 세상의 모든 존재와 하나가 된다.

열매가 자라기 시작하면 꽃잎이 떨어진다.
영혼이 자라기 시작하면
우리의 약한 모습도
그 꽃잎처럼 모두 사라진다.

가장 중요한 일은
나와 인연 맺은 모든 이들을

사랑하는 일이다.

몸이 불편한 이

영혼이 가난한 이

부유하고 비뚤어진 이

버림받은 이

오만한 이까지도

모두 사랑하라.

진정한 스승은

삶에서 가장 중요한 것은

'사랑'이라고 가르친다.

사랑은 우리 영혼 속에 산다.

타인 또한 자기 자신임을 깨닫는 것,

그것이 바로 사랑이다.

사람은 오직 사랑하기 위해서

이 세상에 태어났기 때문이다.

그렇다. 내가 열심히 살아가야 하는 이유도, 잘 살아야 하는 이유도 내가 사랑하는 사람들이 있고, 나를 사랑하는 사람들이 있기 때문이다. 그 사람들을 위해 내가 할 수 있는 것을 잘하는 것. 그것이 내가 살아가는 이유다.

🐚 인생은 현재 시제의 합산이다

페레이로스(Ferreiros) 마을이 보인다. 이곳은 순례자들의 신발과 갑옷을 수선하는 등의 역할을 했던, 대장간이 있던 마을이라고 한다. 오늘은 작고 조용한 마을들을 많이 지나간다. 어느 지점에 이르자 기념품 가게가 나타난다. 다양한 소품들과 기념품들이 있다. 놀랍게도 한국의 신라면과 김치를 팔고 있다. 한쪽에서는 먼저 도착한 한국 팀 순례자들이 라면을 먹고 있었다. 아직은 배가 덜 고파 그냥 지나치기로 한다.

어느 지점에선가 내리막길 옆의 바에 들어갔다. 우의를 벗고, 배낭을 내리는 행동이 조금 불편했다. 주인의 도와주심에 감사하며 커피와 비스킷을 먹고 있는데 마을 주민 한 분이 들어온다. 비스킷을 드렸더니 고맙다고 하며 사양한다. 그는 내가 일어서자 벽에 걸려 있는 내 우의를 내려 입혀 준다. 가는 정이 있으면 오는 정이 있는 법. 진심은 어디서든 통한다.

전통적인 길을 따라 포르트마린(Portmarin)으로 간다. 저 멀리 언덕 위에 검은색과 하얀색으로 심플하게 지어진 집들이 보인다. 이 마을은 저수지를 조성하면서 물에 잠겨 성당 건물만 옮겨 오고 나머지 건물들은 모두 새로 지었다고 한다. 아름다운 미뇨 강 위에 놓인 베야 다리를 건너는데 강한 비바람이 분다. 앞서가는 한 순례자의 모자가 강물 속으로 날아갔다. 그는 행운의 징조라면서 크게 웃으며 걸어간다.

공립 알베르게에 도착했다. 순례자들이 이곳에 다 모이는 것 같다. 콜롬비아에서 온 순례자도 다시 만났다. 히터 위에 젖은 신발들이 나란히 놓여 있다.

어느 순간 좋은 글귀 한 문장은 내게 커다란 깨달음을 준다. 지금 읽고 있는 이 글이 그렇다.

당신에게 가장 중요한 때는 언제인가?
당신에게 가장 중요한 일은 무엇인가?
당신에게 가장 중요한 사람은 누구인가?

당신에게 가장 중요한 때는 현재이며,
당신에게 가장 중요한 일은 지금 하고 있는 일이며,
당신에게 가장 중요한 사람은 지금 만나고 있는 사람이다.

- 〈지금 이 순간〉, 레프 톨스토이

인생은 현재 시제의 합산이다.

감사와
긍정의 말만 하라

하루 한 번 자신이 받은 모든 은혜에 감사하라.
그러면 은혜가 끊이지 않을 것이다.

조셉 머피

🐚 모든 것은 마음먹기에 달렸다

나보다 먼저 떠나는 순례자가 있다. 처음 보는 순례자. 나도 출발 준비 시작.

어젯밤에는 코를 고는 사람이 있었다. 여기 오기 전에 이런 사람들이 많다는 걸 알고는 있었다. 하지만 지금 시즌에는 순례자가 많지 않기 때문에 아직까지 이런 소음공해 때문에 잠을 설친 적은 거의 없는 것 같다. 까미노를 시작할 때 딱 한 사람 A 군을 제외하곤.

어젯밤에는 좀 심했다. 다른 사람들도 다 깨어난 듯, 그를 두고 말하는 듯, 소곤거리는 소리, 한숨을 쉬는 소리가 들렸다. 한국의 어느 찜질방처럼 코골이 방이 분리된 것도 아니고. 이 또한 순례길에서 만나는 피할 수 없는 일 중의 하나라고 생각하고 넘어간다.

배낭에 남겨진 또띠아를 전자레인지에 데워 커피와 먹었다.

성당을 지나 내려간다. 왼쪽 도로 옆으로 한 순례자가 앞서 지나간다. 도로를 따라 걷다가, 다리를 건너고 보행자 도로를 따라 계속 걷는다. 한적한 숲속 산길이다. 아까 지나갔던 순례자가 다시 내 앞을 지나간다. 곧게 자란 나무들이 떨어뜨려 놓은 낙엽들이 오솔길 양쪽을 덮고 있다. 낙엽 밟는 바스락 소리가 나는 좋은데, 버림받고 땅 위에 흩어져 있는 낙엽이라고 말한 시인의 목소리가 들리는 듯하다. 다시 길 가운데로 걷는다.

산길을 내려오니 들판 길로 이어진다. 저 멀리 길옆에 단색의 푸른 하늘을 배경으로 미루나무들이 나란히 서 있다. 오래전 그림엽서에서 본 그림처럼 아름답다. 불현듯 우리 집 근처 서점에 있는 빨간색 '느린 우체통'이 생각난다. '자신이나 사랑하는 사람에게 소중한 마음과 꿈을 전하세요. 1년 후 배달됩니다.' 이렇게 쓰여 있었다. 언젠가 나도 엽서에 한번 내 꿈을 써서 저 통에 넣어 봐야지, 생각했었다.

나에게 쓰는 편지. 까미노를 끝내고 돌아가면 해야겠다고 생각하며 걷는다.

처음 보는 유칼립투스 나무를 지나간다. 하늘을 향해 크고 날씬한 모습으로 일렬로 줄지어 서 있다. 이 나무는 고급 미용티슈에 사용하는 나무라고 들은 기억이 난다. 또한 코알라의 주식이 유칼립투스 잎이라고 들은 기억도.

중간쯤 갔을까. 어느 지점에서 한쪽 다리를 약간 절며 천천히 걷고 있는 한 순례자를 만났다. 호주에서 왔다고 한다. 본인이 걸어가고 있는 모습을 사진으로 찍어 달라고 한다. 그리고 나와 같이 사진을 찍고 싶다고 하며 스마트폰을 꺼낸다. 그의 가족한테 순례길에서 새로 사귄 여자 친구라고 말할 거라며 웃는다. 나는 한국에서 온, 길에서 만난 순례자라고 말하라고 일러 주었다. 그는 오늘묵을 알베르게 이름 및 전화번호가 적힌 메모지를 보여 준다. 매일매일 그날 머물러야 하는 숙소를 미리 확인하고 움직인다고 한다. 그의 치밀함에 감탄을 보낸다.

어느 바에 들렀다. 나는 그분 것까지 커피 두 잔을 사서 가지고 있던 빵과 함께 점심을 먹는다. 콜롬비아에서 온 순례자 2명이 먼저 도착해 맥주를 마시고 있었다. 반가워하며 나는 또 그 조카한테 까미노에 대해 열성적으로 설명했다. 그리고 언제나 긍정적인 마인드로 살아야 된다고. 모든 것은 마음에 달렸다고. 약간의 술기운이 들어간 그는 고개를 끄덕이며 눈시울을 붉힌다.

나중에 알았는데 그는 가톨릭 신자이고, 종교적인 이유로 이 길을 걷고 있다고 한다. 나는 내 일정을 고려해 먼저 일어섰다. 한국팀 순례자들이 휙 지나간다.

비슷한 길이 반복된다. 오솔길, 들판 길, 보행자 도로, 내리막 길….

드디어 오늘의 목적지인 팔라스 델 레이(Palas del Rei)에 도착한다. 마을 이름은 '왕의 궁전'이라는 의미다. 이곳에는 서고트의 왕 위티사가 그의 아버지 에히카의 치세 동안 갈리시아 지방의 총독을 맡은 당시 살던 궁전이 있었다고 한다. 때문에 이렇게 명명되었다고 한다.

마을 입구에 있는 공립 알베르게로 들어갔다. 한 명만 와 있다. 어제 알베르게에서 보았던 미국에서 온 순례자. 그는 여기서 묵는다고 한다. 슈퍼마켓이 있는 시내로 가려면 1킬로미터 정도 더 가야 한다. 나는 고민하다 시내 쪽으로 가기로 했다.

오늘은 사설 알베르게에서 묵는다. 도로 옆에 위치한 현대식 건물이다. 숙소를 알아보려고 들어갔는데, 한국 팀 순례자들이 여기에 와 있었다. 아까 길에서 봤던 건장한 남성 순례자 4명도 보인다. 반가워하며 여기가 좋으니 이곳에서 머물라고 말한다. 오늘 저녁은 이곳 레스토랑에서 먹기로 결정. 주인이 위에 있는 침대를 배정해준다. 나는 위로 올라가기가 불편하니 아래 침대를 쓰고 싶다고 했다. 그랬더니 주인은 먼저 온 사람은 위층을 써야 된다고 퉁명스럽게 잘라 말한다. 내가 발이 아프다고 했는데도 안 된단다.

주인이 나가고 부루퉁하니 있는데 바로 내 옆 침대를 배정받은 순례자가 지금 시간이면 더 들어올 순례자가 없으니 아래 침대를 사용해도 괜찮을 거라고 말해 준다. 내 편이 되어 준 그에게 감사하다고 인사했다.

《푸념도 습관이다》의 저자 우에니시 아키라는 '긍정적인 말로 내 삶을 밝게 만드는 법 다섯 가지'를 제시했다. 그는 "긍정적인 말을 쓰면 마음이 건강해지고 인생도 밝아진다. 반대로 부정적인 말을 하면 절망과 분노, 불만으로 인해 살아갈 힘을 빼앗겨 무기력해지고 인생도 어두워진다. 따라서 푸념이나 부정적인 말 대신 긍정적인 언어로 표현하는 것이 인생을 밝게 만드는 비결이다."라고 말했다.

그렇다. 우리가 말할 때도 좋은 말만 골라서 하는 게 중요한 것 같다. 말 한마디로 천 냥 빚을 갚는다는 말도 있듯이. 긍정적인 말에는 상대방의 마음을 밝게 해 주는 힘이 있다.

🐚 지금 이 순간에 감사하라

샤워를 하려고 비누세트를 찾는데 안 보인다. 또 놓고 왔나. 포르트마린에 두고 온 게 분명하다. 아침에 다른 순례자들한테 방해될까 봐 어두운 방 안에서 짐들을 복도로 끄집어낼 때 빠뜨렸나 보다. 이번이 두 번째다. 저번에 까미노를 시작하고 며칠 뒤에도 잃어

버린 적이 있다. 그때 새로 다 구입했었다. 샴푸, 린스, 비누, 치약, 칫솔을. 집중하지 못하고 산만한 모습으로 걷는 나 자신을 발견한 것 같아 실망이다. 산티아고를 걸으면서 잃어버리는 것도 많다. 나의 부주의로 인해 불필요하게 시간과 돈을 허비했던 순간도 많다. 서두르면 일을 그르친다는 격언을 기억하자!

하루 종일 간간이 내린 비로 인해 운동화가 젖어 있다. 히터를 찾으니, 종업원이 운동화 속에 신문지를 넣어 놓으라고 말한다. 이런 방법도 있었네. 생활의 달인. 신발장에 신문지를 구겨 넣은 운동화들이 정렬되어 있다.

슈퍼마켓에서 간식 및 세면도구를 새로 구입했다. 샤워 및 세탁을 마치고 오늘 저녁은 순례자 메뉴로 주문한다. 와인이 곁들여진 스테이크 세트로 푸짐하게 먹는다. 후식으로 케이크가 나왔다.

이제 산티아고까지는 50킬로미터 정도 남았다. 내일모레면 도착한다.

우리는 무언가를 잃은 후에야 그것의 소중함을 깨닫는 경우가 많다. 늘 내 곁에 가까이 있는 사람들, 물건들, 자연의 소중함을 평소에는 잘 느끼지 못한다. 그래서 그것들에 대해 감사하는 마음을 가볍게 여기는 습관이 있다. 감사하는 마음은 나를 있게 해 주는 고마움에 대한 마음의 표현이자 긍정적인 마인드다.

지금 이 순간에 감사하라. 비록 일상의 삶에 지치더라도 감사하는 마음과 긍정의 마인드로 살아가야 한다. 그래야 내 삶을 더 활기차고 풍요롭게 살 수 있다. 내가 감사함을 표현하면 그 진심은 상대에게 전달되어 더 큰 호의로 나에게 돌아온다.

오늘도 잘 걸을 수 있게 해 주셔서 감사합니다!

상상한 것을
절대 의심하지 마라

성공할 것이라 믿어라. 그러면 성공할 것이다.
데일 카네기

🐚 기억은 자신의 정체성이다

어제 산 우유 및 빵으로 아침을 먹었다. 복도에서 한국에서 온 순례자를 만났다. 예쁘고 젊은 대학생. 그는 건강상의 이유로 택시 짐서비스를 이용한다고 한다. 그들은 언제나 4명이 같이 움직였기 때문에 많은 대화를 나누지는 못했다. 우유를 건네주며 마지막까지 파이팅하라고 응원해 주었다.

신문지 효과는 별로 없었다. 물기가 남아 있는 신발을 그대로 신고 숙소를 나선다.

비가 조금씩 내리고 있다. 배낭 커버를 씌우고 우의를 입는다. 내가 나설 때면 거리는 늘 어둡다. 어느덧 이 어둠에 익숙해졌다.

새벽길을 혼자 걷는 두려움도 이제는 많이 사라졌다.

이 어둠은 순식간에 지나간다. 내일이면 산티아고에 도착한다. 목적지가 가까워지니 발걸음도 가벼워진다. 오랫동안 나를 기다리고 있는 누군가를 만나러 가는 기분이랄까.

현대식으로 지어진 집들이 많다. 군데군데 오래된 조형물들이 많이 보인다. 마을을 벗어나자마자 도로를 따라 걷는다. 잠시 후 숲길로 들어간다. 아직 숲은 어둡고 내가 걸어가는 길만 희미하게 보인다. 평온하고 고요하다. 부지런한 산새들의 지저귐 소리를 배경음악으로 내 안의 나와 마주하며 걷는다.

우리는 오래전에 발생한 일들을 기억해 낸다는 것이 참 어렵다는 것을 잘 안다. 언젠가 유튜브에서 들은 기억이 난다. 현실로 돌아오는 데 가장 좋은 방법은 아름다운 음악을 듣는 것이라고. 음악은 기억력과 밀접한 관계가 있다고 한다. 음악의 힘은 엄청나다고 한다. 예를 들어, 광고에 음악이 없다면 아무것도 느끼지 못할 것이다. 또한 30년, 40년, 50년 전의 일은 기억하기가 대단히 어려운데 그때 들었던 음악을 들으면 그때 그 상황이 세트로 생각난다는 것이다. 내가 젊었을 때의 모습, 어려웠을 때의 모습, 내가 사랑했던 사람의 모습 등 그 환경까지 다 생각난다는 것이다.

내가 좋아했던 노래를 떠올려 본다. 그 노래를 들었던 장소, 그때의 기분, 모습 등이 생각난다. 어려서부터 음악을 한 사람은 치매에 걸리지 않는다고 한다. 기억을 계속 리프레시하기 때문이다. 어느 치매 환자에게 그가 좋아했던 옛날 그 노래를 틀어 줬더니 가사를 따라 부르기 시작했다고 한다. 기억은 자신의 정체성, 아이덴티티와 밀접한 관계가 있다. 그래서 학자들은 음악을 많이 들으라고 권장한다.

영어단어 'museum'은 박물관을 뜻한다. 박물관은 옛날을 기억하게 하는 곳이다. 단어가 의미하듯이 뮤즈 여신, 즉 음악의 여신의 신전이다. 요즘 머리가 자꾸 나빠진다고, 가사가 기억이 안 난다고 투덜대고 있었다. 앞으로는 좋은 음악도 많이 들어야겠다고 생각하며 걷는다.

얼마를 걸어가다 옆을 돌아보았다. 철조망이 쳐진 울타리 너머 저 멀리 하늘에 붉은 태양이 모습을 드러내고 있다. 아직은 겨울옷을 갈아입지 않은 커다란 나무들 사이로 빛들이 프리즘을 통과하는 것처럼 스며든다.

🍃 좋은 것만 의식하고 상상하라

작은 마을들을 지나간다. 마을마다 지어져 있는 성당 안에 들어가 그에 얽힌 전설적인 이야기들을 듣고 싶다. 마을마다 간직하고 있는 그 신비스러운 이야기들을.

나는 종교인은 아니지만 《성경》에서 말하는 원리가 곧 우리의 삶의 원리를 가르쳐 주고 있다는 믿음을 가지고 있기 때문이다. 하지만 솔직히 혼자 성당 안을 들어간다는 것이 조금 겁난다. 《성경》을 많이 접해 본 적도 없고, 성당 안에 들어가 본 적도 거의 없고, 기도하는 방법도 모르고, 교회를 다니는 사람을 이해하지 못했던 적도 있었다. 매일 만나는 십자가를 볼 때마다 뭔가 어색한 느낌…, 미지의 세계에 대한 두려움을 가지고 있었다. 이번 순례여행을 하면서 그런 두려움들이 조금은 사라진 것 같다는 생각을 한다. 진정한 삶의 원리가 《성경》 속의 원리와 같다는 생각도. 알면 알수록 우리 삶의 많은 부분들이 《성경》에 근간을 두고 있다는 사실도 다시 한 번 깨닫는다.

우리가 상상하는 것들이 현실세계에 모습을 드러낸다. 내가 살고 싶은 삶, 원하는 삶을 이미 이루었다는 마음을 갖고, 그 느낌으로 현재의 삶을 충실히 살아가는 것. 이것도 《성경》에 나와 있는 원리다. 그러므로 내가 상상할 때도 좋은 것만 의식하고, 상상해야 한다. 상상한 것을 절대 의심하지 말아야 한다. 조금 더 나 자신에 대한 믿음이 강해졌다고 확신하며 걷는다.

아름답고 예쁜 마을을 보면 한 번씩 묵었다 가고 싶은 생각도 든다. 길을 걸으면서 놓치고 있는 부분들이 참 많은 것 같다. 어느 순간, 누군가와 함께라면 서로의 정보를 공유하고 더 많은 것을 보고, 느낄 수 있었을 텐데 하는 아쉬움도 남는다. 수학여행 온 학생같이 자세하게 관찰하고 역사공부를 하고 싶은 순간도 있다.

어떻게 한꺼번에 그 모든 것을 내 것으로 만들 수 있겠는가. 아직 까미노를 마치지도 않았는데 벌써부터 나는 다음에 또 이곳에 오리라 생각하며 걷는다.

중세 순례자들이 걸었던 길을 따라 계속 간다. 어느 지점에 이르자 습한 공기 속에 하늘이 뿌옇게 흐려 있다. 짙은 안개가 풍경 전체를 감싸고 있어 눈앞의 실루엣만 희미하게 보인다. 갈리시아 지방의 날씨를 확실히 체험하며 걷는다. 잠시 후 길옆에 흐드러지게 피어 있는 노란색 꽃나무가, 지금까지 본 것 중에 제일 큰 꽃나무가 나타났다. 너무 예뻐 사진을 찍어 놓았다.

저 앞에 중세풍의 아치가 물에 반사되어 완전한 원을 그리며 다리를 받치고 있다. 예쁜 아치형 돌다리를 볼 때마다 여정의 초반부에 보았던 왕비의 다리 '푸엔테 라 레이나'가 떠오른다.

다시 들판 길로 이어진다. 말들이 평화롭게 풀을 뜯고 있는 목가적이고 전원적인 동화책 속 풍경이 들어온다.

🐚 상상한 것들을 절대 의심하지 마라

드디어 멜리데 시내에 도착. 이 마을은 알폰소 9세가 14세기에 만들었다. 여행 안내서에는 이곳은 스페인 문어요리인 뿔뽀가 유명하다고 되어 있다. 그렇듯이 마을 입구에 들어서자마자 뿔뽀 요리를 소개하는 식당의 간판들이 많이 보인다. 이곳에서 점심을 먹기로 결정. 까미노 길옆의 어느 식당으로 들어가려고 하는데 콜롬비아에서 온 이모가 앞에 서 있다. 조카와 이곳에서 만나기로 했는데 연락이 안 된다고 한다. 나는 조금 전에 내 앞으로 지나가는 조카를 봤다고 말해 주었다. 잠시 후에 조카가 이리로 왔다.

우리는 식당으로 들어가 뿔뽀를 시켰다. 이곳 식당은 순례자들한테 많이 알려진 유명한 식당이라고 한다. 주인은 매우 반기며 여기에 한국 순례자들이 많이 온다고 했다. 한국인 친구들도 있다고 자랑한다. 먹음직스러운 음식이 테이블에 놓였다. 와인, 부드러운 바게트 빵도. 크림수프 위에 비스킷이 올라가 있는 나띠야스를 후식으로 먹고 나왔다.

이렇게 맛있는 음식들만 먹으면 순례를 마치고 돌아가 친구들을 만났을 때 살이 찐 자신을 보고 "순례기간 동안 무슨 일 있었어?"라고 물을까 봐 겁난다고 말하는 조카. 오늘이 3일째인데 먹고, 자고, 걷기만 하는 순례여행이 즐겁다고 한다. 그에 반해 이모님은 어딘가 우울한 모습을 보인다. 늘 말하는 쪽은 조카이고 이모님은 듣고만 있다. 마치 학생처럼.

언제나 앞서 걸으며, 때로는 기다려 주기도 하고, 누군가에게 힘이 되어 주고 있는 조카의 모습이 아름답다고 생각하며 걷는다.

현대식으로 깨끗하게 정비된 시내 한쪽에서 옷가지 등 다양한 물건들을 파는 모습이 우리의 전통시장 모습 같다. 날씨가 맑고 화창하다. 파란 하늘을 배경으로 자신의 이미지를 아름답게 수놓은 뭉게구름이 들판 길 나무들을 내려다보고 있다. 산티아고 순례 사진 모음집에 한 컷 추가. 편안한 들판 길을 지나고, 작은 마을을 지난다. 양들이 풀을 뜯고 있는 전원적인 시골 풍경이 마음을 평화롭게 해 준다. 길 양쪽에 작은 풀꽃들이 피어 있다.

자세히 보아야 예쁘다. / 오래 보아야 사랑스럽다. / 너도 그렇다.

언젠가 인터넷에서 보았는데 25년간 시민들에게 가장 사랑받은 광화문 교보문고 글판은 나태주 시인의 〈풀꽃〉 시구라고 했던 말이 생각난다.

짧은 문구이지만 살면서 사람들과의 관계를 함축적으로 나타내 주는 깊은 울림이 있는 것 같아서 많은 공감이 갔다.

목적지 도착 전 2킬로미터에 위치한 길옆의 주유소 마트에서 시원한 음료수로 목을 축이고 다시 출발. 마지막 힘을 내어 걷다 보니 어느새 목적지에 도착했다. 이 마을은 현대적인 편의시설이 잘 갖추어져 있다. 공립 알베르게에 짐을 풀었다. 이미 많은 순례자들이 와 있었다. 여느 때처럼 제일 문 옆의 침대를 정한다. 정리를 하고 시내를 한 바퀴 둘러본다.

산티아고 여정의 최종 목적지 도착 전 마지막 날이다. 대망의 결승전을 앞둔 선수처럼 마음이 설레고 조금 긴장도 된다.

내가 상상한 것들을 절대 의심하지 마라.

camino
de
Santiago

PART 5

우리 모두
위대한 일을
하고 있다

모든 경험은
귀하고 거룩하다

*만약 당신이 인생에서 성공을 원한다면 많은 것들과 친해져야 한다.
인내심을 당신의 소중한 친구로, 경험은 친절한 상담자로, 신중함은 당신의
형으로, 희망은 늘 곁에서 지켜 주는 부모님처럼 친해져야 하는 것이다.*

J. 에디슨

🐚 위대한 생각은 걷기로부터 나온다

어제저녁 콜롬비아에서 온 조카를 만났을 때 내일 산티아고까지 간다고 했다. 그전에 한국 팀도 오늘 최종 목적지까지 간다고 했고. 나는 내 발이 아직도 조금은 정상으로 돌아오지 않아서 고민했다. 37킬로미터를 걸을 수 있을까. 한 번도 시도해 본 적이 없는데. 그렇다면 우선 최종 목적지까지 가는 걸로 잡고, 상황을 봐서 중간에 하루 더 머물든지 하리라.

숙소 주방으로 내려가 빵과 커피, 우유로 아침을 먹었다. 히터 위에 올려놓았던 운동화가 완전히 말랐다. 6시 30분. 기분 좋게 숙소

를 나온다. 가로등 불빛과 둥근 달이 길을 안내해 준다. 마을 출구에
서부터 내리막길이다. 언제나 그렇듯이 이 어둠도 일순간에 지나간다.

한쪽 하늘이 서서히 밝아 오는 사이 어느새 나는 산길로 들어
선다. 상쾌한 산 내음이 정신을 맑게 한다. 어느 마을에 도착했다.
A4 크기의 코팅지가 한 줄로 건물 벽 끝까지 걸려 있다. 뭐지? 가
까이 가서 읽어 보니 '지혜의 벽(THE WALL OF WISDOM)'이라 되어
있다. 내용인즉슨 《조화(Harmony)》라는 책을 출판하려고 하는데
도와 달라는 내용이다. 방법은 600미터 더 가면 나오는 바에서 전
단지를 1.5유로에 구입하는 것으로. 책의 내용이 궁금하다.

까미노를 하면서 숲길, 산길, 들판 길, 돌담길을 걸으며 예쁘고
작은 마을들 사이를 지나 왔다. 자연의 모습은 한국이나 이곳이나
크게 다르지 않은 것 같다는 생각을 했다. 저번에 유타가 알려 준
바에 의하면, 일본에도 이곳 까미노와 비슷한 길이 있다고 한다. 시
코쿠 순례길 '오헨로'라고. 시코쿠 현에 포진한 88개의 사찰을 참
배하는 순례길이라고 한다. 이 순례길도 처음에는 신앙적인 의미로
시작했지만 지금은 영적인 이유 등 다양한 관점에서 많은 사람들
이 찾고 있다고. 본인은 아직 일부 구간만 다녀왔다고 했다.

이 순례를 끝내고 돌아가면 웬만한 거리는 무조건 걸어 다니는
습관이 굳어지지 않을까 생각하니 웃음이 나온다. 반드시 영적인
순례가 아니더라도 일상에서 '걷기'는 건강에도 많은 도움이 된다

는 것을 알고 있다. 진정 위대한 모든 생각은 걷기로부터 나온다는 말도 있다. 《작은 아씨들》의 작가 루이자 메이 알코트는 하루 16킬로미터를 걸었다고 한다. 헨리 데이비드 소로는 "하루에 최소 4시간 동안 숲속을 걷지 않으면 나의 정신건강과 신체건강을 유지할 수 없다."라고 말했다. 또한 《해리 포터》 시리즈의 작가 J. K. 롤링은 "저녁 산책만큼 좋은 아이디어를 얻는 데 도움이 되는 것은 없었다."라고 말했다.

🐚 내 삶의 자리에 어떤 흔적을 새겨 놓을 것인가

다시 빽빽한 유칼립투스 나무 숲길로 들어왔다. 코알라의 먹이인 유칼립투스 나무는 호주 이외의 지역에서는 자라지 않는다고 들었다. 그런데 이곳 순례길에서 이 나무를 보다니 좀 이상했다. 하늘을 향해 쭉쭉 뻗은 커다란 유칼립투스 나무로 둘러싸인 가운데 주인공이 되어 평화로운 분위기를 만끽하며 걷는다. 숲이 자아내는 그늘과 나뭇잎들과 부딪치는 감촉이 부드럽다. 행복하다. 나무의 잔가지 꼭대기에 유칼립투스 잎들이 붙어 있다. 코알라의 주식!

코알라는 둥근 얼굴과 큰 코 때문에 사람과 닮아 보인다. 코알라는 하루에 20시간 정도 잠을 자고, 나머지 4시간 동안에는 먹는다고 한다. 이렇게 수면시간이 긴 이유는 유칼립투스에 알코올 성분이 있기 때문이라고. 꼭대기를 아무리 쳐다봐도 잠자는 코알라는 보이지 않는다.

호주에 들이닥치는 환경오염과 기상이변, 산불 등에 따른 유칼립투스의 멸종은 덩달아 코알라의 멸종을 부추겼다. 게으른 동물의 대표주자 격이며, 어떠한 해도 끼치지 않는 온순한 동물이 지금까지 살아남은 이유는 뭘까? 그 이유는 키가 큰 유칼립투스 나무에 살면서 천적을 피하고 동시에 아무도 먹지 않아 경쟁이 없는 유칼립투스 잎을 먹이로 삼았기 때문이라고 한다.

삶의 경쟁이 치열한 세상에서 지속적으로 살아남기 위해서는 남들이 선택하지 않는 블루오션을 선택할 수 있는 도전의식을 가져야 한다고 생각하며 걷는다.

| 빽빽한 유칼립투스 나무 숲길을 걸어간다.

내 머리 위로 비행기가 지나간 흔적이 뚜렷하게 남아 있다. 깊은 강물을 꽁꽁 얼렸던 얼음이 갈라진 모습처럼 맑은 하늘에 뚜렷하게 선을 그려 놓았다. 언제나 예고도 없이 소리 없이 지나가는 비행기들. 들판 길을 걸으며 푸른 하늘을 수놓은 예쁜 비행운을 많이 본다.

자신의 흔적을 남기는 것들이 많다. 하지만 어떤 흔적은 오래도록 남아 있고, 어떤 흔적은 한때 보이다가 금세 사라지기도 한다. 그리고 어떤 흔적은 너무 미약해서 느끼지조차 못하는 경우도 있다. 마지막 순례길을 걸으며 나는 과연 내 삶의 자리에 어떤 흔적을 새겨 놓을 것인가, 생각한다.

까미노를 하면서 받은 게 너무 많다. 나도 누군가에게 베풀어야 한다고 생각했다. 표지석 위에 배낭에 있던 머핀 2개를 얹어 놓고 간다.

대성당 도착 몇 킬로미터 전 숲길에서 이쪽으로 오고 있는 순례자가 있었다. 아주주였다. 나에게 약을 건네준. 그는 성당 쪽에서 거꾸로 오고 있었다. 연유를 물었더니 이미 산티아고 대성당에 도착했다가 다시 걸어서 돌아오는 길이라고 한다. 역시 강한 체력의 그!

신을 만났나요? 내 물음에 모든 신이 자기 안에 있고, 내 주위 모든 것에도 신이 있다고 말하며 활짝 웃는다. 신이 되어 버린 그에게 좋은 일만 많기를 기원하며 헤어졌다.

최종 목적지 도착 전 7킬로미터 지점에 바가 보였다. 불은 켜져 있는데 문은 닫혀 있다. 나는 문을 두드렸다. 주인이 영업을 안 한 다고 한다. 하지만 커피는 만들어 줄 수 있다고 한다. 나는 감사하 다고 인사하며 카페 콘 레체 한 잔으로 마지막 힘을 충전했다. 한 국인 순례자 4명이 다정하게 지나간다. 여전히 한 순례자의 배낭에 는 예쁜 여자 친구의 사진이 매달려 있다.

심리학 박사이자 대학교수이고 보건·교육·후생부 장관을 역임 한 미국의 존 W. 가드너(John W. Gardner). 그는 격언을 많이 모아 글쓰기와 강연에 활용했다. 격언에 매력을 느껴 광범위하게 수집했 다. 2000년대를 살고 있는 젊은이들에게 '단 한마디의 충고를 해 줄 수 있다면 그것은 무엇인가?'

그는 만나는 수많은 사람들에게 이 질문을 했다. 가장 많은 사 람들이 꼽은 3개의 단어가 모두 일치했다. 그것은 '살아라(Live)', '사랑하라(Love)', '배워라(Learn)'였다.

첫 번째 격언은 살아라, 인지하라, 경험하라, 성장하라는 것이다.

두 번째 격언은 인간에 대한 사랑, 남녀 간의 사랑, 종교애, 형제 애 등 모든 사랑을 말한다.

세 번째 격언은 당신이 누구인가를 배워라, 자기 자신과 사이좋 게 지내는 법을 배워라, 당신이 타인에게 미치는 영향을 배워라, 새 로운 경험에 마음을 열라는 것이다.

그가 선정한, 인생을 이끌어 줄 일곱 단어는 위의 세 격언에 '생각하라(Think)', '주어라(Give)', '웃어라(Laugh)', '시도하라(Try)'를 더한 것이다.

물론 모든 개인은 자신의 경험이나 가치관에 비추어 얼마든지 다른 단어들을 선택할 수 있을 것이다. 모든 경험은 귀하고 거룩하다고 생각한다. 내 삶을 살아가는 데 중요한 7개 단어는 무엇일까?

🌿 기쁨의 산에서 감사와 기적을 떠올리다

다시 오르막길을 간다. 몬테 도 고소 언덕에 도착. 고소(gozo)는 갈리시아어로 '기쁨'을 뜻한다. 비가 오지 않을 때는 산티아고 대성당의 탑들이 보인다 하여 중세 순례자들이 '기쁨의 산'이라 이름 붙였다고 한다. 언덕에 있는 조형물을 둘러본 후 다시 내려간다. 나는 오늘 아직도 완전히 낫지 않은 발로 걸으면서 '감사'와 '기적'이라는 말을 제일 많이 떠올렸다.

도로를 지나고 드디어 오브라도이로(Plaza Obradoiro) 광장에 들어섰다.

웅장한 대성당의 모습이 눈앞에 보이는 순간, 발을 멈췄다. 신성한 장소에 발을 디딘 느낌. 이런 걸 느끼며 성당 앞으로 걸어가고 있는데 저 멀리 누군가 나를 부르며 이쪽으로 오고 있다. 한 강사였다. 그 옆에는 노 군도 같이 있었다. 나를 기다리고 있었다고 한다. 나는 감격의 순간을 잠시 뒤로 미루고 그들이 안내해 주는 대로 순례자협회 사무실에 가서 순례 증명서를 발급받고 나왔다. 생장 피드포르에서부터 산티아고까지 799킬로미터를 걸었다는 증서.

순례자 의식을 따르기에 시간이 충분치 않아 내일 아침에 다시 찾기로 한다. 한 강사는 함께 걸었던 미국인 신부님 4명과 저녁식사를 할 예정인데 함께 가자고 한다. 마침 저녁시간이 되어 우리는 함께 식사하며 산티아고 입성을 축하했다.

성당과 가까운 거리에 위치한 알베르게를 미국인 신부님이 구해 주었다. 사설 호스텔인데 매우 만족이다. 긴장이 풀려서인지 잠이 잘 안 온다. 10시쯤 되어 숙소 바로 앞에 있는 레스토랑에 갔다. 종업원도 친절하고 분위기 있는 식당이다. 커피를 마시며 오늘 하루를 정리한다. 'My way', 'The power of love' 등 귀에 익은 음악들을 피아노 연주로 들려준다.

"내 지나온 날이 보여 주듯 난 당당히 시련을 받아들였고 내 방식대로 했어. 그래, 그건 나만의 방식이었어."

가장 큰 시련 뒤에
가장 큰 성공이 기다리고 있다

🐚 우연히 찾아온 기회가 운명을 바꿔 놓는다

각자의 일정이 달랐다. 한 강사는 오늘 마드리드로 기차를 타고 간다고 한다. 노 군은 이 곳 산티아고에서 하루 더 머문다고 한다. 나는 오늘 피스테라(Fisterra)로 간다. 점심을 함께 먹기로 약속했다.

아침 9시쯤 대성당 안으로 들어갔다. 일반적인 순례자 의식 절차가 남아 있기 때문이었다. 이른 아침이라 사람들이 많지 않았다. 《성경》 속에 나오는 성인들이 이곳에서 살아 숨 쉬는 것 같다. 돌로 만들어진 아름답고 화려한 조형물들에 찬탄이 저절로 나온다.

제단 뒤쪽 계단을 통해 야고보 성상 뒤에 서기 위해 줄을 섰다. 다른 사람들이 하는 것처럼 야고보상의 널찍한 어깨에 손을 얹고 감사의 기도를 올렸다.

"여기까지 무사히 걸을 수 있도록 함께해 주셔서 감사드립니다. 지금까지 매 순간 저를 지켜봐 주셨듯이 앞으로도 제 삶을 지켜봐 주십시오. 저의 내면의 소리를 굳게 믿으며, 매일 성장하는 삶을 살고, 나와 함께하는 사람들을 사랑하며, 끊임없이 배우고, 베푸는 삶을 살게 해 주소서."

잠시 후 계단에서 내려와 왼쪽으로 난, 지하로 내려가는 계단을 따라갔다. 야고보 성인의 유해가 안치된 하얀색 철제은관이 놓여 있다. 비록 종교인은 아니지만, 나는 라바날에서 만난 끌레멘스 신부님이 알려 준 대로 성인의 무덤 앞에 무릎을 꿇고 다시 한 번 감사의 기도를 올렸다. 많이 어색한 느낌이었지만 내 마음은 오히려 편안해졌다. 진정한 나로 돌아온 느낌. 그런 기분이었다. 이로써 나의 공식적인 순례자 통과 의식을 모두 마쳤다.

지금 내부 공사 중이어서 매일 정오에 시행하던, 순례자들을 위한 향로미사는 진행되지 않고 있었다.

바로 옆에 기념품 가게가 있었다. 이제는 선물을 사도 될 것 같아서 산티아고 그림이 그려진 머그컵 2개를 샀다. 노란 화살표 마크도 같이. 까미노를 오랫동안 기억하고 싶기 때문이다. 다시 광장 앞으로 나왔다. 이슬비가 내리고 있다. 지금도 순례자들이 하나둘

들어온다. 도착한 순례자들은 서로 포옹하기도 하고, 어떤 순례자는 울기도 한다. 각자의 시련을 견뎌 내며 자신의 두 발로 먼 길을 걸어온 감회는 저마다 다르리라.

지금 대성당을 바라보며 내가 산티아고에 온 목적은 단지 저 성당을 보기 위해서가 아니었다고 생각한다. 길을 걸으면서 중간에 깨달음을 얻었던 순간을 떠올린다. 나의 진짜 순례길은 나의 '일상'이라는 사실을. 모든 것은 내 안에 있다는 것을. 저 성당은 이 평범한 진리를 깨닫게 해 주기 위해 나를 인도했던 하나의 상징이었다고.

나는 곁에 있는 사람에게 부탁해 성당 앞에서 기념사진을 찍었다.

| 산티아고 데 콤포스텔라 대성당 앞에서 찍은 기념사진

우리 셋은 점심을 먹고 헤어지기로 했다. 삼인행 필유아사(三人行 必有我師). 역시 스마트한 노 군은 미리 식당을 조사해 다 알아 놓았다. 그가 추천한 중국 식당으로 갔다. 그는 혼자서 세계여행을 한다. 그러다 보니 목적지, 음식점, 숙소 등을 가성비가 좋은 것으로 구글 등을 통해서 사전 조사한 후에 움직인다고 한다. 내일은 포르투갈로 간다고 한다. 여기서 버스를 타고 가면 다음 날이면 도착한다고. 지도를 보여 주며 자신의 세계여행 계획을 말해 준다. 갑자기 나도 포르투갈로 가고 싶다는 생각이 들었으나 다음 기회로 남겨 두었다.

언젠가 보았던 〈리스본행 야간열차〉가 생각났다. 한 권의 책, 한 장의 열차 티켓으로 시작된 마법 같은 여행. 오랜 시간 고전문헌학을 강의하며 건조한 일상을 살아가던 주인공은 다리 위에서 자살하려는 낯선 여인을 구한다. 그리고 그녀가 남긴 책 한 권과 15분 후 출발하는 리스본행 열차 티켓을 발견한다.

주인공은 어떤 강렬한 끌림에 충동적으로 리스본행 야간열차에 몸을 싣는다. 기차 안에서 책을 읽으며 여행이 시작된다. 삶은 미리 정해진 대로 살아가는 게 아니다. 어떤 순간 우연히 찾아온 기회가 내 삶의 운명을 완전히 바꿔 놓을 수도 있다고 생각하며 봤던 영화. 그것이 반드시 화려한 사건이 아닐 수도 있다. 영화 속 책 《언어의 연금술사》에 나오는, "인생의 진정한 감독은 우연이다."라는 말이 기억에 남는다.

🐚 성공은 자신만이 보장할 수 있다

피스테라로 가기 위해 발길을 돌렸다. 버스정류장까지 가는 길을 잘 몰라 지나가는 사람들한테 물으면서 갔다. 산티아고에 살고 계시다는 매우 친절한 아주머니 한 분을 만났다. 가지고 있던 지도를 건네주며 설명해 주신다. 내가 복잡하다고 했더니 본인이 가던 길을 돌려 앞장서서 걸어가시며 따라오라고 하신다. 30여 분 정도를 걸어 정류장 앞까지 동행해 주셨다. 본인은 이곳에 이민 와서 살고 있는데 이 도시가 참 좋다고 하신다. 처음 보는 외국인인데도 따뜻한 친절을 베풀어 주시니 참 감사하다.

버스 시간표를 미리 확인해 놓지 않아서 4시간 정도를 기다려야 했다. 6시까지 기다리든지 내일 아침에 가든지 선택해야 했다. 계획대로라면 세상의 끝인 지점에 가서 일몰을 보고, 그다음 날 아침에는 일출을 보는 거였는데. 나의 준비 없는 행동으로 인해 소중한 기회를 놓쳐 버리게 생겼다. 어쩔 수 없이 근처 레스토랑에 가서 커피를 마시며 버스를 기다리기로 한다. 커피를 두 번 주문했다.

기회의 신 카이로스가 생각났다. 머리칼이 얼굴 앞으로 늘어져 있고, 뒷머리가 대머리인. 그는 위로 발꿈치를 들고 있고, 두 발에는 날개가 달려 있어 언제든지 달아나려고 한다. 카이로스는 기회이자 타이밍을 의미한다. 시간과 기회는 바람과 같이 빨리 지나니 기회가 왔을 때 얼른 잡아야 한다는 것이다. 그만큼 기회를 잡으려면 준비가 있어야 하고 노력해야 한다. 아무도 성공을 보장해 주지는 않는다. 성공할 기회는 공평하게 돌아가지만 누구도 그 성공을 보장해 주지는 않는다. 성공을 보장하는 것은 자신밖에 없다. 가치가 있고, 본인이 원하는 일이라고 생각하면 철저히 준비해야 하는데 그러지 못했다. 나의 행동을 반성하고 있다.

노 군한테서 카톡이 와 있다. 좋은 알베르게를 발견했다고. 약도까지 캡처해서 보내 주었다. 그곳을 찾기 위해 직접 다 확인하면서 돌아다녔다고 한다. 산티아고에 머물 때 참고하라고. 참 고맙다. 이렇게 치밀한 사람이니까 세계여행을 할 수 있는 거야. 그는 회사 생활에 크게 만족을 느끼지 못했다고 했다. 세계여행을 마치고 자신의 진로를 결정할 거라고 한다.

누구나 살다 보면 생각지도 못한 시련과 어려움에 부닥치게 마련이다. 이때 내가 경험한 사건들은 어느 순간에는 나에게 결정적인 단서를 제시해 줄 수도 있다. 나는 노 군한테 본인이 할 수 있을 때에, 하고 싶은 일들을 많이 경험해야 된다고 말해 주었다.

세상 사람들은 나에 대해 관심이 없다. 나 스스로 움츠러들지 않는다면 그 누구도 내 인생에 대해 이래라저래라 말할 권리가 없다. 그러니 세상 사람들의 눈치 보지 말고 소신껏 살아라. 내 인생을 지배하는 것은 내가 품고 있는 의식뿐임을 기억하라. 가장 큰 시련 뒤에 가장 큰 성공이 기다리고 있다.

🐚 세상에는 고마운 사람들이 많다

6시 15분. 한때 로마인들이 '세상의 끝'이라고 했던 곳. 스페인의 땅 끝. 피스테라로 출발. 시간표도 챙겼다. 피니스테레(Finisterre), 피스테라(Fisterra) 어떤 게 맞는지 궁금해서 인터넷을 찾아봤다. 그랬더니 피스테라는 갈리시아 지방 말이고, 피니스테레는 공식 스페인어 지명이라고 되어 있다.

약 3시간 정도 걸린단다. 걸어서 사흘 정도 거리. D 군은 걸어서 갔다고 사진을 찍어 보내왔었다. 대단한 정신력을 가진 그에게 존경심을 보낸다. 나는 겉모습은 순례자, 마음은 관광객 같다. 늦은 시간이라 그런지 순례자처럼 보이는 사람이 한 명도 없다.

푸른 바다가 내 안으로 다가온다. 해안가 마을 풍경이 고귀한 진줏빛 뭉게구름과 어울려 참 아름답다. 순간순간이 그림이 되는 자연. 중간 중간 사람들이 다 내리고 나 혼자 남았다. 버스 내 안내 전광판을 보니 맞게 가고 있다.

9시쯤 피스테라에 도착했다. 버스에서 내리자마자 알베르게가 걱정되었다. 두리번거리고 있는데 머리를 길게 늘어뜨리고 수염을 기른, 산신령 같은 모습을 한 사람이 이쪽으로 걸어온다. 순간 멈칫하며 뒤로 물러섰다. 그는 매표소 직원한테서 동전을 바꾸고는 내옆에 선다. 내가 직원한테 알베르게를 찾고 있다고 말했더니, 알아봐야 된다고 한다. 그때 이 산신령 같은 사람이 자신이 묵고 있는 알베르게로 가지 않겠느냐고 물었다. 그의 첫인상이 좀 마음에 들진 않았지만 어떤 진정성이 느껴져 일단 그를 따라갔다.

한국 사람이 한 명, 다른 순례자 4명이 와 있었다. 작은 알베르 게였는데 주인도 친절했다. 이 산신령님은 덴마크에서 왔다고 한다. 생장에서부터 순례를 이미 마쳤고, 이곳 알베르게에서 자원봉사를 하고 있다고 했다. 이 알베르게에서 일하는 사람이 여행 중이라서 그가 돌아올 때까지 돌봐 주고 있는 거라고. 그는 나에게 내일 아 침의 일출 시간을 알려 준다.

세상에는 고마운 사람들이 참 많다. 내가 가는 길은 다 기적이다.

믿음이
미래를 창조한다

—

당신이 바라거나 믿는 바를 말할 때마다, 그것을 가장 먼저 듣는
사람은 당신이다. 그것은 당신이 가능하다고 믿는 것에 대해
당신과 다른 사람 모두를 향한 메시지다. 스스로에 한계를 두지 마라.

오프라 윈프리

—

🐚 끝의 관점에서 시작하라

5시에 기상. 주방으로 내려왔다. 산신령님이 노트북을 보고 있었다. 8시쯤이면 일출을 볼 수 있을 거라 말해 준다. 잠시 후 그는 열쇠를 건네주고 위층으로 올라간다.

커피를 마시며 오늘 일정을 점검하고 떠날 준비 완료.

7시에 숙소 문을 나왔다. 아직은 어둠이 남아 있다. 어젯밤에 안 보였던 주변의 광경들이 들어온다. 확 트인 넓고 평온한 바다가 있는 아름다운 마을이다. 해안도로를 따라 걷는다. 하늘이 점점 붉게 물들기 시작한다. 산속에 숨어 있던 해가 갑자기 껑충 뛰어올라

산 중턱에 걸려 있다. 그렇게 점점 커지더니… 완전히 둥근 해가 떴다. 밝은 햇살이 바다에 길을 내며 건너와 온 세상을 비춘다.

도로 중간마다 남은 거리를 알려 주는 표지석이 있었다. 길을 따라 운동하는 사람들도 많이 보인다. 톨스토이는 '시간을 내야 하는' 인생 10훈 중의 하나는 '운동'이라고 했다. 운동은 끊임없이 젊음을 유지하는 비결이라고 했다. 마음은 늘 해야지 하면서도 시간이 없다고 핑계만 대는 나 자신을 반성하며 걷는다. 운동은 시간을 내서 해야 하는 것!

등대를 향해 올라가고 있는 길 왼쪽의 순례자 조각상을 지나간다.

| 피스테라의 해 뜨는 모습

세계적인 물리학자였던 영국의 스티븐 호킹 박사 광장 표지판에는 그가 말한 "나는 정말 아름다운 장소인 세상의 끝으로 여행하는 것을 즐겼다."라는 문구가 새겨져 있다. 한국에도 왔었던, 장애를 극복하고 평생을 연구해 온 우주여행을 떠난 그에게 존경심을 보내며 지나간다.

0.000킬로미터. 표지석 앞에 섰다. '까미노 데 산티아고'의 진정한 끝이자 길의 시작점. 까미노를 시작할 때 내가 최종 목적지로 삼았던 곳. 나는 이곳까지 걸어서 오기로 계획했었다. 그리고 표지석 앞에서 사진을 찍으며 새롭게 시작하는 마음을 다지기로. 까미노 전 구간을 '완주'하는 것이 내가 까미노를 하는 이유라고 정의

| 세상의 끝에 있는 0킬로미터 표지석

했었다.

그런데 길을 걸으면서 마음이 바뀌었다. 중간에 한 신부님을 만나고부터. 그 후부터 내가 걷는 길의 의미가 달라지기 시작했다. 나의 최종 목적지도 달라졌다. 피스테라가 아닌 산티아고 대성당으로.

나에게 이곳에 도착했을 때의 의미는 걸어서 왔든, 버스를 타고 왔든 똑같을 것 같다는 생각을 한다. 왜냐하면 이곳에 도착하기 전에 나의 까미노 목적을 깨달았기 때문이다.

저마다 세상의 끝에 선 의미를 다르게 부여할 것이다. 까미노의 의미를 다르게 부여하듯이. '끝의 관점에서 시작하라.' 나는 지금 이렇게 의미를 부여하고 싶다. 내가 원하는 삶의 끝, 그 삶이 이미 이루어진 끝, 그곳의 관점으로부터 시작하라는 것이다. 그리고 그 확고한 믿음으로 현재의 삶을 충실히 살면 되는 것이다. 믿음이 미래를 창조한다.

아득히 펼쳐져 있는 대서양이 보인다. 언제나 깊은 바다는 고요하고 잔잔하다. 가끔씩 코발트빛 파도가 해안 절벽으로 몰려와 힘차게 밀어붙인다. 고전영화 〈일 포스티노〉에서 네루다는 주인공 마리오에게 그의 내면에 자리 잡고 있던 뜨거운 감성을 발견하게 해준다. 그때 마리오가 네루다에게 들려주기 위해 녹음했던 그 파도 소리처럼 내 가슴을 두드린다.

D 군이 보내 준 사진 속 장소다. D 군은 이곳에서 어떤 생각을

했을까? 카톡에서, 그에게 피스테라는 과거라고 했다. 그의 인생에서 0킬로미터라고 했다. 아까 찍은 0킬로미터 표지석 사진을 그에게 보내 주었다. 그는 벌써 집으로 돌아갔다고 한다.

당신의 진짜 까미노가 시작되었습니다! 당신의 삶을 응원합니다!

갑자기 연인 같은 한 쌍이 보인다. 카페 근처 맨 꼭대기 바위에 서서 포옹하고 있다. 정말 나는 영화촬영을 하고 있는 줄 알았다. 혹시나 해서 카메라가 있나 둘러보았었다. 아름다운 장소에서의 추억을 간직하며, 그들의 사랑이 영원하길.

그러는 사이 휴대전화를 꺼내 셀카 사진을 몇 장 찍는다. 회색

| 피스테라에서 찍은 기념사진

잠바를 벗었다 입었다, 모자도 썼다 벗었다, 머리를 묶었다 풀었다, 웃는 모습으로 찰칵. 마음에 드는 사진 한 장을 건졌다. 참 예쁘게 잘 나왔다.

점심때가 되어 카페 안으로 들어갔다. 에스프레소, 빵, 와인을 주문했다. 난 혼자 하는 데 익숙해져서 어느 곳이든 잘 가고 잘 먹는다. 전망이 좋은 2층으로 올라갔다. 조금 전에 보았던 연인들이 앉아 있었다. 자리를 잡고 먹고 있는데 종업원이 내려오라고 한다. 거긴 예약한 사람들만 앉는 자리라고. 배낭을 메고 쟁반을 들고 다시 1층으로 내려왔다. 바다가 제일 잘 보이는 문 입구 테이블에 자리를 잡았다. 직원이 작은 창문을 열어 주며 즐거운 시간을 보내라고 한다. 그라시아스(Gracias).

🐚 내가 아닌 과거에서 벗어나 진정한 나로

순례자들이 신고 온 신발을 태우며 의식을 치르는 곳을 물었더니, 등대 있는 쪽을 알려 준다. 지금은 그런 의식이 금지되었다고 하면서. 그을음 흔적만 남아 있었다. 의식을 행하거나 새로운 다짐을 하는 장소. 피스테라는 그런 곳이기도 하다. 나의 순례도 여기에서 마침표를 찍는다. 내 삶의 전반전의 막을 내린다.

끝은 또 다른 시작! 모든 만물의 근원인 의식이 변화된 나에게는 지금 이 순간부터 새로운 삶이 시작되는 것이다.

네빌의 스승인 압둘라는 네빌에게 두 번의 죽음이 올 것이라고 예언했다. 여기서 죽음이란 '과거의 시야에서 벗어나 완전히 새로운 시야를 갖게 되는 경험'을 상징적으로 표현한 단어다. 나에게 산티아고는 죽음을 주었다. 나는 이 길을 걸으면서 많은 사람들, 동물들, 식물들, 살아 있는 것들과 만났다. 과거에 눈길 한번 줘 본 적도 없는 것들과도 어느 순간 대화를 하고 있었다. 그 순간 과거의 내 시야는 스러지고, 익숙하지 않은 새로운 시야를 갖게 되었다.

이 길은 진정한 나 자신이 아니었던 과거들에서 벗어나 진정한 나로 돌아올 수 있게 해 주었다. '날것인 나'에서 '삶을 사랑하는 사람'임을 증명하는 시험에 통과할 수 있게 해 주었다. 나는 내가 바라는 삶을 이미 이루어진 모습으로 바라볼 수 있게 되었다.

나는 내가 바라는 그것이다.

조금 더 내려가니 대서양을 바라보는, 청동으로 만들어진 신발 조각이 바위 위에 놓여 있다. 더 이상 걸어갈 수 없는 곳. 아니, 이미 완성을 이루고 또 다른 세계를 걸어가야 한다고 말하고 있는 것 같다. 깜짝 놀랐다. 내가 신고 있는 신발 모양과 너무 닮았다. 발목이 올라온 디자인도, 초록색 빛깔이 바랜 모습도. 이 길을 걷는 동안 기쁨과 아픔을 동시에 안겨 준 내 신발. 자랑스러운 내 신발아 고맙다. 그동안 고생했어.

끝없는 바다를 뒤로하고 돌아서는 순간, 알 수 없는 쓸쓸함, 섭

섭함, 허전함… 이런 게 밀려온다.

관광객들이 많아졌다. 이곳은 지정학적인 이유나 야고보 성인의 시신과 관련된 역사적인 스토리 등으로 인해 유명한 관광지가 된 것 같다. 배낭에 조가비를 단 사람은 나 혼자뿐이다. 낯선 이방인 같은 느낌. 내 모습을 보고 어디서부터 오는 길이냐고 묻는 사람도 있다. 0킬로미터 표지석을 지나가는데 어떤 분이 사진을 찍어 준다고 서라고 한다. 기념품 가게도 보인다. 아직은 상품을 둘러볼 만큼 마음의 여유가 없어 그냥 지나친다.

아름다운 해안도로를 따라 다시 내려온다. 순례하면서 만났던

| 대서양을 바라보고 있는, 더 갈 수 없다고 하는 듯한 청동신발 조각

사람들이 하나둘씩 떠오른다. 지금쯤이면 내가 만났던 사람들 대부분이 산티아고에 도착했을 시점인데. D 군처럼 이미 집으로 돌아간 사람도 있을 거고. 서로에게 도움을 주고, 배려도 해 주고, 용기도 주면서… 매일매일 새롭게 다가오는 기대감으로 설레었던 나날들이었다. 길 위에 나를 맡겼던, 날것인 나로서 모든 것을 대했던 그런 시간들이었다.

이 모든 것들은 아름다운 추억으로 영원히 남으리. 그래서 나를 더 나아가게 하고, 나의 삶을 사랑하게 하는 큰 힘이 되어 줄 것이다.

도로 옆의 표지석을 둘러싸고 있는 작은 들꽃들이 참 예쁘다.

버스정류장 옆에 바다가 보이는 전망 좋은 식당이 있었다. 점심을 먹고 나오는데, 어제 알베르게에서 보았던 한국인 순례자가 들어온다. 반가운 마음에 커피 값을 계산하려고 했는데 극구 사양한다. 그는 세계여행 중이며 6개월이 넘었다고 한다. 이곳 피스테라가 좋아서 어제 묵은 알베르게에서 3주 정도 머물고 있다고. 소설을 쓰고 있다고 했다. 오늘은 산티아고로 버스를 타고 간다고 한다. 멋진 꿈을 가진 그의 미래를 응원하며.

다시 산티아고에 도착했다. 조금 더 편안해진 느낌이다. 성당 옆호텔에 짐을 풀었다. 나에게 주는 큰 선물이다. 지금 이 순간 내 주위 모든 것에 감사한다.

세상은
당신이 원하는 것을 원한다

만남이 시작이고, 계속 함께하는 것이 발전이고,
함께 일하는 것이 성공이다.
헨리 포드

🐚 스스로를 브랜딩하라

5시쯤 눈이 뜨여 TV를 켰다. 내용을 이해해서가 아니라 스페인에 있다는 기분을 느끼고 싶기 때문이다. 그런데 여기에도 삼성 TV가 걸려 있다. 가는 곳마다 모두 삼성 TV가 걸려 있는 것을 볼 수 있었다. 한국의 브랜드가 세계인들의 마음을 사로잡고 있는 모습을 보니 자랑스럽다. 삼성은 우리나라 기업 중 브랜드 가치가 1위다. 2019년 일월 보도자료에 따르면, 삼성의 브랜드 가치는 세계에서 다섯 번째로 높은 것으로 나타났다.

브랜드는 어떤 경제적인 생산자를 구별하는 지각된 이미지와 경험의 집합이다. 보다 좁게는 어떤 상품이나 회사를 나타내는 상표, 표지다. 브랜드는 특히 기업의 무형자산으로 소비자와 시장에서 그 기업의 가치를 나타낸다. (인용 출처: 위키백과)

브랜드가 소비자에게 미치는 영향은 중요하게 고려된다. 해당 브랜드를 사용함으로써 얻을 수 있는 자신의 이미지와 상징적인 가치는 구매자로서 갖게 되는 가장 큰 이득일 수 있다. 지금은 제품 그 자체를 사는 시대가 아니라 브랜드를 사는 시대에 살고 있다고 해도 과언이 아닐 것이다. 내가 아는 지인 중에 언제나 스타벅스에만 가는 사람이 있다. 그 이유는 그곳에 가면 스타벅스를 세계 최대 커피 체인으로 성장시킨 하워드 슐츠 회장의 정신을 느낄 수 있기 때문이라고 한다. 브랜드는 곧 그 기업의 진정한 가치, 창업자의 정체성이라 할 수 있을 것이다.

"오직 자신의 브랜드에만 투자하라. 당신이 키우고 있는 것은 누구의 돈나무인가? 당신은 자신의 브랜드에 투자하고 있는가, 아니면 다른 사람의 브랜드에 투자하고 있는가?"

30대에 자수성가한 백만장자 사업가이자 발명가인 엠제이 드마코는 그의 책《부의 추월차선》에서 이렇게 말했다.

"무턱대고 다른 사람들의 브랜드에 당신의 인생과 시간을 투자한다면 당신은 그들의 마케팅 안의 일부가 될 뿐이다. 즉, 그들이 그리는 큰 그림에 한번 칠하고 지나가는 페인트가 되는 것이다."

나만의 브랜드 가치, 즉 '이름값'을 키워 나가기 위한 내 삶의 전략이 필요하다. 그것이 내가 원하는 것이고, 가장 나답게 사는 일일 것이다. 내가 바라는 목표의 어느 지점에 도달했을 때, 나만의 엠블럼을 붙이는 그 멋진 순간을 그려 본다.

7시에 식당으로 갔다. 오랜만에 너무도 고급스러운 식사를 했다. 편안한 마음으로 두 접시를 말끔히 비웠다. 내 옆에는 연세가 있으신 분들이 계셨다. 단정하고 정돈된 모습으로 식사하시며 대화를 나누고 계셨다. 행복해 보이고, 삶의 여유가 느껴진다. 삶의 태도를 한 수 배우며 자리에서 일어섰다.

🍃 세상은 당신이 원하는 것을 원한다

식당을 나오는데 팔라스 델 레이에서 만났던 4명의 순례자들을 다시 만났다. 그들은 이틀 동안 이 호텔에서 머물고 있는 중이라고 한다. 일주일간의 여정을 마치고 오늘이 마지막 날이라고 한다. 그들과 많은 대화를 나누지는 못했다. 무엇보다 언어에 대한 부담이 컸기 때문이다. 다음번에 다시 오게 되면 좀 더 깊은 대화를 나눌 수 있을 정도로 언어실력을 향상시켜야겠다. 대화 소재거리 등을 준비해서 와야겠다. 그런 생각들을 하며 헤어졌다. 특별한 일정이 없는 오늘은 산티아고 시내를 둘러볼 예정이다.

배낭을 정리했다. 놓고 가야 할 물건들을 골라냈다. 중간에 새로 산 슬리퍼, 한 달간 사용했던 수건, 발목 보호용으로 사용했던 자른 양말, 걷는 동안 한 번도 사용한 적 없이 메고 다녔던 화장품, 작은 물통, 이제는 의미 없어진 작은 조개껍질 등등.

한때 몸속의 독을 빼는 방법으로 살을 빼는 방법이 널리 알려진 적이 있다. 몸속의 독소들이 약한 체내기관에 모여들어 여러 가지 문제를 일으킨다는 것이다. 이러한 몸속의 독을 제거하기 위해서, 독이 잘 빠지는 몸을 만들기 위해서 몸속을 클렌징 하는 것이 필요할 것이다. 마찬가지로 내 삶을 윤택하게 할 수 없었던, 삶의 저변에 가라앉아 있는 불순물들을 비워 내야 한다. 샘의 물을 맑고 깨끗하게 유지하려면 자꾸 비워 내야 하는 것처럼.

내 삶에 도움이 되지 않는, 떼려야 잘 뗄 수 없었던 내 삶의 주차딱지 같은 마음의 응어리들을 연기가 꿀벌을 벌집에서 몰아내듯 몰아내야 한다. 그러지 않으면 내 본래의 모습으로 돌아갈 수 없다. 뿐만 아니라 내가 진정으로 원하는 삶으로 나아갈 수 없기 때문이다. 세상은 당신이 원하는 것을 원한다. 내게 유익하지 않은 물건을 계속 쌓아 두고 있으면, 정말 내가 원하는 물건을 넣을 공간이 없어진다. 새로운 물건들로 채우기 위해서는 유통기한이 지난 물건들은 과감히 내려놓아야 한다.

아침 9시 30분쯤 대성당으로 나왔다. 박물관 관람을 하고 있는데 혼자 순례하고 있는 한국인 순례자를 만났다. 아내의 적극적인 권유로 순례하게 되었다는 그. 관람을 끝내고 그는 기념품 가게로 향하고, 나는 시내로 발걸음을 옮겼다.

이곳에서 많은 한국인 순례자를 만난다. 산티아고 순례길은 매년 20만 명 이상이 찾는다고 한다. 아시아권 나라에서는 한국이 가장 많이 찾고 있다고 한다. 각자 나름대로의 이유를 가지고 소중한 시간을 걷는 길이니만큼 원하는 것들을 얻어 갈 수 있기를 바라며 걷는다.

◈ 세상은 혼자 살아갈 수 없다

먼저 짐을 맡기기 위해 노 군이 알려 준 알베르게를 찾아갔다. 성당에서 5분 정도 거리에 위치하고 있었다. 내가 머무는 마지막 알베르게. 창문을 통해 대성당의 첨탑 끝이 보인다. 성당의 종소리도 은은하게 들린다. 마음에 든다. 이곳에서 이틀간 머물기로 하고 짐을 풀었다.

하루 종일 비가 내리고 있어 우비를 입고 나왔다. 여전히 많은 순례자들이 산티아고 대성당 쪽으로 걸어가고 있는 것을 볼 수 있다. 이렇게 많은 사람들을 끌어들이고 있는 성인의 위대함에 존경심을 보낸다.

고풍스러우면서도 웅장한 아름다움이 느껴지는 건물들이 이어졌다. 소리 없이 내리는 비를 맞으며 돌로 지어진 예쁜 골목길을 걷고 있는 순간. 어느새 아날로그 감성에 젖어 든다.

흐렸다가도 금세 맑은 모습으로 변하는 하늘, 늠름한 나무들, 싱그러운 식물들, 활기찬 사람들. 이 모든 것들이 조화를 이루며 이 도시에 조금 더 머물고 싶게 만든다. 비를 맞으며 어느 건물의 벽을 타고 올라가고 있는 담쟁이 넝쿨에 눈길이 간다. 순례길을 걸으며 커다란 고목나무를 타고 올라가는 이 넝쿨을 많이 보았다. 담쟁이 넝쿨은 시간이 흐를수록 자신의 자리를 빛나게 한다. 오래 머물러 있어도 자신이 머물렀던 곳을 손상시키거나 상처를 주지도 않는다. 도종환 시인의 〈담쟁이〉가 생각나는 길이다.

저것은 벽 / 어쩔 수 없는 벽이라고 우리가 느낄 때 / 그때 / 담쟁이는 말없이 그 벽을 오른다. / 물 한 방울 없고 씨앗 한 톨 살아남을 수 없는 / 저것은 절망의 벽이라고 말할 때 / 담쟁이는 서두르지 않고 앞으로 나아간다.

한 뼘이라도 꼭 여럿이 함께 손을 잡고 올라간다. / 푸르게 절망을 다 덮을 때까지 / 바로 그 절망을 잡고 놓지 않는다. / 저것은 넘을 수 없는 벽이라고 고개를 떨구고 있을 때 / 담쟁이 잎 하나는 담쟁이 잎 수천 개를 이끌고 / 결국 그 벽을 넘는다.

우리는 혼자서 이 세상을 살아갈 수 없다. 가끔 〈나는 자연인이다〉라는 TV 프로그램을 본다. 그러면서 자연인으로 살고 있는 사람들이 참 많구나, 생각했다. 그들 또한 혼자서 살아가고 있는 것은 아닐 것이다. 담쟁이 잎 하나는 작고 화려하지 않다. 하지만 작은 잎들이 함께 손을 잡고 저 높은 벽을 향해 올라간다. 결국 그 벽을 넘는다. 집단지성(集團知性)이란 말이 있다. 다수의 개체들이 서로 협력 혹은 경쟁을 통해 얻게 되는 결과를 말한다.

그렇다. 사람은 누구나 다 자기 나름대로의 장단점을 가지고 있다. 모든 것이 완벽하게 주어진 사람은 없다. 단지 겉으로 그렇게 보일 뿐이다. 나는 까미노를 하면서 오르막길만 걸은 적도, 내리막길만 걸은 날도 없었다. 하루 종일 뙤약볕 아래를 걷기만 한 날도, 맑은 날만 걷기만 한 날도 없었다. 그렇게 내 앞에 놓인, 원하지 않던 길도 걷게 되었다. 그리고 그런 과정 속에서 함께 걷는 사람들도 만나게 되었다. 그러다 마침내 내가 원하는 목표지점에 도달하게 되었다.

언제나 완벽하지 못한 나는 내 인생의 파트너들과 담쟁이처럼 함께 손을 잡고 저 벽을 넘어갈 것이다.

마음을 다하고 목숨을 다하고 뜻을 다해 성취하라

평균적인 사람은 자신의 일에 자신이 가진 에너지와 능력의 25%를 투여한다.
세상은 능력의 50%를 일에 쏟아붓는 사람들에게 경의를 표하며,
100%를 투여하는 극히 드문 사람들에게 머리를 조아린다.

앤드루 카네기

🐚 나를 변화시킬 수 있는 것은 내 의식뿐이다

알베르게에서 저녁을 해 먹고, 다시 대성당 쪽으로 갔다. 밤에 보는 대성당의 모습은 더 장엄하고 아름답다. 갑자기 내 뒤에서 누군가 나를 부른다. 본인 사진을 찍어 달라고 한다. 쿠바에서 왔다고 한다. 선생님이라고 했다. 비가 내리고 있어서 스마트폰 꺼내기를 망설였는데, 이 순례자가 하도 졸라서 나도 사진을 찍었다. 미안하게도 그의 이름은 발음이 너무 어려워서 기억할 수가 없다. 편의상 '쿠바 선생님'이라고 부를 것이다.

보기에도 활달한 성격을 지닌 그녀는 셀카 찍는 것을 좋아했다. 셀카봉을 가지고 다니며 동영상을 찍고 있었다. 나와 같이 성당 앞에서 셀카를 찍으며 어린아이처럼 즐거워했다.

잠시 후 나는 먼저 알베르게로 돌아왔다.

샤워를 마치고 커피를 마시러 주방으로 내려갔다. 쿠바 선생님
이 혼자 식사를 하고 있었다. 그녀도 여기에 묵고 있었다. 다시 만
난 반가움으로 우리는 금세 친해졌다. 하지만 언어소통이 문제였다.
그녀는 영어를 못했다. 그녀가 스페인어로 뭐라고 한마디 하면 나
는 영어로 한마디 하고, 또 그렇게 하고…. 정확한 의미도 모르는데
우리는 서로 한마디씩 주고받으며 웃기도 하고… 그랬다. 참 신기했
다. 말은 잘 안 통해도 마음은 통한다.

내일 그녀는 피스테라에 간다고 한다. 그다음 날에는 묵시아에
갔다 다시 이곳으로 온다고 한다. 묵시아에 같이 가자고 하는 것을
거절했다. 나는 이틀 남은 여정을 이곳 산티아고에서 보내고 싶기
때문이다.

잠시 후에 누군가 문을 두드렸다. 오늘 도착한 순례자들끼리 축
하파티를 하려고 하는데 동참하겠느냐고 묻는다. No. 난 지금 떠
날 준비를 하고 있는데.

그들의 파티는 늦게까지 이어졌다. 그들의 파티 방식이 내 기준
에 좀 거슬렸지만, 같은 길을 걸은 순례자로서 그들의 기분을 너그
럽게 이해한다. 나 또한 목적지에 도착했을 때 하나의 목표를 달성
했다는 데 대해 기뻐했었다.

한 달 동안 참 단순한 생활을 했던 것 같다. 지금까지의 삶을 모두 내려놓고, 이 길 위에 나 자신을 맡겼다. 그렇게 생활하는 과정에서 어쩌면 그동안 살아왔던 세월에서보다 삶의 태도를 더 많이 배운 것 같다. 나 자신과 제일 많이 대화했던 시간이었던 것 같다. 지금까지와는 다른 나로, 내가 있던 내 '본래 자리'로 돌아갈 수 있는 용기를 얻게 되었다. 두려움은 느끼지 못하는 것이 아니라, 맞서는 것이다. 내 운명을 위협하는 두려움에 당당하게 맞서 내 자리를 지킬 것이다.

나 자신을 무의미한 세상의 가치에 가둬 둔 것도, 그 가치를 변화시킬 수 있는 것도 오직 '내 의식'뿐이라는 것도 깨닫게 되었다. 내가 원하는 삶, 가고 싶어 하는 길이 어떤 것인지를 알게 되었다. 그 길을 마음을 다하고, 목숨을 다하고, 뜻을 다해 성취할 것이다.

나는 지금 행복하다. 새로운 경험을 하며 아름다운 사람들과 함께 걸어갈 수 있는 현재를 얻었기 때문이다. 과거는 지나갔고, 미래는 아직 오지 않았다. 존재하는 것은 현재뿐이다. 과거를 괴로워할 필요도, 미래를 기다리며 현재를 소홀히 할 필요도 없는 것이다. 지금의 내 현재에 충실하며 살아가리라 다짐하면서 잠자리에 든다.

습관이 되었나 보다. 다른 때와 마찬가지로 5시만 되면 배가 고프다. 남은 파스타를 만들어 먹고 있는데, 한 순례자가 들어오더니 자꾸 말을 건다. 지금은 말하기 싫은 기분인데. 짧게 답변만 했다. 그러는 사이 쿠바 선생님이 빵과 볶음밥 등을 가지고 내려왔다. 커피, 우유 등을 나눠 먹으며 오늘의 일정을 공유했다. 내일 7시에 다시 만나기로 했다.

🐚 불필요한 것들은 과감하게 버려라

마음의 여유를 갖고 숙소 근처 골목을 둘러보러 나갔다. 오래된 건물들과 작은 골목들마다 아기자기한 볼거리들이 참 많다. 친근감이 느껴진다. 유리제품을 파는 어느 가게에 들어갔다. 괜찮은 크리스털 제품 하나가 눈에 들어왔다. 가격도 저렴한 편이라고 생각되었다. 하지만 한참을 망설이다가 마음을 접었다. 새로운 짐이 될 수도 있기 때문이었다.

기념품을 사고 후회하는 것 중의 하나가 있다. 그 당시에는 꼭 마음에 들어서 산다. 그런데 집에 가져와 보면 별로 가치가 없는 것으로 전락해 버리는 경우가 얼마나 많았던가. 순례길을 걸으면서 배운 또 한 가지는 살아가는 데 있어 실질적으로 필요한 물건이 그리 많지 않아도 된다는 거다. 상황에 따라 다르겠지만, 그동안 나는 내게 필요치 않은, 그리 중요하지도 않은 물건들을 채우느라 너무 많은 시간을 소비했다.

〈빠삐용〉이라는 영화에서는 가장 무거운 죄는 '시간 낭비의 죄'라고 했다. 그렇듯이 나 또한 그에 따른 결과를 나 자신이 부담해야만 한다. 까미노를 끝내고 돌아가면 이제는 사용 가치가 없어진 물건들을 정리하리라 생각했다.

"무소유란 아무것도 갖지 않는다는 것이 아니라 불필요한 것을 갖지 않는 것이다."라고 법정스님은 말했다. 인생이라는 먼 길을 가볍고 자유롭게 걸어가기 위해서는 내 주변의 불필요한 것들을 과감하게 버릴 줄 알아야 한다. 그래야 정말로 효용가치가 있는 명품으로 내 인생을 채울 수 있기 때문이다.

알베르게로 돌아오는 길에 산티아고 케이크와 부드러운 바게트 빵을 샀다. 그리고 슈퍼에 들러 우유 및 주스도 샀다. 점심때가 되어 숙소 근처 카페에 들러 커피를 마시고 다시 대성당 쪽으로 갔다. 긴 여정을 끝낸 순례자들이 들어오는 모습이 보였다. 방송국에서 나와 촬영하는 모습도 보이고.

광장을 거닐고 있는데 갑자기 누군가 다가와 뭐라고 한다. 집중하고 들어 보니 잠깐 인터뷰를 해 줄 수 있느냐고 묻는 것이다. 본인은 선생님이라고 하며. 데리고 온 학생들은 저쪽에 모여 있었다. 나는 흔쾌히 승낙했다. 잠시 후 초등학생으로 보이는 학생 20여 명 정도가 나를 둘러쌌다. 선생님은 스마트폰을 꺼내어 녹음했고. 다른 선생님은 사진을 찍었다. 순례하며 어떤 것을 느꼈는지 물었다. 도장이 가득 찍힌 순례자 여권인 크레덴시알(credencial)을 보여 달라고 한다. 나는 자랑스럽게 펼쳐 보이며 초롱초롱한 아이들한테 '할 수 있다'는 용기를 주었다.

| 도장이 가득 찍힌 나의 크레덴시알

🐚 스스로를 믿고 우선 시도해 보라

불현듯 초등학교를 3개월까지만 다닌 토머스 에디슨에 관한 일화가 생각났다. 그는 담임 선생님한테 멍청한 놈이라는 소리를 듣고 퇴학당했다. 담임 선생님이 "물과 불은 반대"라고 말하자, 그는 "불도 뜨겁고 끓는 물도 뜨거운데 왜 반대냐"라고 따지는 등 담임 선생님을 당혹하게 만드는 질문을 끊임없이 했다. 이러한 사실을 알게 된 에디슨의 어머니는 담임 선생님을 찾아가서 항의했다.

"무슨 말씀인지 모르겠어요. 저는 제 아들이 그렇다고 생각하지 않아요."

그 순간 에디슨은 생각했다. '나는 무엇을 위해 살아야 할 것인가 하는 대상을 갖게 되었고, 실망시켜 드려서는 안 되는 분을 갖게 되었다'라고.

그 후 에디슨은 온 마음을 다하고 목숨을 다해 밤낮으로 열심히 일했다. 자신이 가장 사랑하는 어머니를 실망시켜 드리지 않기 위해서였다.

그렇다. 우리가 열심히 살아야 하는 이유는 우리가 실망시켜서는 안 될, 우리가 사랑하는 사람이 있기 때문이다. 나를 믿고 있는 사람들을, 그리고 나 자신을 사랑하는 나를 실망시키면 안 되기 때문이다.

에디슨은 "천재는 1%의 영감과 99%의 노력으로 이루어진다. 따라서 천재란 단순히 자신이 해야 할 모든 일을 완수하는 재능을 가진 사람인 경우가 많다."라고 말했다. 내가 해야 할 일을 끝까지 해내는 것. 그것이 성공하는 삶으로 가는 길이라는 것이다. 그는 또한 "만약 우리가 할 수 있는 일을 모두 한다면 우리는 우리 자신에 대해 정말로 깜짝 놀랄 것이다."라고 말했다. 즉, 자신의 능력을 과소평가하지 말라는 것이다. 인생을 이끌어 가는 7대 단어에서도 봤듯이 우선 '시도해 보는 것'이 가장 중요한 것 같다.

며칠 전에 갔었던 레스토랑에 다시 갔다. 피아노 음악이 다시 듣고 싶었기 때문이다. 같은 메뉴를 주문했다. 커피와 케이크 한 조각. 종업원이 아는 척을 해 주니 고맙다. 하지만 오늘은 피아노 연주를 하지 않는다고 한다. 인생이 언제나 내 마음처럼 되는 것은 아니다.

6

우리는 항상 우주님과 연결되어 있다

모든 사람은 탄복할 만한 잠재력을 가지고 있다.
'모든 것은 내가 하기 나름이다'라고 끊임없이
자신에게 말하는 법을 배우라.

앙드레 지드

🐚 내 안의 매력자본을 찾아라

오늘은 좀 늦게 일어났다. 산티아고에서의 마지막 날.

비가 내린다. 우비를 챙겨 입고 숙소를 나왔다. 내일 떠나야 하기 때문에 기차역을 알아보기 위해서다. 막 문을 열고 나오는데 J 양이 휙 지나간다. 어디 가요? 피스테라에요. 우리는 너무 반가워했다. 다들 헤어진 줄 알았는데 이렇게 또 우연히 만났다. 우리 삶은 이렇게 모두와 항상 연결되어 있다. 나는 가지고 있던 시간표와 가는 방향을 알려 주었다. 그리고 내가 묵고 있는 알베르게도 좋다고 알려 주었다. Y 양, F 군, A 군도 뒤에 오고 있다고 한다. 여전히 씩씩하게 잘 걷고 있는 J 양의 삶을 응원하며 헤어졌다.

B 언니. 순례길 전반에 같이 걸었던 분. 지금은 이미 귀국해 계실 것이다. 이번 순례길을 걸으며 인생의 또 한 가지 교훈을 가르쳐 준 분이었다. 어쩌면 그분 인생에서도 가치 있는 추억 중의 하나로 남기고 싶은 이벤트이지 않을까 생각한다. 특히 모 TV에서 촬영한 〈스페인 하숙〉에 나왔다는 사실이. 이 사실을 들었을 때 나는 생각했었다.

삶에는 정답이 없다는 것을. 누구에게나 적용되는 삶의 정답은 없다는 것을. 순례길에서도 이 길을 완주하기 위한 기본적인 스케줄을 누구나 가지고 있었다. 하지만 각자의 일정과 사정에 따라 도달하는 방법은 제각각 다르다. 걸어서 갈 수도 있고, 힘들면 중간에 버스를 타고 갈 수도 있다. 이 과정에서 나에게 어떤 일이 생길지는 아무도 모른다. 내가 선택한 일이 더 많은 행운을 가져다줄 수도 있고, 그렇지 않은 경우도 있을 것이다. 내 삶이 미리 정해진 대로 가는 것은 아니다.

B 언니는 귀국 일정상 서둘러 순례길을 걸었다. 그 과정에서 버스를 이용하기도 하고. 먼저 도착한 장소에서 때마침 TV 촬영을 하고 있어 행운을 얻게 되었다. 어느 한 가지를 포기한 대신 또 다른 새로운 경험을 얻은 것이다. 인생의 멋진 풍경은 한 장소에만 있는 것이 아니다. 내가 결정한 일을 우직하게 밀고 나간다면 어느 순간 더 아름다운 풍경이 기다리는 곳에 도착해 있을 것이다.

어제 걸었던 길을 따라 내려간다. 얼마쯤 내려가다가 지나가는 사람한테 기차역을 물었다. 부부였는데 참 친절하셨다. 그들은 가던 길을 돌아서서 기차역이 보이는 곳까지 동행해 주셨다. 중국에서 이곳 산티아고로 이민 와서 살고 있다고 하셨다. 아저씨는 순례길을 걸은 후 이 도시가 좋아졌다고 한다. 삶의 여유가 있어 보이는 그분들께 고맙다고 인사했다. 다시 한 번 만나고 싶은 인상을 주는 사람들이었다.

언젠가 런던 정치경제대학교 사회학과 교수였던 캐서린 하킴이 쓴 《매력자본》이라는 책을 읽은 기억이 난다. 사전적 정의에 따르면, 매력(魅力)이란 사람을 끌어들이는 힘을 말한다. 저자는 건강하고 섹시한 몸, 능수능란한 사교술과 유머, 패션스타일, 이성을 다루는 테크닉 등 사람을 매력적인 존재로 만드는 요인들을 '매력자본'이라고 말한다. 그녀는 이것을 돈과 재능, 인맥 못지않게 중요한 '조용한 권력'이라고 했다. 성공하려면 매력자본을 지녀야 한다고 말한다.

긍정심리학을 연구했던 학자들은 인간의 특성을 스물네 가지로 나눌 수 있다고 한다. 그런데 어떤 인간이든지 그중에 세 가지 내지 네 가지의 강점을 가지고 있다고 한다. 그 강점이 매력이다. 개인이 지닌 외모, 근면성, 정직성, 약속을 잘 지키는 것, 말을 잘하는 것, 예의범절, 춤 실력 등이 매력이 될 수 있다. 내가 조금 전에 만났던 분들은 신뢰감을 주는 매력을 지녔다.

저자가 말한 것처럼, 이제는 잊고 지냈던 내 안의 매력자본을 꺼내 보자. 내 매력자본을 하찮게 여겨 온 기존의 의식을 바꾸고,

내가 가지고 있는 매력자본을 찾아라. 그것을 발견하고 계발한다면 성공에 이르는 길이 조금 더 쉬워지지 않을까.

🐚 의식이 나의 운명을 결정한다

기차역을 둘러보고 나왔다. 오는 길에 알베르게 옆에 있는 카페에 들어갔다. 커피를 마시며 가지고 있던 책을 펼쳤다. 여기에 올 때 유일하게 가져왔던 네빌 고다드의 《상상의 힘》이다. 책의 중간쯤에 이런 내용이 있다.

"삶은 우리의 마음속 상태를 비춰 주기 위해서 외부 세상을 만들기 때문에 우리 자신을 바꾸지 않고서는 우리가 추구하는 외부적인 완벽함을 불러낼 수 없습니다. 외부에서는 도움을 받을 수 없습니다. 눈을 들어 바라볼 수 있는 언덕도 우리의 마음속에 위치한 공간입니다. 유일한 현실에 관해 우리가 눈을 돌려야 하는 곳은 오직 우리의 의식뿐입니다. 그곳이 모든 현상의 근원을 설명해 줄 수 있는 유일한 기반입니다."

누구든지 나의 현재 모습이 어떻든 간에 내가 원하는 모습으로 바꿀 능력을 가지고 있다. 내 삶을 책임질 의식을 가지고 있다면 말이다. 의식이 나의 운명을 결정한다.

오늘이 산티아고에서의 마지막 날이다. 돌아갈 곳이 있다는 것과 떠나야 한다는 아쉬움에 마음이 착잡하다. 순례를 시작할 때는 겨울이었는데, 지금은 봄이다. 나 자신의 상징적인 죽음과 부활을 함께 경험한 시간이었다. 만물이 생명의 근원을 다시 얻어 소생하는 계절. 나의 삶도 순례를 마치고 돌아가면 새롭게 시작될 것이다. 산티아고 순례길은 나에게 새로운 시작을 알리는 전령이다.

내가 걸은 곳을 증명해 주는 도장이 찍힌 순례자 여권을 보니, 마지막 도장이 찍힌 알베르게 이름이 'THE LAST STAMP'다. 정말로 마지막 스탬프를 이곳에서 찍었다. 이름을 참 잘 지었다는 생각을 한다. 언젠가 인터넷에서 봤는데 닉네임(별명)이 중요하다고 한다. 닉네임을 이용해 로그인할 때마다 '자신에게 동기부여'하는 데 도움이 된다는 것이다. 그러므로 자신이 가치 있게 사용하거나 바라는 단어 및 문구를 닉네임으로 사용해야 한다고.

덧붙여 닉네임을 만드는 요령으로 가능하면 짧게, 동기부여가 되는 글자 사용, 꿈과 목표와 관련된 문자 사용, 혹시 사용하고자 하는 글자를 다른 사람이 사용하고 있으면 뒷부분에 자신의 생일을 입력할 것 등을 알려 주었다.

성공하는 삶을 살고 싶거든 지금 당장 내가 사용하는 닉네임을 점검해 볼 일이다. 내 옆의 선구자는 벌써 그렇게 하고 있지 않은가.

여권의 맨 뒷면에 공란이 남아 있다. 방금 아이디어가 떠올랐다. 순례하는 동안 만났던 다른 순례자들의 도장을 받아 놓을걸, 하는. 내 도장도 다른 순례자들의 여권에 찍어 주고. 다음에 또 오게 되면 도장을 가져와야겠다는 생각이 들었다.

🐚 언제나 감사한 마음으로

오늘은 일찍 자고 싶다. 카톡을 열어 보니 그동안 읽지 않은 내용들이 쌓여 있다. 하나씩 읽으며 일상으로 돌아갈 준비를 한다. 대기업에서 강의하고 있는 지인이 보내온 글 중에 이런 메시지가 있다.

* 긍정에너지를 위하여 *

욕심은 부릴수록 더 부풀고 / 미움은 가질수록 더 거슬리며 / 원망은 보탤수록 더 분하고

아픔은 되씹을수록 더 아리며 / 괴로움은 느낄수록 더 깊어지고 / 집착은 할수록 더 질겨지는 것이니.

부정적인 일들은 모두모두 지우는 게 좋습니다. 지워 버리고 나면 번거롭던 마음이 편안해집니다. 마음이 편안해지면 사는 일이 언제나 즐겁습니다.

칭찬은 해 줄수록 더 잘하게 되고 / 정은 나눌수록 더 가까워지며 / 사랑은 베풀수록 더 애틋해지고 / 몸은 낮출수록 더 겸손해지며 / 마음은 비울수록 더 편안해지고 / 행복은 감사할수록 더

커지는….

평범한 일상생활에서도 언제나 감사한 마음으로 즐겁고 밝게 사는 것보다 더 좋은 게 또 있을까요?

맞습니다. 지인의 마음에 내 마음을 포개며 잠자리에 든다.

"썩~. 썩~." 쿠바 선생님이 부르는 소리. 혼자 있고 싶은데. 천천히 선생님 앞에 나타났다. 인정 많은 그녀는 오랜만에 만난 사람처럼 반가워하며 양쪽에 볼 뽀뽀를 한다. 그러곤 알아들을 수 없는 스페인어 문장들을 쏟아 낸다. 내가 이해를 못하자, 옆에 있던 순례자가 통역해 준다. 내일 아침 7시에 떠난다고 한다. 나도 7시에 떠나는데.

혹시나 내가 먼저 나갈 수 있기 때문에 아침에 드시라고 머핀이랑 커피믹스를 미리 건네주었다.

하느님의 나라는
이미 우리 안에 있다

🐚 성공을 상상하고, 그 믿음 위에 굳게 서라

6시 40분쯤 숙소를 나왔다. 산티아고여 안녕.

산티아고 데 콤포스텔라역을 향해 간다. 고속열차 AVE(아베)를 타고 마드리드로 간다. 기차역에서 순례자 모습의 사람들을 많이 볼 수 있다. 같은 길을 걸은 사람으로서 연대감이 느껴진다. 5시간을 가야 되므로 단단히 마음먹고 기차에 올랐다.

기차여행을 하는 기분이다. 기차 안에서 보는 밖의 풍경이 너무 아름답다. 시시각각 하늘을 화려하게 수놓는 구름, 빨간색 지붕으로 덮여 있는 전원적인 마을, 저 멀리 거대한 날개가 힘차게 돌아가고 있는 풍력발전기의 모습이 서로 어우러지며 명화 속의 한 장면을 연출한다. 순례하는 동안 많이 보았던 풍경들이다. 전혀 낯설지가 않다. 마치 어떤 새로운 일이 처음 시작할 때의 어려웠던 과정을 극복해 낸 후에 익숙해진 것처럼.

무엇이든지 처음부터 내 마음에 100% 들기란 쉬운 일이 아니다. 특히 그것이 내가 해야 하는 일인 경우에는 더욱 그렇다. 처음에는 다 낯설고 어렵게 보일 수도 있다. 익숙하지 않기 때문이다. 지금 자신의 현재 모습에 만족하지 않는다면, 내 의식을 변화시켜야 한다. 내가 바라는 삶을 위해서 현재의 안락함을 어느 정도는 희생할 준비가 되어 있어야 한다. 남이 쳐 놓은 울타리 안이 안전하다고 그곳에서 계속 살다 보면 나중에는 정말 안전하지 못한 삶을 살게 될지도 모른다. 어려운 일도 자꾸 반복하다 보면 어느 순간에는 익숙해진다. 한여름 무더위가 지나고 나면, 시원한 비가 대지를 적시듯이. 이 세상에는 공짜가 없다.

언젠가 TV에서 본 적이 있는, 세계적으로 손꼽히는 초호화 기차여행을 해 보고 싶다고 생각한 적이 있다. 로보스 레일(Rovos Rail). 남아프리카공화국 케이프타운을 돌아 아프리카 대륙을 횡단하는 초특급 열차다. 19세기의 역사와 시간을 체험할 수 있는 기차여행. 그런 초호화 여행은 아니지만 눈부신 아름다운 자연을 바라보며 여유를 누리는 지금 이 시간. 마음만은 그 열차에 탄 것처럼 충만하고 행복하다.

800킬로미터를 걷는다는 것이 지루할 것만 같았던 순간이 이 고속열차처럼 흘러갔다. 걸어온 길들을 생각하며 꿈속을 여행하다 눈을 뜨니, 어느새 종착역에 도착했다. 역 근처에 위치한 호텔로 숙소를 정하고 짐을 풀었다.

저녁을 먹으러 나왔다. 많은 사람들이 플랫폼으로 몰려온다. 순간 플랫폼 비즈니스라는 용어가 생각났다. 알리바바, 아마존 등과 같이 지금 유통의 대세를 이루고 있는 비즈니스를 말한다. 세상은 바뀌고 변한다. 그 변화의 물결은 내가 모르는 사이에 어느새 광범위하게 내 주위에 침투해 있다. 내가 이 물결에 완전히 적응하기도 전에 선지자들은 벌써 플랫폼 비즈니스 다음 사회를 그리고 있다.

지금은 이미 초연결 사회(Hyper connected Society)가 되었다. 전 세계 사람들이 네트워크를 통해 나와 연결될 수 있는 시대가 가능해졌다. 이러한 시스템을 나의 성공 도구로 활용할 수도 있게 되었다. 그것은 또 다른 우리 삶의 한 형태가 된 것이다. 우리가 스타벅스에 가는 것이 단순히 커피를 마시러 가는 게 아닌 것처럼. 미국의 기업인이자 투자가인 워런 버핏은 이런 말을 했다.

"잠자는 동안에도 돈이 들어오는 시스템을 찾아내지 못한다면 당신은 평생 죽을 때까지 일을 해야만 할 것이다."

돈을 벌기 위한 방법 중의 하나는 시스템을 구축하는 것이다. 내가 시스템을 만들든지, 기존의 시스템을 사든지, 시스템에 편승하든지 돈이 자동으로 들어오는 파이프라인을 구축해 놓아야 한다. 그리고 중요한 건 내가 그 시스템의 주인이 되어야 하는 것일 게다.

미래학자들은 지금 다음 시대는 '꿈의 사회(Dream Society)'라고 한다. 꿈꾸는 자가 성공할 수 있는 초연결 사회가 되었기 때문이라고 말한다. 내 시스템이 전 세계로 뻗어 나가는 모습을 마음속에서 상상하고, 그 믿음 위에 굳게 서라. 상상이 현실을 창조한다는 말을 잊지 말자.

역사 내에서 간단하게 샌드위치와 커피로 저녁을 먹었다. 내가 앉은 테이블 맞은편에서 단정하게 차려입은 노부부가 다정하게 식사하고 있었다. 서로를 위해 주며 여행하는 모습이 행복해 보였다. 예전에 나왔던 영화 중에 〈비포 선라이즈〉를 비롯해 비포 시리즈를 본 적이 있다. 평범한 사람들의 공통된 삶의 모습을 보여 주는 것 같아 많이 공감했던 영화.

평생을 사랑해도 부족할 것 같던 두 사람이지만, 어느덧 현실의 무게 앞에 여느 부부와 다를 바 없이 다투고 화해하며 살아간다. 나는 오래된 부부로 살아가는 힘은 한때의 애틋했던 사랑이 아니라고 생각한다. 믿음, 배려, 이해, 책임감… 이런 게 또 다른 사랑의 형태라고 생각한다. 그리고 무엇보다 서로에 대한 존중심을 잃지 않는 것이 중요하다는 생각도.

우리에게는 삶에 힘들고 지치더라도 이따금 기분이 좋아지는 순간이 있다. 나를 사랑해 주는 사람이 있다는 것을 떠올릴 때 그런 것 같다. 반드시 부부가 아니어도 괜찮다. 가족, 친구, 연인 등….

방금 카톡을 열었더니 언니와 동생들한테서 메시지가 와 있다. 가장 잘 나온 사진으로 마음을 표현했다. 사랑은 지금 시시각각으로 나타나고 있다. 지금 이 순간 나의 사랑을 전하라.

🐚 진짜 까미노는 이제부터다

아름다운 삶을 살아가기 위한 인생의 교훈을 어디에서 얻을 수 있을까? 나는 이것을 가능하게 하는 것 중의 하나가 '책'이 아닐까 생각한다.

"옛 책을 다시 읽게 되면 당신은 그 책 속에서 전보다 더 많은 내용을 발견하지는 않는다. 단지 전보다 더 많이 당신 자신을 발견한다."

미국의 작가 클리프턴 패디먼이 한 말이다.

어느 책에서 우연히 발견한 좋은 문장 하나가 내 인생의 커다란 지침이 될 수도 있다. 나는 이번에 그런 문장을 발견했다.

"I'M THAT(나는 내가 원하는 그것이다)!"

우리 삶의 환경은 우리 내면의 대화와 행동이 현현된 것이라고 한다. 우리가 내부세계에서 머물고 있는 모습이 바로 외부세계에서 우리가 머물게 되는 모습이라고. 따라서 이상을 실현하고자 한다면 올바른 내면의 대화, 즉 소망이 이루어진 상태를 품어야 한다고.

"인생을 사는 방법은 원하는 대상을 쫓아가는 것이 아니라 소망이 이루어졌다는 느낌을 간직한 채 그것이 우리에게 오도록 하는 것입니다. 쫓아가지 않으면 그것이 도망간다고 생각해서는 안 됩니다."

결말의 관점에서 생각하라!

나 = 그리스도 = 하느님 = 구세주 = 예수님

결말의 관점에서 생각한다는 것은 소망이 이루어진 세상을 강하게 인식하고 있다는 것이다. 즉, '결말을' 생각하는 것이 아니라 '결말에서부터' 생각함으로써 비전을 실재(Being)로 바꾸라는 것이다. 결말의 관점에서 생각하는 것, 이것이 바로 그리스도의 방법이라고 했다. 그리스도는 '하느님'이고 '나'이고, '상상력'이라고 했다.

"우리가 확고한 마음을 갖고 상상력을 이용할 때, 다시 말해 결말의 관점에서 생각할 때 모든 기적을 불러올 수 있습니다."

생생하게 시각화하라!

자신의 소망이 이루어지는 드라마를 구상한 후 제일 먼저 해야 할 일은 아주 생생하게 시각화하는 것이다. 그런 다음 잠에 들면서 의식적으로 자신이 그 장면 안에 있다고 상상하라고 한다. 그 행동을 생생하게 상상하면서 잠에 들면 상상이 사실로 굳어진다고.

"소망을 이루기 위해서는 상상 속에서 행동을 취해야 합니다. 소망이 이루어졌다고 생각하고 그 상상 안에서 행동을 취해야 합니다. 소망이 충족되었을 때 외적 자아가 취하게 될 행동과 내적 자아의 행동이 일치할 때 그 소망은 실현될 것입니다."

아름다운 삶을 추구하는 것은 모든 인간의 공통분모다. 우리가 인문학을 하는 이유도 어떻게 살아야 하는가, 어떻게 사는 게 정의롭게 사는 것인가, 즉 아름다운 삶을 추구하기 때문인 것이다.

나는 산티아고 순례길을 걸으면서 많은 것을 배웠고, 나 자신을 돌아보게 되었다. 어느 시점에 까미노 이후의 삶을 함께 나눌 수 있으리라 생각한다. 이번 여정이 새로운 나를 발견하는 계기가 되었다면, 이후는 진정한 내 삶의 모습이 될 것이다.

순례기간 동안 내 의식을 통제했던 위대한 사상가의 말을 빌린다.

"우리가 현실에서 부닥치는 모든 상황이 실은 자기 자신에게서 나왔다는 사실을 깨닫지 않고서는 '내가 내 삶의 환경을 선택했다는 것'과 '삶의 환경이 나의 정신적 활동과 밀접하게 연관되어 있다'라는 주장에 반발합니다. 모든 현실은 우리 내부에서 생겨나는 것이니 결코 밖에서 생겨나는 것이 아니라는 사실을 굳게 믿어야만 합니다."

모든 것은 이미 우리 안에 있다!

집에 도착했다. 나의 진짜 까미노가 시작되었다.

기적을 만드는 의식 혁명

초판 1쇄 인쇄 2019년 9월 25일
초판 1쇄 발행 2019년 9월 30일

지 은 이	아리나
펴 낸 이	권동희
펴 낸 곳	위닝북스
기 획	김도사
책임편집	김진주
디 자 인	김하늘 박정호
교정교열	우정민
마 케 팅	포민정

출판등록 제312-2012-000040호
주   소 경기도 성남시 분당구 백현로 97 다운타운빌딩 2층 201호
전   화 070-4024-7286
이 메 일 no1_winningbooks@naver.com
홈페이지 www.wbooks.co.kr

ⓒ위닝북스(저자와 맺은 특약에 따라 검인을 생략합니다)
ISBN 979-11-6415-038-0 (03810)

이 도서의 국립중앙도서관 출판도서목록(CIP)은 서지정보유통지원시스템
홈페이지(http://seoji.nl.go.kr)와 국가자료공동목록시스템(http://www.nl.go.
kr/kolisnet)에서 이용하실 수 있습니다.(CIP제어번호: CIP2019036355)

위닝북스는 독자 여러분의 책에 관한 아이디어와 원고 투고를 설레는
마음으로 기다리고 있습니다. 책으로 엮기를 원하는 아이디어가 있으신 분은
이메일 no1_winningbooks@naver.com으로 간단한 개요와 취지, 연락
처 등을 보내주세요. 망설이지 말고 문을 두드리세요. 꿈이 이루어집니다.

※ 책값은 뒤표지에 있습니다.
※ 잘못 만들어진 책은 구입하신 서점에서 교환해 드립니다.